わたしと隣の和菓子さま

仲町鹿乃子

富士見L文庫

目次

序　章	はじまりは、仙寿	5
四　月	ときめきの春霞	27
五　月	謎解きの柏餅	37
六　月	嘉祥菓子は賑やかに	53
七　月	天の川に思いを込めて	67
八　月	夜舟は密やかに	84
九　月	恥ずかしがり屋の着綿	130
十　月	南下する紅葉、色づく心	155
十一月	しんぼうの木練柿	180
十二月	手のひらの上の山茶花	215
一　月	春隣、恋隣	236
二　月	それは、メジロか鶯か	263
三　月	ふたたびの、仙寿	290
終　章	わたしと隣の和菓子さま	325
あとがき		331

人と人に出会いがあるように、人と菓子にも出会いがあるのです。

序章　はじまりは、仙寿

弥生《やよい》三月、朝。

四月から、めでたくも高校三年生になる柏木《かしわぎ》慶子《けいこ》さんの頭は、疑問符で一杯だった。

慶子さんが立っているのは「和菓子屋　寿々喜《すずき》」の店先《みせさき》だ。暖簾《のれん》も出ていないし、店内も暗いのでまだ開店前なのだろう。

それにしても、おかしい。あの匂いは、どう考えたっておかしい。

慶子さんはもう一度「おかしい」もとである「寿々喜」のダクト《換気口》へと戻った。

今朝、慶子さんは朝一番で図書館へ行き本を借りると、軽やかな足取りで自宅への道を歩み始めた。どこまでも歩いて行けそうな、そんな晴れた朝だった。

気まぐれに慶子さんは、いつもは通ることのない一本裏の通りを、お散歩しながら帰るなんて贅沢《ぜいたく》をしてみた。慶子さんは、家の近くでありながらも、見慣れぬ風景に心をときめかせた。そして、たった一か月でこうも季節は変わるものかと、しみじみと思った。

今年の冬は寒かったなぁ。しかし、今となっては過去のこと。彼女の心の目には、冬に眠っていた固い木々の芽が、ふわりと緩んでいく様子が映っていた。

慶子さんの心をときめかせているのは、春の陽気だけではない。肩から提げた布製のバッグには、読みたいと思っていた文庫本や単行本が合わせて八冊入っている。

もちろん、重くないといえば嘘になるけれど、今の慶子さんにとっては、大した問題ではなかった。

あぁ、青春だなぁ。

図書館で気ままに本を借りたり、帰り道にお散歩をしたり。そんなことは、たいていの女子高生にしてみれば、特別な出来事ではないかもしれない。それを青春と呼ぶなんて、随分と大げさだと思われるだろう。けれど、彼女にとってはこんな些細《ささい》なことさえ、青春と呼べるほどの慶事だったのだ。

自分の時間を生きている。慶子さんは、久しぶりに心の底から思えた。

そんなときだった。ふいに漂ってきた香ばしくも甘やかな匂いに、慶子さんは足を止めた。

「どこからだろう。ケーキみたいないい匂いがする。昔読んだ絵本を思い出しちゃうな」

慶子さんの頭に、料理好きの二匹の野ねずみが焼く大きな黄色いカステラが浮かんだ。それにしても、この匂いは一体どこから流れてきたのだろう。好奇心に駆られた慶子さんは、探偵よろしく肩までの髪を揺らしながら再び歩き出した。

匂いを辿《たど》って路地を曲がった途端、甘い香りが一段と濃くなった。慶子さんは、左に立つ白い建物を見る。すると、無機質な建物の側壁から、銀色の業務用ダクトが突き出ているのが見えた。大正解！

けれど、こんなご近所に、ケーキ屋ができたなんて知らなかった。建物は四階、いや五階建てだろうか。このビルの一階に、店があるのだろう。そう思い、はやる気持ちでビルの正面に回った慶子さん。けれど、彼女の目に映ったものは、ケーキ屋ではなく「和菓子屋　寿々喜」の看板だったのだ。

「おかしい」もとであるダクトを確認した慶子さんは、ケーキのようなこの甘い匂いが、やっぱりこの店から出ていると確信するしかなかった。

「でも、おかしいな。ケーキ屋さんではなくて、和菓子屋さん？　うーん。おかしい」

しかも、慶子さんはこの和菓子屋を知っていた。入ったことはなかったけれど、自宅から駅へと向かうルート上にあるため、店の前をよく通っているのだ。つまり、いつもと違う道を歩いていたはずなのに、匂いにつられて来てみれば、いつも通る道にある見慣れた和菓子屋へ辿り着いたというわけだ。

店の中を覗《のぞ》いてみようか。なにか見えるかもしれない。いや、それは失礼だろう。

……でも。

甘い匂いの誘惑に負けた慶子さんは、おそるおそる和菓子屋に近づくと、ガラス越しに店内を覗いた。人影はない。もちろん、ケーキらしきものも見当たらない。

慶子さんは店に背を向け考える。和菓子屋で売っている、ケーキに似た食べ物とはなんだろう？

すると突然、店の戸が開く音と同時に「どうかなさいましたか」と、男性の声がした。振り向くと、店の制服と思われる白い上着に帽子を被《かぶ》った若い男性が立っていた。男性は背が高く、慶子さんを見下ろしている。

礼儀だけにはうるさい両親に育てられた慶子さんは、心底驚きながらも「おはようございます」と挨拶《あいさつ》をした。

「おはようございます」

その男性──和菓子屋さんも、慶子さんに応《こた》えるように挨拶を返してきた。しかし、和菓子屋さんには、そのまま慶子さんを解放してくれるような雰囲気はない。

それは、そうだろう。開店前の店先に立ち「おかしい」などと言っている人物こそが「おかしい」と判断されてもおかしくないのだ。

慶子さんは腹をくくった。そして、顔を上げ、目の前に立つ和菓子屋さんを見た。

背の高い和菓子屋さんは、白い帽子の中にきっちりと前髪を入れているせいか、顔もばっちりと見えた。すっきりとしたおでこに形のいい眉《まゆ》、そして切れ長の目。鼻筋はまっすぐ通り、口はやや大きいけれど、なんとも羨《うらや》ましい限りの眉目秀麗《びもくしゅうれい》さである。

　容姿といい、社会人然としたその姿といい、高校生で顔もスタイルもごくごく平均値の自分とは、別世界の人だと慶子さんは思った。そして、さすがというか、和菓子屋さんだけあって、全体的なお顔の印象は和風だった。

けれど、なんだろう。素直に、すっきり爽《さわ》やかと言いきれない独特のなにかが、彼の顔にはあった。とはいえ、顔についてばかり考えている場合ではない。

「不審な態度をとってしまいすみませんでした。実は、この建物の横のダクトから、ケーキを焼くような甘い匂いがしまして……」

「あぁ、なるほど。そうだったんですね」

　和菓子屋さんが、意表を突かれたような顔をした。

「それで、不思議だなと思って、うろうろしてしまいました」

「洋菓子店だと思ったんですね」

「はい。すみません」

「いえいえ、謝る必要なんてないですよ。ところで、もし、お時間がありましたら店に寄っていきませんか？　匂いの謎が解けるかもしれないですよ」

　和菓子屋さんからの魅惑的なお誘いに、慶子さんはつい頷《うなず》きそうになった。しかし、いくらなんでもそれは図々《ずうずう》しいだろう。常連さんでもないのに、誘われたからといってほいほいとついて行くのは、どうなんだろう。

「まだ開店前ですよね。お仕事の邪魔になりませんか？」

「むしろ歓迎ですよ」

和菓子屋さんの涼しげな目元が細められる。そう言われてしまうと、もう断る理由はない。慶子さんは初めて、店の前を通るだけだった「和菓子屋　寿々喜」へと入ったのだ。

驚いたことに、店内はまさにあのケーキの匂いで満ちていた。思わず慶子さんが和菓子屋さんを見上げると、彼は愉快そうな顔をした。

「少しお待ちいただけますか。この匂いの種明《たねあ》かしをします。そこの椅子に座って待っててください」

和菓子屋さんは、店の照明の一部をつけ、奥へと入っていった。残された慶子さんは、彼から勧められた椅子に腰をかけた。座面のクッションがふかふかで気持ちいい。椅子の横には、籐製《とうせい》の小さなテーブルがあり、そのまた横にも椅子があった。

慶子さんは振り向き、ガラス越しに店の外を眺めた。店の前には赤いレンガが敷かれ、左側には白いバンが停まっている。店から慶子さんが両親と暮らす家まで、歩いてほんの四、五分、もしかすると、もっと近いかもしれない。この町は、東京の都心からやや離れた場所にある住宅街だ。駅前のロータリーから道が放射線状に走り、その内の一本が

「寿々喜」があるこの石畳の歩道へと続いている。

和菓子に縁のない自分が、和菓子屋にいる不思議を慶子さんは思う。

ケーキやクッキーといった食べ慣れたお菓子が気軽に買える洋菓子店と違い、和菓子屋は、なんとなく、なんとなくだけれど、敷居が高かった。知っているけれど、知らない店。それが「和菓子屋　寿々喜」だったのだ。

慶子さんが口にする和菓子といえば、父親が気まぐれに買ってくる桜餅《さくらもち》くらいだ。ただ、柏木という名字ゆえ、幼稚園から小学二年生あたりまでのあだ名は「柏餅《かしわもち》」だった。それが理由ではないけれど、柏餅に関していい思い出はなく、苦手意識があった。

うつうつとした気持ちを切り替えるように、慶子さんは前を向き、今度は「寿々喜」の店内をゆっくりと眺めた。

店は意外と広く、慶子さんが座る席から和菓子が並ぶガラスのショーケースまで、二メートルそこそこはありそうだ。ショーケースは横長で、高さは慶子さんの胸あたり。店内が明るくなったおかげで、並べられた和菓子もはっきり見えた。色とりどりのお菓子はとても魅力的だ。慶子さんは、バッグを椅子に置くと、吸い寄せられるようにショーケースに近づいた。

深緑色のヨモギ餅に、つくしが印《しる》された白い饅頭《まんじゅう》。みたらし団子はつややかで、餡《あん》団子にかけられたこし餡はきめ細かく滑らかだ。

菜の花畑を思わせる、黄色と緑の菓子もある。そして、その横に、桃を模した菓子があった。慶子さんはその菓子に添えられた説明文に目を留めた。

——長寿を得られると言い伝えのある菓子です。

しばらくして、和菓子屋さんが戻って来た。彼の手には朱色の丸いお盆がある。

「お待たせしました。甘い匂いの正体は、これだと思います」

和菓子屋さんは、慶子さんが座る椅子の横に置かれた籐製のテーブルに、おしぼりとお茶とどら焼きを載せた。どら焼きは小ぶりで、四角い木皿に載っている。慶子さんは目を瞠《みは》った。

「あれは、どら焼きの生地を焼く匂いだったんですね」

なるほど、ケーキとどら焼きの生地は、似ているかもしれない。

「よろしければ、うちのどら焼きを召し上がっていってください」

「いただいてもいいんですか？」

「もちろん」

和菓子屋さんの笑顔に促され、慶子さんは、いただきますと言い、おしぼりで手を拭《ふ》いた。できたてのどら焼きを食べるなんて初めての経験だ。落とさないように、慎重に手に取る。どら焼きは、慶子さんの手にすっぽりと入るほどの大きさで、ほんのりとあたたかかった。

「小鳥みたい」

それは、小学生のころに育てていた、文鳥のあたたかさと似ていた。

慶子さんは、どら焼きを一口ぱくりと食べた。生地の柔らかな食感と、餡のつぶつぶ感のコントラストが楽しい。こうばしい香りが鼻に抜けていく。口の中に幸せが広がる。

「とても、とってもおいしいです」

ちっとも特別じゃない食べ物なのに、味はどう考えてもちっとも普通ではない。

「ありがとうございます。店主に伝えます」

このどら焼きを作ったのは「寿々喜」の店主さんだそうだ。目の前の店員さんは、和菓子職人ではなく見習いで、店番と配達をしているという。どういったステップを踏めば一人前の職人になれるのか。サラリーマン家庭で育った慶子さんには、想像するのが難しい。

慶子さんは和菓子屋さんが淹《い》れてくれたお茶を飲み、また驚いた。お茶までおいしい。きっと高級品なのだろう。柏木家が飲んでいるスーパーで買う安いお茶とは違うのだ。

「お茶もすっきりとして、とてもおいしいですね」

「駅の裏に、『いろ葉《は》』という名の日本茶専門店があるのはご存じですか？　うちは、いつもそこで買っています。意外と高くないですよ。あとは、お茶の淹れ方ですね。面倒かもしれないけれど、習慣化《くせに》してしまえば楽ですよ」

日本茶専門店？　……確かにある。レトロな雰囲気のおしゃれな店だ。けれど、その店も、この店同様に入りづらいと思っていたのだ。

　慶子さんはどら焼きを食べながら、和菓子屋さんが話すお茶の淹れ方を聞いていた。商売柄か、和菓子屋さんの説明はうまかった。話を聞くうちに、慶子さんにも簡単にできそうな気がしてきた。お礼を言うと、またまた和菓子屋さんがにこりと笑った。

　どら焼きを食べ終わった慶子さんは、ふたたび和菓子のショーケースに目を向け、桃の菓子を見た。そして、心を決め、和菓子屋さんに話しかける。

「お店の開店時間は、何時ですか？」

「十時でございます」

「お菓子の予約をしてもいいですか？　必ず買いに来ますので」

「はい。どら焼きですか？」

「どら焼きも買いたいのですが、ショーケースにある、桃のお菓子がほしいのです」

　慶子さんの視線を追うように、和菓子屋さんが桃の菓子を見た。

「桃の菓子、『仙寿《せんじゅ》』ですね」

「せんじゅ、ですか？」

「仙人の仙に寿と書いて『仙寿』です。中国の伝説に出てくる長寿を叶《かな》える果物、それが、この桃、仙寿です。仙寿は、仙女の園に三千年に一度だけ実ります。この菓子は、その仙寿にあやかって作った、季節の上生菓子《じょうなまがし》なのです」

和菓子屋さんの説明に、慶子さんは、はてなと思う。

「季節の上生菓子って、なんですか？」

和菓子屋さんが、はっとした表情を浮かべた。

「失礼しました。まず、上生菓子とは、『仙寿』が桃を模しているように、自然や季節、動植物を『練《ね》り切《き》り』や『こなし』『求肥《ぎゅうひ》』などの水分の多いもので作った菓子をいいます。茶席での和菓子、主菓子《おもがし》として出されています。そして、これは上生菓子だけではないのですが、和菓子は季節をモチーフにしたものが多く、関係が深いのです」

和菓子と季節。桜の季節に桜餅、とか？　言われてみれば、そうかもしれないけれど、意識したことはなかった。

そして、練り切り、こなし、求肥。初めて聞く言葉だったけれど、上生菓子が茶席に出てくる和菓子だと説明してもらえたことで、おおよそのイメージはつかめた。

「仙寿」のような和菓子には、上生菓子といった呼び名があり、そして「仙寿」には、長寿の願いが込められていた……。

「あまり、知られていないことなのかもしれませんが、和菓子には、願いや意味が込められた菓子が多くあるんですよ」

「そうだったんですね。知りませんでした。『仙寿』、すごくいいですね。家族で食べるのが楽しみです」

「きっと、おじいさまや、おばあさまも喜んでくださると思います」

「……あっ、そうですよね。長寿を願うお菓子といえば、贈る相手は祖父母ですよね。でも、わたしは……」

慶子さんは視線を落とした。つい話してしまったけれど、これ以上は止めよう。暗い話になってしまう。

さて、なんと言ってごまかそう。そんな思いで顔を上げると、和菓子屋さんと目が合った。彼のまっすぐで誠実な眼差《まなざ》しに慶子さんは胸を突かれた。

和菓子屋さんは、慶子さんを急《せ》かすでもなく、ただそこにいた。まるで、彼女がここに来て語るのをずっと待っていたかのような、そんな静けさがあった。

話してもいいのだろうか。今まで誰にも話したことがなかった心の内を、聞いてもらってもいいのだろうか。

「……わたしは『仙寿』を母に贈りたいんです。母は、わたしが中学一年生の冬に倒れて、そのあともずっと体を悪くしていて、入退院を繰り返していて。でも、ようやく先週、もう大丈夫だって、自宅療養でいいってことになって」

慶子さんは、そこで一度言葉を切った。まだ続けていいのだろうか。迷惑ではないだろうか。そんな不安な思いをかき消すように、和菓子屋さんが頷《うなず》いた。

「家に戻った母はわたしに『今からでも高校生らしい生活を送ってね』とか『思い切って運動部に入るのはどう?』とか『興味のあるお稽古事《けいこごと》でも探したら?』って、うるさくて。でも、わたしは、来月から高校三年生になるんです。大学附属の高校なのでのんびりしていて受験勉強もないけれど、それにしても、運動部なんて。わたし、体育以外の運動はしたことないんです。それに、そもそも初心者の三年生を受け入れてくれる部活なんて、ないです。あったらどこにでも入ります」

部活動に縁がないまま、中学、高校時代が終わってしまうのは味気ない。けれど、高校三年生からどこかの部に入るなんて、現実的ではない気がした。

「あぁ、そんな話じゃなくて。つまりですね『仙寿』は母のためです。母に食べてほしくて買いたいのです。主治医の先生は大丈夫っておっしゃったけれど。でも、それ、本当なのかなって。だって……お母さん、すごく痩《や》せちゃって。腕なんか、がりがりで。だから、わたしはまだ安心できなくて」

慶子さんの目から、涙がぽろりとこぼれた。死の影は、もう母から消えたのだと頭ではわかっている。それでも、どうしようもない不安を感じてしまった。大丈夫、大丈夫と呪《じゅ》文《もん》のように唱えても、それを覆すような、じわりとした恐ろしさが心の端からにじみ出てくるのだ。

この気持ちは、父にも母にも話せなかった。自分の思いが、両親を悲しませてしまう気がしたからだ。毎日一緒に生活をする家族だからこそ、話せないこともあるのだ。

それは、今に始まったことではない。母が倒れてからこの春まで、慶子さんはひたすら心を隠し、耐えていた。

病院にいる母を安心させるために。母を支える父に心配をかけないために。二人の前ではいつも笑顔でいた。そして、買い物はもちろん、慣れない料理もしたし、洗濯もした。大学附属だからといって、あまり酷《ひど》い成績をとるわけにもいかず、それなりに勉強もした。そんな、四年半だったのだ。

厳しい冬を耐えていたのは、木々の芽だけではなかった。木々の芽が耐えた冬よりもっと長い冬を、慶子さんという木の芽は耐えたのだ。

そして今、甘い匂いに誘われて迷い込んだ和菓子屋で、慶子さんの木の芽は緩んだ。初めて会った和菓子屋さんに、誰にも言えなかった弱音を聞いてもらえたからだ。話したからといって、母への不安が消えたわけではない。けれど、固く閉じていた心が解放されたような、そんな安らぎがあった。

和菓子屋さんは、慶子さんが落ち着くのを待ってくれていたのだろうか。彼女がポケットから出したハンカチで涙を拭きだすと、するりとショーケースの裏側に入った。そして、彼は慶子さんに視線を向けてきた。

「『仙寿』は、おいくつご用意しますか？」

和菓子屋さんの問いかけに、慶子さんの背中がピンと伸びる。

「みっつ！」

「承知しました」

父と母と自分の家族三人分だ。慶子さんは涙を拭きながら慌てて立つ。

「まだ、開店前なのに、いいんですか？」

「一期一会ですから」

「え？」

慶子さんの疑問に答えないまま、和菓子屋さんは手早く「仙寿」を三つ箱に入れた。そして、その箱に鈴の模様が入った店の包装紙をくるりと巻いた。

「冷蔵庫には入れずに常温で保存し、本日中にお召し上がりください」

「わかりました。全部でおいくらですか」

「一つ三百三十円ですので、三つで九百九十円でございます」

「先ほどいただいたどら焼きはおいくらでしょうか？」

「あれは売り物ではないので、お代をいただくことはできません」

「売り物じゃないんですか？」

それは、どういう意味なのだろう？

「『寿々喜』のどら焼きには、最後に鈴の焼き印を押します。お客さまに召し上がっていただいた品には、それがありませんでした。ですから、あれは完成品ではなく、売り物とは呼べないのです」

「でも、そういうわけには……」

「サービスの一環です。当店の菓子が気に入っていただけましたら、どうぞこれからもお付き合いよろしくお願いします」

和菓子屋さんがぺこりと頭を下げたので、慶子さんはありがたくごちそうになることにした。

「なにからなにまで、本当にありがとうございました」

慶子さんの言葉に実感がこもる。どら焼きをごちそうになっただけではなく、自分の話まで聞いてもらったのだから。

「わたし、和菓子って、とても遠い存在だと思っていたんです。でも、今日お話を伺って、実は身近なお菓子なんだなって、考えを改めました」

「それは嬉《うれ》しいです。『仙寿』は三月の菓子ですが、同様にこの『菜《な》の花《はな》』も三月の菓子なのです。串団子《くしだんご》のように通年ご用意している品もございますが、季節とともに変えていく期間限定の品も多く、下手をすると目当ての菓子を食べるためにまた一年、次の年まで待たなくてはならない場合もあるんですよ」

「次の年、ですか」

「そうです」

そうか。だから、一期一会。

『寿々喜』さんの上生菓子を全種類食べるには、一年かかるってことですよね」

「……そうですね」

「それは、すごく楽しいですね。命がぐるぐると繋《つな》がっていく感じがします」

和菓子屋さんの説明を聞いたとき、来年もその次の年も「仙寿」を買いたいと思った。母のために、そして母の健康を願う、父や自分のために。

大切な人の長寿を願う気持ちは、昔も今も変わらない。その想いにより、この菓子は生まれ、ここに存在している。慶子さんは、一つの和菓子に永遠ともいえる時の繋がりを感じた。


帰宅した慶子さんは、両親のために煎茶《せんちゃ》を淹《い》れた。ポットで沸かしたお湯をいきなり急須には注がずに、温度と時間に気を配った。和菓子屋さんに教えてもらった通りに試してみると、いつものお茶なのに、渋みは薄れ、まろやかな甘みが感じられた。若草色の煎茶と桃色の「仙寿」は、いかにも春らしかった。

「仙寿」を載せた皿にフォークを添えようとしたとき、母からストップがかかった。母がキッチンの棚から小さな箱をとり出す。親戚《しんせき》の結婚式の引き出物だという。箱には、長方形の薄水色の皿が五枚と同じ数の朱塗りのナイフのようなものが入っていた。ナイフの長さは十センチ程度で、箱に入っていた説明書によると「和菓子切り」という名まえらしい。なるほど、これで和菓子を食べるのだ。ということは、一緒に入っていた皿は、和菓子専用なのだろう。「仙寿」を載せていた皿をこれに替え、和菓子切りを添えると、ぐっと和の雰囲気が出てきた。

あらためて家族で「仙寿」を囲む。慶子さんが和菓子屋さんから聞いたうんちくを語ると、父も母も興味深そうに聞いてくれた。楽しい気持ちのまま、慶子さんは和菓子切りを「仙寿」にあてた。菓子のやや重くしっとりとした感触が指先にも伝わってくる。切った「仙寿」をそっと口に含むと菓子はほろりと溶け、口中にはほのかな甘さが広がっていった。

慶子さんは、その後もなんどか「寿々喜」に行った。「寿々喜」は、小学生の子どもやサンダルを引っかけたおばあさんが、団子一つから気軽に買える和菓子屋だった。たまたま店で一緒になった常連さんの話から、この店は家族経営で、現在の店主は三代目だと知った。見習い店員の彼はこの店の息子さんで「女将《おかみ》さん」と常連さんから呼ばれる女性は、彼のお母さまだ。慶子さんは、混んでいる時間を避けて店に通った。そのほうが、ゆっくりと和菓子屋さんから和菓子の話が聞けるからだ。和菓子屋さんは、慶子さんに対して、年下の親戚の女の子を相手にするような、そんな親切さがあった。

三月のある晴れた朝。ほんの少しの気まぐれからいつもは通らない裏道を歩いてみたら、いつも通る道の和菓子屋と縁ができた。小さな甘い菓子には、人々の願いが込められている。そう教えてくれたのは、背の高い和菓子屋さんだった。

慶子さんは和菓子屋さんに、尊敬といった想いが湧いていった。その結果「和菓子屋さん」を「和菓子さま」と、心の中で呼ぶようになったのだ。

また、慶子さんは食べた菓子の絵や感想、そして、和菓子さまから得た知識をノートに記すようになった。絵は得意ではないけれど、菓子の記録が残っていくのは楽しかった。

ある日の夜だった。家族そろってテレビを観ていたとき、慶子さんは一人の若い人気俳優の姿に目がいった。どことなく、和菓子さまに似ているような気がしたのだ。でも、顔立ちが似ているというわけではない。もやもやとした言葉にしがたい思いを抱えながら、慶子さんはその俳優に注意を向けた。

俳優の顔がアップになる。その瞬間、慶子さんは閃《ひらめ》いた。ほくろだ！　目元にある小さなほくろだ！　和菓子さまの左の目元にも、同じようにほくろがあった。そのほくろが、和菓子さまの顔立ちに、大人びた独特の雰囲気を与えていたのだ。

＊＊＊

そんなこんなで、慶子さんにも「青春」らしきものが漂い始めてきた三月が過ぎ。

四月、慶子さんは高校三年生になった。クラスはB組で、担任の先生は四十代の今井洋《いまいよう》子《こ》先生、担当教科は国語だった。

体育館での始業式のあと、教室に戻り自己紹介を終える。今井先生が、今年一年間の選択授業や保護者への連絡事項について書かれたプリントを配りだす。

「受け取った人から、適宜、帰宅してね」

先生の高い声が響く中、慶子さんの机の上に、ぱらりと一枚の紙が載せられた。

「柏木さん、空欄にサインして」

左の席の男の子から渡されたプリントに、慶子さんは筆箱からボールペンを出し、自分の名まえを書いた。男の子がそのプリントを素早く取り上げる。

「入部ありがとう」

「え？　入部？」

「うん。柏木さん、部活はどこも入ってないでしょう」

彼はたしか、鈴木学君《すずきまなぶ》といったはずだ。

「わたしたち以前、同じクラスでしたか？」

「いや。クラスは今回初めて一緒になったよ」

ふっと笑いながら、隣の席の鈴木君は慶子さんのことを見ている。

「一期一会だよ、柏木慶子さん」

鈴木君が片手で前髪を上げた。すっきりとしたおでこに切れ長の目。左の目元に、ほくろが一つ。

「……えっ？　和菓子屋さん？」

「正解。で、ようこそ剣道部に。初心者大歓迎だよ」

和菓子さまこと鈴木学君は、慶子さんがサインしたプリントを鞄《かばん》に入れると「詳しいことはまた後日」と、教室から出ていった。

今のは、なんだったのだろう？

和菓子さまは、隣の席の男の子？

慶子さんは、自分の身に起きた出来事に腰が抜けるほど驚いていた。けれど、クラスはざわめいたまま。慶子さんのそんな様子に、誰一人として気が付かないようだった。

柏木慶子さん、高校三年生の春。
和菓子と剣道に、未知との遭遇。

四月　ときめきの春霞

四月は卯月《うづき》、春爛漫。春眠なんとかと言われるように、春は眠い。

ただいま、青春真っ盛り。ノリに乗っている慶子《けいこ》さんも、当然眠い。けれど、その理由は、春という季節だけではないのだ。


学校への道をてくてくと歩きながら、慶子さんはこの眠さの原因について考えていた。

三日前の始業式のあとだった。同じクラスで、隣の席の和菓子さまこと鈴木学《すずきまなぶ》君から、剣道部への入部を勧められた。いや、勧められたといった表現は、甘いだろうか？　慶子さんは、彼から渡された入部届にうっかりサインをしてしまったのだ。そして、断るつもりで迎えた翌日、読んでおいてと渡された剣道の入門書もつい受け取ってしまった。慶子さんは活字好きだ。本があれば読みたくなってしまう。それに、少しだけ、剣道に対する好奇心もあった。

入門書を読んだ慶子さんは、図書館で剣道を題材にした小説を何冊も借り、夜通し読んだ。本好きの自分には小説によるアプローチが合っていると思えたからだ。そこで、はたと気が付いた。アプローチなんて必要だろうか？　剣道部への入部を断るつもりなのに。

第一、高校三年生の春といえば、部活を引退する時期である。そんなときに、運動神経が別段よくもない初心者である自分が剣道部に入部するなんて、おかしな話なのだ。

慶子さんが中学校から通う私立明蒼学院《めいそうがくいん》は、都心から少し外れた場所にある初等科から大学までの一貫教育校である。校風は、いたってのんびりとしているが——。

いやいや、無理だ。今日こそ、お断りしよう。

そう決心し、学校への道を進む慶子さんに向かって、一直線に走って来る女の子がいた。

「柏木《かしわぎ》さん！　おはよう！」

山路茜《やまじあかね》さんだ。彼女は、ショートヘアが似合う元気で明るい女の子である。高校一年生のときは同じクラスだったけれど、あまり話すことはなかった。

「柏木さん、剣道部への入部、ありがとう！　鈴木から聞いたわ。よろしくね」

「剣道部？　山路さんも剣道部だったんですか。……あれ？」

「本当に助かる。剣道部女子部の部員は、わたしだけでしょう。五月には新入生に向けての部活の紹介もあるし、困り果てていたのよ」

ん？　と思う慶子さん。山路さんの気になる言葉をリフレイン。

「女子の剣道部って、山路さんだけなんですか？」

「わたし以外の同期は、他大学受験のために部活をやめたの。それでも二年生がいれば、まだ救われたけれど、去年の新入生勧誘に失敗して痛恨のゼロ」

「三年生だけでなく、二年生もいない……」

「鈴木から柏木さんが入部すると聞いて、なにかの間違いだと思ったわ。柏木さんといえば、色白でおとなしくておっとり系で。剣道とは縁遠い人だと思っていたから」

これは、もしやお断りのチャンスでは？　慶子さんは山路さんの腕をつかんだ。

「あの、山路さん。誤解なんです」

「おっと、柏木さん。意外と腕の力が強いじゃない。やっぱり、人って見かけじゃないのね。それでね、そんな事情なので、柏木さんには副部長もお願いしたいと思ってます」

副部長？　慶子さんは軽くめまいがした。

「あの、山路さん。ご存じないかもしれませんが、わたし、剣道の経験はないんです」

「存じてる、存じてる。逆に、経験者ですって言われたほうが驚いたかも」

初心者は、断る理由にはならなかった。けれど、慶子さんは粘った。

「三年生の部活引退まで二、三か月ですよね。入部後すぐに引退ってどうなんでしょう」

「安心して。剣道部の引退は来年の一月よ。二、三か月どころか十か月近くあるわ。うちも以前は、夏前に引退だったらしいの。でもね、引退したところで他大学を受験しない部員は暇だという理由で引退時期がずれて、ついには翌年の一月になったって聞いてる」

ぐっと言葉に詰まる慶子さんを、山路さんがにこにこ顔で見ている。これはもう断れる状況ではない。慶子さんはようやく腹をくくった。

「山路さん、よろしくお願いします」

慶子さんの言葉に山路さんの顔が輝く。学校までの道、慶子さんは山路さんとそろって歩き、彼女から剣道部についてのあれこれを聞いた。


山路さんからの多すぎる情報にうなだれながら教室に入ると、すでに和菓子さまは席に着いていた。

「おはよう、柏木さん。今日の放課後から部活に出てほしいんだけど、都合はどうかな」

「はい、とりあえず見学させていただくことになりました」

慶子さんが初心者であることから、剣道がどんなものかを見てほしいと言われたのだ。

「ところで、柏木さん、そろそろうちの店に来たほうがいいよ」

四月の初め、高校三年生の始業式前。まだ和菓子さまが自分の同級生だと知らないときだった。慶子さんは「寿々喜《すずき》」で桜をモチーフにした菓子を三つ買った。

一つ目は、桜の花びらを模した練《ね》り切《き》りの「はなびら」、二つ目は、淡い紅色と白のきんとんを載せた「初桜《はつざくら》」、三つ目は、ピンク色の道明寺《どうみょうじ》を桜の葉で包んだ桜餅《さくらもち》だ。道明寺とは、もち米を蒸し、乾燥させ、粗びきした道明寺粉で作られる餅だ。道明寺粉が大阪に現存する尼寺、道明寺で作られたことから、菓子にもこの名がついたそうだ。

和菓子さまから聞く菓子の話は、毎回興味深い。そして、桜をモチーフにした和菓子なのに、三つが三つとも違っているのが、なんとも素敵だ。

「花見は、和菓子屋でもできますよ」

包んだ菓子を慶子さんに渡しながら、和菓子さまがそう言った。

「お店に桜を持ってくるんですか？」

「本物の花ではなく、和菓子屋ならではの菓子での花見です。今月、あと二回、時期をずらして店に来てもらえれば、きっとわかると思います」

「次はいつごろ来ればいいでしょうか？」

もし、逃してしまったらどうしよう。菓子との出会いは、一期一会なのだ。

「大丈夫、時期はちゃんと伝えますから」

思えば、あのときすでに和菓子さまは、慶子さんが同級生だと知っていたのだ。同じ駅を使い、同じ学校に通っていながら、そんなことにさえ気が付かないのは、自分のことで精一杯だった慶子さんくらいなのだろう。

「今日の帰りに寄らせていただきます」

剣道部の話とは一変し笑顔の慶子さんにつられるように、和菓子さまも笑った。

部活が終わると、外はすでに薄暗かった。慶子さんは駅で山路さんと別れると、一人電車に乗った。剣道部の見学だけでも疲れてしまった慶子さんと違い、山路さんはそのまま英語の塾へ行った。彼女の将来の夢はツアーコンダクターだそうだ。一人になった慶子さんは電車のドアの側に立ち、流れる街の景色を眺めながら、剣道場で見た和菓子さまの姿を思い出していた。

和菓子さまは、剣士さまでもあった。

慶子さんは放課後、山路さんに連れられ新館校舎の半地下にある剣道場へ向かった。道すがら、剣道部男子部長は福地裕也《ふくちゆうや》君、副部長は若山真司《わかやましんじ》君だと聞いた。副部長はくじ引きで決められたそうで、それはとてもふざけたやり方だと山路さんは怒っていた。

剣道場に着くと、そこでは十四、五人ほどの男子部員が柔軟体操をしていた。山路さんは慶子さんに道場の隅にあるパイプ椅子を勧めると、彼らに加わり体操を始めた。女子部は、人数が減ってしまったため、稽古《けいこ》は男子部と一緒にやっているらしい。

慶子さんは、剣道場に入るのも運動部の見学をするのも初めてだった。そのため、どこに焦点を合わせていいのかわからず、彼らの様子をただ漫然と見るしかできなかった。柔軟体操の次は素振りだ。天井から床までの大きな鏡に向かい部員たちが竹刀を振り始める。その中の一人に、慶子さんの焦点がぴたりと合う。見覚えのあるシルエット。和菓子さまだった。

和菓子さまは、和の人なだけに剣道着もさまになっていた。そして、和菓子さまの姿を認めたことで、慶子さんの気持ちは落ち着き、練習もしっかりと見ることができた。

素振りが終わると、面を着けて二人一組になり、打つ人と打たれる人に役割を分けて、左右の面を連打する稽古が始まった。剣道場に「面！」のかけ声と、竹刀の音が響く。

その声の大きさに、慶子さんは圧倒された。人前で、あんなに大きな声を出した経験はない。出せる気もしない。入部は軽率だったかもしれないと冷や汗が出る。

山路さんは、小柄な男子と組んで稽古をしていた。一方、和菓子さまは、彼同様に背の高い男子と打ち合いを始めていた。和菓子さまの身長は、百八十センチくらいだろうか。剣道部には和菓子さまの他にも二、三人、同じように背の高い男子生徒がいた。

稽古はさらに進み、試合のような激しさをみせた。打ち込むときの勢い。そして、その勢いのまま相手の体に当たる姿は正直恐ろしく、部員の中にはそれを受けきれず転んでしまう人もいた。もしや、剣道とは格闘技？　そんな考えが頭をもたげる。

ここに自分が入り同じことをするのかと考えると、慶子さんは縮み上がった。無理だ、山路さんには申し訳ないけれど、やっぱり断ろう。

と、そのとき、慶子さんの耳に床を踏み込む音、そして「面！」の声とともに竹刀が面を打つ重い音が聞こえた。和菓子さまだった。竹刀と腕と背中と、彼のすべてに慶子さんは見惚《みほ》れた。怖さとか恐ろしさとか、そんなものすべてが吹き飛んだ。爽快《そうかい》だった。

剣道って、不思議だ。……来年の一月まで、頑張ってみようかな。慶子さんの心にそんな思いが芽生えた。

電車を降りた慶子さんは「寿々喜」へ向かった。今日のお目当ては、桜の菓子だ。和菓子さまから「そろそろうちの店に来たほうがいいよ」と声をかけられたからである。

「寿々喜」には、和菓子さまのお母さまである女将《おかみ》さんがいた。女将さんは、髪を襟足でまとめて白い三角巾《さんかくきん》をかぶり、和菓子さま同様に白い制服を着ていた。女将さんは、紺のブレザーにグレーのスカート姿の慶子さんを見ると「あら」と声を上げた。

「その制服、お客さまは学と同じ学校だったたんですね」

「はい、同じクラスです。柏木と申します」

「まぁ、そうなんですね。今朝、学から、今日あたりお客さまがご来店になるので、菓子を取り置いてほしいって頼まれたんですが、そういうことだったたんですね」

女将さんがショーケースの端に置かれていた、蓋《ふた》つきの黒い器を出した。そして、慶子さんに見せるようにそれを開けた。器には、三つの菓子が入っている。

一つ目は、前回も買った「はなびら」だ。けれど、以前よりはなびらの色が濃くなっている。そうか、この花はまさに、今が見ごろなのだ。手のひらよりも小さな菓子だけれど、その菓子から慶子さんは満開の桜を想った。

二つ目は、桜餅だった。餡子《あんこ》を薄い皮で包んだものが桜の葉で覆われていた。道明寺製の桜餅の愛くるしさとは違い、しっとりとした趣があった。

そして三つ目が変わっていた。丸みがかった四角い和菓子は、下から上へ、紫から薄ピンクそして白へと濃淡のグラデーションがかかっている。まるで、菓子の中に一つの景色がのみこまれたようなのだ。菓子には可憐《かれん》で小さな桜の花びらが二枚、溶けるように載っていた。

——あぁ、これは、山の景色だ。

春のあたたかな空気の向こうに見える山々。立つ桜の木々。けむる花びら。まろやかで、どこか雅《みやび》だ。

「このお菓子の名まえは、なんていうんですか？」

「『春霞《はるがすみ》』です」

そうか、霞《かすみ》か。霞の中に溶けるように咲く桜。

「ぴったりの名まえですね。頭にその景色が浮かんできました」

「店主に伝えます。そう言っていただけると、菓子を作る張り合いになります」

慶子さんは、女将さんが包んでくれた菓子を大事な宝物のようにして持ち帰った。そして、またもや父と母の前で聞いたばかりのうんちくを述べ、そのあとようやく、自分が剣道部に入ることを両親に伝えた。

翌朝、電車を降りたところで和菓子さまに声をかけられた。二人そろって歩き出す。初めの出会いの印象がぬぐえず、いまだに慶子さんはブレザー姿の和菓子さまに慣れない。同級生なのに同級生じゃないような。鈴木学君は、とても不思議な存在なのだ。

「次は二十日過ぎかな」

和菓子さまの声が上から降ってきた。慶子さんの気分がぱっと明るくなる。

昨夜「寿々喜」で買った菓子を食べながら「花見は、和菓子屋でもできますよ」という言葉の意味がわかった慶子さん。

四月の初めの菓子には、咲いたばかりの初々しい桜の姿があった。そして、昨日の菓子には、まごうことなき満開の桜が表されていた。本物の桜が花を散らすのは、淋《さみ》しい気持ちになるけれど——。

「凄《すご》く楽しみです」

菓子の中で、桜はどんな風に散っていくのだろう。

まだ見ぬ菓子を想いながら、慶子さんは和菓子さまと一緒に学校への道を歩いて行った。

五月　謎解きの柏餅

薫風がベランダの鯉《こい》のぼりを揺らす五月、皐月《さつき》。
けれど、さわやかな気候とは相反して、慶子《けいこ》さんの表情は曇りがち。

五月五日、端午の節句の朝、慶子さんは「寿々喜《すずき》」に向かっていた。
話は、一週間ほど前に遡《さかのぼ》る。慶子さんは母から親戚の集まりに持っていく菓子を「寿々喜」で注文してほしいと頼まれたのだ。

連休中に母方の祖父母宅で、長患いしていた母の快気祝いが開かれることになった。総勢二十人近くが集まり、幼いいとこたちの節句の祝いも兼ねるという。

楽しみだと思った慶子さんだったけれど、そのメンバーに地方で暮らす母の兄である伯父《おじ》一家もいると教えられると、一転してブルーになった。

なにか用事を作り、行かないことにはできないだろうかとさえ考えた。しかし、母の快気祝いなのだ。欠席するわけにはいかない。そんなうつうつとした気持ちを抱えながら、慶子さんは「寿々喜」に着いた。

いつものように挨拶《あいさつ》をしながら店に入る。すると、レジに立つ和菓子屋の白い制服を着た中年の男性と目が合った。慶子さんの父と同じくらいの年だろうか。そこではたと気が付いた。この人こそ店主で三代目、和菓子さまのお父さまに違いない。慶子さんが心を奪われた数々の菓子を作る人なのだ。そう思うと、今さらながら緊張した。まるで、大スターを目の前にしたような気分になってしまう。

店主さんは背が高く、顔立ちは和菓子さまに少し似ていた。けれど、その表情には堅さがあり、どこか近寄り難い雰囲気もあった。

「お菓子の注文をお願いしたいのですが」

「ありがとうございます。お日にちはお決まりですか？」

「五月五日、端午の節句の日です」

慶子さんは母から渡されたメモを取り出し、受け取り希望の時間や目的、人数を伝えた。

「快気祝いと節句の菓子ですね。承知しました。快気祝いの菓子ですが、落雁《らくがん》はいかがでしょうか。干菓子なので日持ちもしますし、健康や長寿を願うモチーフを選ぶと喜ばれますよ」

落雁に干菓子。どちらも耳にしたことはあるけれど、ピンとこない。

「あの、落雁って、どんなお菓子なんでしょうか？」

「でしたら、ちょうど春の落雁を作ったところなので、それをお見せしましょう」

店主さんが、店の奥から小さな白い正方形の箱を持ってきた。蓋を開けると、そこには蝶《ちょう》や桜の花びらやつくしといった、春を思わせる小さな菓子が入っている。パステルカラーなのが、またかわいらしい。

「これが落雁なんですね。素敵です。箱の中が、春でいっぱいです！」

「喜んでいただけて、なによりです。落雁のように水分の少ない菓子を干菓子といいます。水分が少ないと傷みにくく日持ちがするので、贈り物として便利です。落雁は、穀物の粉に砂糖を加えたものを、木型と呼ばれる型に入れて作ります」

「その木型も、こちらのお店で作られているんですか？」

蝶の可憐さに心惹《ひ》かれ、思わず聞いてしまう。

「いやいや、これは職人さんの一つ一つの手仕事によるものです。うちも、先代からお世話になっている木型職人さんがいまして、その方にお願いして、こうして菓子を作っているわけです」

菓子の型を作るにも職人さんの力が必要なのだ。

「いろんな方の技術があって、一つのお菓子ができるんですね」

「その通りです。道具や材料。真摯《しんし》に取り組んでくださる方々があってこそ、わたしたちは初めて菓子を作ることができるのです」

「そうだったんですね。わたしは、自分の目の前にあるお菓子についてしか考えていませんでした。だから、お話を伺えてよかったです」

「そう言っていただけると、嬉《うれ》しいですね」

知らない世界を知るのは楽しい。慶子さんは新たな気持ちで、落雁を見た。この親指の先ほどの小さな菓子ができるまでに、いったいどれだけの人が関わっているのだろう。

次に店主さんは、節句の菓子について話し始めた。

「ご提案できるのは、柏餅《かしわもち》、笹《ささ》の葉で餅を包んで蒸したちまきに上生菓子《じょうなまがし》です。上生菓子は、子どもたちが喜びそうな兜《かぶと》や鯉のぼりのご用意もできます」

「上生菓子で、兜や鯉のぼりですか？　あぁ、楽しみです。それに、ちまきって、和菓子にもあるんですね。わたしは、中華料理のおこわしか知りませんでした」

落雁にちまきに上生菓子。慶子さんの心は躍る。ずらりと並んだそれらの菓子を想像すると、わくわくしてしまう。楽しみすぎて、ついつい顔がにまにまとしてきた。上がってしまう口角をもとに戻そうとしたとき、ふいに、店主さんと目が合う。目じりに皺《しわ》を寄せて慶子さんを見ていた店主さんが咳《せき》を一つする。

「では、柏餅はいかがいたしましょうか。餡《あん》は粒とこし、餅は白い餅に加えヨモギでもご用意ができます」

あぁ、柏餅。柏餅について聞かれた慶子さんの顔は、引きつってしまった。

「やっぱり、柏餅は外せませんよね」

「苦手でしたら、他の品にしましょうか。いくらでも、方法はありますよ」

店主さんからの魅力ある案に、慶子さんの心は揺れる。けれど、客観的に考えて、端午の節句に柏餅がないのは不自然だろう。

「あの、変なことをお聞きしますが、もしかして、柏餅には、本物と偽物があるんでしょうか？」

「偽物ですか？」

店主さんが、はてなといった顔をした。

「うまく説明できないのですが、例えば、柏餅にはある一つの正式なスタイルがあって、それ以外は偽物と呼ぶとか？」

「面白い質問ですね。差し支《つか》えなければ、なぜ、そう思ったのかお聞きしてもいいですか？」

話すか、話さないか。迷ったのは、せいぜい三秒といったところか。

「小学校に上がって間もないころだったので、十年近く前になりますが、同じ年のいとこに言われたのです。『おまえが食べているのは、偽物の柏餅だ』って」

発言の主はいとこの修太郎《しゅうたろう》君。彼は、母の兄である伯父の息子だ。住む場所が離れているため、なかなか会う機会はなかったけれど、同じ年という気安さはあった。おそらく、問題のあの日も二人でアニメでも見ていたのだろう。

「なるほど。ところで、柏餅のなにが偽物と言われたか、覚えていますか？」

「葉です。お餅を包んでいる柏《かしわ》の葉が偽物だって言われました」

――「こんな葉っぱ、柏餅じゃない！　偽物だ！　偽物柏餅！」

修太郎君は怒りながら柏の葉を慶子さんに投げてきた。一人っ子でのんびりと過ごしてきただけに、人から物を投げられた衝撃は大きかった。

しかも「偽物柏餅」だ。その当時のあだ名が「柏餅」だった慶子さんにとり、柏餅は菓子であると同時に自分を指す呼び名でもあった。そのため「偽物柏餅」と言われると、自分自身が偽物と言われているようで気持ちが落ち込み悲しくなったのだ。

「そうですか。偽物は柏餅の葉ですか。いいヒントをありがとうございます。ところで、そのようにおっしゃった方も、今度の集まりにいらっしゃるんですか？」

集まるメンバーに修太郎君の名があったとき、慶子さんは憂鬱《ゆううつ》な気持ちになった。よりによって、柏餅のこの時期と重なるなんて、なにかの罰ゲームかと思ってしまう。

「来ると思います。母から聞いた参加者の名まえに入っていました」

「でしたら、お力になれるかもしれません。当日お渡しする柏餅が答えになるように、作ってみましょう」

力強い店主さんの言葉に、慶子さんは目がまん丸になった。たったこれだけの情報で、長年の悩みである、あの謎が解けるのだろうか。

「本当ですか？　わたし、ずっと心に引っ掛かっていて。それで、柏餅だけでなくいとこも苦手になっていたんです」

「そうでしたか。ただ、おそらくですが、偽物だと言ったいとこさんにも、なにか事情があったのかもしれません。仲直りができたらいいですね」

店主さん、すごい。まるで探偵さんだ。菓子を作るだけでなく、謎を解く推理までするなんて。これからこの方を「師匠」と呼ぼう。慶子さんはそう決めた。


そして現在、祖父母宅の集まりに持っていく菓子の受け取りのために、慶子さんは「寿々喜」の暖簾《のれん》をくぐった。

「いらっしゃいませ、お待ちしていました」

店にいたのは、和菓子さまだった。和菓子さまとは学校でも毎日顔を合わせるけれど、こうして店で会うほうがしっくりくる。慶子さんは嬉しくなった。

レジの横のカウンターには、慶子さんが注文した菓子が用意されていた。紙の手提げ袋が三つ。その袋の横には、箱が二つ置かれている。

和菓子さまが、順番に説明を始めた。まず、一つ目の紙袋には、束になって立てられた、ちまきが入っていた。青々とした葉が凛《りん》としている。

二つ目の紙袋には、快気祝いの落雁の詰め合わせが入っていた。和菓子さまが、一つだけ包装されていない落雁の箱を開けて、慶子さんに見せてくれた。十二個の落雁は、そのいずれもモチーフが違った。小槌《こづち》や鍵《かぎ》といった宝尽くしに加え、ブローチにしたいほど愛くるしい小梅や亀甲《きっこう》を模したものもある。薄い黄色や紫、ピンクに白。どの落雁もかわいく、食べるのが惜しいほどだ。

三つ目の紙袋は空だった。おそらく、横に置かれた二つの箱の菓子を入れるのだろう。

和菓子さまが一つ目の箱を開けた。そこには、赤や青の鯉《こい》のぼりと兜だけではなく、吹き流しや菖蒲《しょうぶ》の花の上生菓子があった。慶子さんは、その色や形の美しさに、ついつい見惚《みほ》れた。

菓子がずらりと並ぶと、いかにも楽しげで心が弾む。

そして、二つ目の箱が開けられた。そこには、柏餅がぎっしりと詰められていた。けれど、その中に二つだけ、他の柏餅とは明らかに葉の違う菓子がある。

「この、変わった葉の柏餅が、答えですか？」

「うん。柏木《かしわぎ》さんは以前、食べていた柏餅を偽物だと言われたんだって？」

「そうなんです。同じ年のいとこに。男の子なんですけど」

「……偽物も本物もないのにな」

「それならどうして、修太郎君はそんなことを言ったのでしょう」

――「いとこさんにも、なにか事情があったのかもしれません」

師匠の言葉が頭に浮かぶ。もしかすると、自分が本当に知りたいのは、柏餅の謎ではなくて、そんな発言をした修太郎君の気持ちなのかもしれない。

「また嫌な思いをさせられるのであれば、ご両親に話して行くのをやめてもいいんじゃないかな」

慶子さんが余程情けない顔をしているのか、和菓子さまの表情も曇っている。

「ご心配をおかけしてすみません。でも、大丈夫な気がしてきました。わたしは『寿々喜』さんの答えを信じます。それに、母の快気祝いなんです。やっぱり、わたしが行かないと、みんなが心配します」

「そうか。うん、頑張って」

和菓子さまの「頑張って」に、慶子さんは本当に頑張れそうな気がしてきた。

「それに、もし、いとこになにか言われたら言い返します」

「本当かな」

「……本当です。言えます」

「あやしいな」

「言えます。言います！」

「うん。それだけ元気があれば、大丈夫だね」

和菓子さまは、柏餅が入った箱の蓋《ふた》をしめ封をすると、落雁の包装も手早く済ませた。慶子さんは会計を終えると、お礼を言って家に帰った。そして、午後、父が運転する車に乗り、祖父母宅へと向かった。

＊＊＊

慶子さんの家から同じく都内で暮らす祖父母宅まで、車で四十分程度かかる。本日の主役である母は、久しぶりに会う親兄弟に囲まれて嬉しそうだ。

「慶子ちゃんも、よく頑張ったわね」

良子《りょうこ》伯母《おば》さんに肩をぽんと叩《たた》かれる。伯母さんは、慶子さんに柏の葉を投げつけてきた修太郎君のお母さんだ。

「伯母さん、わたし、お菓子を持ってきたんです」

「寿々喜」の袋から、柏餅の箱を取りだし開ける。すると、良子伯母さんが目を見開いた。

「まぁ、山帰来《さんきらい》の柏餅だわ。修太郎、ちょっと来て」

あっけにとられる慶子さんをよそに、良子伯母さんがはしゃぎだす。やってきた修太郎君は、慶子さんをジロリと見ると、無言で箱を覗《のぞ》き込んだ。

「嬉しいわ。あのね、わたしが生まれ育って、今も家族で暮らす地域では、柏餅といえば柏の葉でなく、この山帰来の葉二枚で餅を挟んだものだったの。それが、あたりまえだと思っていたから、以前、東京に来たときに柏餅を見て、もうショックを受けちゃって」

「伯母さんの家では、これが柏餅だったんですか？」

「そう。柏の葉っぱじゃないのに、柏餅なんてね。疑問を持ってもいいはずだったんだろうけど、不思議と考えたこともなかったの。だから、わたし、調べちゃったわ。そうしたらね、わたしが住んでいる地域には、柏が自生してないんですって」

柏がない？　予想もしなかった話に、慶子さんは虚を衝《つ》かれた。良子伯母さんが続ける。

「だから、昔からこの葉で挟んでいたんですって。それに、山帰来だけじゃなくて、柏餅には、地方によっていろんな葉が使われているとも書いてあったわ」

「柏餅だからって、柏の葉だけじゃないんですね」

「そもそも昔は、柏に限らず葉を総じて『かしわ』と呼んだそうなの。さらに、食べ物を包んだり載せたりする葉を『炊葉《かしぐは》』と呼び、それが転じて『かしわ』となったともあったわ。つまり『柏餅』は、いろいろな葉でいいのよ。面白いわね」

伯母さんはそう話すと、お茶を淹《い》れに行った。慶子さんの隣に修太郎君が来た。母の病気のため、こうして顔を合わせるのは、六、七年ぶりだ。彼は、背こそ伸びたが、その顔立ちは記憶のまま、太い眉《まゆ》に勝気そうな目をしていた。

「おまえさ、もしかして、覚えてた？」

「……覚えていました」

「つまりこれは、俺への仕返しってやつですか」

「そんなつもりじゃないです。わたしも、柏餅の謎が解きたかったから」

「あっそ。あのさ、すっげー言い訳していい？　いや、しちゃうけど」

修太郎君は、山帰来の柏餅《かしわもち》を手に取った。

「小学校に入ってすぐだったな、あの集まり。その前の日かな？　両親が大喧嘩《げんか》した。今思えば、よくある口喧嘩の一つにすぎなかった。だけど、あのとき俺は、まだちびだったし、それを真剣に受け取った。喧嘩《けんか》の最中に親父が、やっぱり東京が便利だとか言ったんだろうな。それに母親が怒って、東京なんて食べ物一つ違うし住めないわよ、とかなんとか」

その場で伯母さんが挙げた東京と地元で違う食べ物に、柏餅も入っていたそうだ。

「俺は母親の味方をしないといけないと思ったんだ。だから、東京の食いもんなんて、柏餅なんて食うかって。で、あーいうことに。悪かった。本当にごめん」

修太郎君が申し訳なさそうに謝ってくる。

師匠……凄《すご》い。師匠の言う通り、修太郎君が柏餅を偽物だと言った裏には、ちゃんと事情があったのだ。

慶子さんの心は晴れやかだった。長年の柏餅の謎だけでなく、修太郎君の思いも知ることができたからだ。「すっげー言い訳」に胸が熱くなる。彼は母親思いなのだ。

そして、反省もした。自分が食べているものが、東京で流通しているものが、すべて正解であたりまえなのだと、知らず知らずのうちに思っていると気付いたからだ。

――「偽物も本物もないのにな」

和菓子さまもそう言っていた。

本物の柏餅なんてなかったのだ。誰にとっても、いつも食べる親しんだ柏餅こそが、本物だったのだ。それが、答えだ。

そのあと、慶子さんたちは師匠が作った上生菓子を食べたり、夕食には寿司《すし》の出前をとったりと、陽気で、めでたく、おいしい一日を過ごした。

慶子さんは、自分が新しく生まれ変わったような、なんでもできそうな、そんな気持ちになっていた。

＊＊＊

柏餅の謎が解けてから十日ほど過ぎたころ、新入生に向けての部活の紹介イベントが開かれた。当日に向けて、慶子さんは積極的に特訓を受けた。剣道のデモンストレーションは山路《やまじ》さんが行い、慶子さんはその解説をするのだけれど、だからといって剣道についてろくに知らないまま舞台に立ちたくはなかった。原稿の字面をただ読むのではなく、自分の実感としての言葉がほしかったのだ。

例えば、剣道の竹刀は約四百グラム、大きめのリンゴ一個分の重さだ。初めて竹刀を握ったとき、慶子さんは思いのほか軽いと感じ、これならどうにかなるんじゃないかと考えた。けれど、すぐにそれは間違いだと痛感した。軽いとはいえ、竹刀を長い時間正しい位置でキープし続けるのは、なかなかに大変なのだ。そして、素振りについては、言わずもがなだ。やってみなくてはわからないことは、当然あるものだ。

やってみなくてはわからないといえば、山路さんに感心されるほど慶子さんは腕の力も握力もたいそうよろしかった。

これについて、慶子さんには心当たりがあった。スーパーでの買い物だ。牛乳にヨーグルト。人参にじゃがいも。五キロの米だって学校帰りに買って帰ったことがある。

一見、共通点などないようなことが、ひょんな機会で繋《つな》がった。もしかすると、世の中に無駄なことなんてないんじゃないか。無関係に思えることも、実はなにかで繋がっているのかもしれない。そう考えると嬉《うれ》しいし明るい気持ちにもなれる。とはいえ、気分は明るくても、慣れない稽古で体のあちこちは痛かった。そんなこんなで迎えた新入生への部活紹介だった。

発表の場は体育館の舞台だ。一足先に終えた剣道部男子部員たちは、体育館の一番後ろに陣取り、女子部の様子を見守っている。山路さんの希望で、男子部から二人の助っ人《と》を頼んだ。

防具を着けた山路さんのデモンストレーションが始まる。彼女が小柄な二年生男子部員相手に打ち込んでいく。その様子を、白い上衣に紺の袴姿《はかますがた》の慶子さんが、マイク片手に解説をした。

慶子さんは、肩までの髪が顔にかからないよう、両耳にかけた。そして、緊張のため赤くなっている頬を意識しながらも、俯《うつむ》かず、まっすぐに一年生たちに話した。その彼女の後ろに用心棒よろしく立っているのは、紺の上下の剣道着を着ている和菓子さま。男子部、二人目の助っ人だ。

一年生からの拍手を受け、剣道部女子部の紹介が終わった。舞台を次のサッカー部へ引き渡す。女子の歓声が上がる。振り向くと、一人の男子生徒が器用にリフティングをしていた。

出番を終えた剣道部員は、舞台のそでに引っ込んだ。山路さんと二年生男子は、面を外すためにそでの隅に行った。一方、慶子さんと和菓子さまは、体育館の外へ出て山路さんたちを待った。

責任を果たし終えた安堵《あんど》から慶子さんは息を吐くと、和菓子さまに微笑んだ。そして、遅ればせながら、先日の柏餅の顛末《てんまつ》を報告した。本当はもう少し早く話したかったのだけれど、連休が終わった途端に連日の部活での稽古《けいこ》が始まったため、なかなか和菓子さまと二人で落ち着いて話す機会が持てなかったのだ。

「自分のあたりまえが、他の人のあたりまえではないと、つくづくそう思いました」

「和菓子に限らず食文化は、日本国内でも地域によってさまざまだからね」

「わたしは、東京生まれの東京育ちなので、視野が狭いんだと思います」

「ぼくもだ。だからこそ、謙虚な態度が必要だし、視野を広める心がけが大事だよね」

和菓子さまの言葉が心に響く。

「おーい、かっしわーぎさーん」

体育館の裏出口に、面を外した山路さんと二年生の男子が立ち、手を振っていた。上機嫌な山路さんの様子に、慶子さんと和菓子さまは顔を見合わせて笑った。

六月　嘉祥菓子は賑やかに

水無月《みなづき》、水張り月、風待月。

慶子《けいこ》さんも、いよいよ十八歳。

剣道部の後輩から、先輩と呼ばれる響きもくすぐったい日々。


朝からの雨に水色の傘を差し、学校への道をそろりそろりと歩く慶子さん。一時間目に行われる英語の小テストのため、ただいま脳内フル回転で単語のスペルをチェック中。

absolute, absence, altogether——

「おっはよう！　柏木《かしわぎ》さん！」

「——あ」

とんだ。全部、とんだ。

元気な山路《やまじ》さんの声に押し出されるように、慶子さんの頭から英単語が消えた。

小テストの出来にめげつつも、なんとか、二時間目以降の授業もこなし、部活動に向かう慶子さん。隣を歩くのは山路さん。道々話すは、今年の新入生についてだった。

剣道部女子部には、八人の仮入部の申し込みがあった。八人の内訳は、中学校でも山路さんの後輩だった経験者が二人と、初心者が六人だ。その六人全員が、高校からの入学者だった。山路さんがうきうきと話し出す。

「これがなにを意味するかわかる、柏木さん？　高校から入った人たちって、うちの大学への内部進学率が高いのよ。だから、今年の一年生は三年生になっても、他の大学への受験を理由にやめる人が少ないと思うんだよね」

「山路さんの同期の女の子たちは、みなさん大学受験を希望されたんですよね」

「そうなの。高校二年が終わったら、さよならよ。表面上は『大学受験、頑張って』って応援した。でも、女子部がわたし一人だと思うとなんか空《むな》しくて。家で泣いたわ」

剣道部は男女仲がよいけれど、それとこれとは別の問題だ。

「仲間がいなくなって淋《さみ》しいのは、あたりまえの感情です。わたし、一年生と一緒に頑張ります。山路さん、よろしくお願いします」

「こちらこそ！　柏木さん、頼りにしてます」

廊下の真ん中で、慶子さんは山路さんに抱きしめられた。

軽快な竹刀の音が剣道場に響く。慶子さんはジャージ姿の初心者の一年生とともに、男子部部長の福地《ふくち》君のもとで稽古を始めた。福地君は顔も体も四角い男の子だ。経験者は、山路さんと一緒に二、三年男子部員と稽古をしている。

休憩時間に剣道初心者の一年生たちが、竹刀って意外と重く感じる、なんて話している様子が微笑ましい。そして、そう思える自分はもうお客さまではなく、剣道部の一員になっているんだな、と感じた。

慶子さんは、自分の周りが賑《にぎ》やかになったと自覚している。なによりも、名まえを呼ばれる回数がとても増えた。一年生だけでなく二年生男子までが「柏木先輩」なんて呼んでくれるのだ。こんな未来が訪れるなんて、三か月前には想像すらしなかった。

それもこれも、和菓子さまから剣道部に誘ってもらったおかげだ。ところが、その和菓子さまは、このところ剣道部をお休み中だ。学校には来ているので、体調が悪いわけではないのだろう。店が忙しいのだろうか。慶子さんは帰りに「寿々喜《すずき》」に寄ろうと決めた。

さて、今日はどんな菓子と会えるだろう。期待を込めて「寿々喜」の戸を開ける。

「いらっしゃいませ」

店にいたのは師匠だった。慶子さんは和菓子さまがいないことをちょっぴり残念に思った。彼女は師匠に挨拶《あいさつ》をすると、ショーケースを覗く。そして、すぐさま「紫陽花《あじさい》もち」

と名付けられた菓子に目を奪われた。「紫陽花もち」は、つややかな道明寺《どうみょうじ》の上に小さな寒天のキューブが散らすように載せられた菓子だ。キューブの色は、青だけでなく、微妙に色の濃淡がつけられた紫色。菓子は見るからに涼し気で宝石のような華やかさもあった。

次は「青梅《あおうめ》」だ。緑のふっくらとした梅の実を模したその菓子からは、シンプル故のごまかしのきかない潔さを感じた。

最後は「撫子《なでしこ》」だ。大きく咲く花に、一枚の葉が添えてある。花だけでなく、葉の緑色があることで、薄いピンク色の撫子の可憐《かれん》さが、一段と際立つように見えた。紫陽花、青梅、撫子。異なる美しさと存在感に、慶子さんは声が出なかった。

和菓子の在る世界が好きだ。英単語は頭に入らなくても、和菓子に関することなら覚えられるかもしれない。そんな思いを抱きつつ、ふと顔を上げた慶子さんの目に一枚のポスターが入った。

――六月十六日は、和菓子の日

「和菓子の日がどうかしましたか？」

慶子さんの視線を追った師匠が、尋ねてくる。

「びっくりしました。六月十六日は、わたしの誕生日なんです」

「それは奇遇ですね。実は、うちにはその日にしか売らない菓子があるんですよ」

慶子さんは心躍らせながら、師匠の言葉に耳を傾けた。

＊＊＊

六月の一週目が過ぎた、雨の放課後。慶子さんと山路さんが、部室へ向かう途中のことだった。廊下の曲がり角に近づいた慶子さんの耳に「おい、待てよ」と、男の子の声が聞こえた。声は角を曲がった向こうからする。

「鈴木《すずき》、いい加減にしろよな！」

声の主は、福地君だ。つまり、相手は和菓子さま？　なにが起きたのか。歩きだそうとした慶子さんの腕を山路さんが摑《つか》んだ。彼女は無言で首を横に振る。

「ぼくが部活を休むことについて、福地とは散々話したよね。今さら、文句を言われても困る。悪いけど、急いでいる。約束があるんだ」

やはり、和菓子さまだった。緊張感はあるものの、彼の声は落ち着いていた。

「それはそうだけど。新入生も入ったし、いつまでもおまえがいないのって困るじゃん」

「困ると言われても、こっちにも都合がある。部活には出られない」

「都合、都合って、一体どんな都合だよ。鈴木はそこんとこ話してくれないから、わからないんだよ。俺に説明できないような、やましい都合なんじゃないのか？」

和菓子さまの都合。部長の福地君にも話せない都合。話せない都合は、やましいのか。

福地君の言葉が、慶子さんの胸のうちにある悲しみに刺さる。福地君には、そんな経験がないのかもしれない。人に話せない都合は、あるものなのだ。

慶子さんにしろ、いまだに母の病気について気軽には話せない。「家庭の都合」といった言葉を、現在進行形で使ってしまう。それは、やましいとかやましくないとか、そういったことではないのだ。慶子さんは、和菓子さまが部活を休む理由を知らない。けれど、彼にもきっと説明ができない、説明しづらい事情があるのだろう。

「逆に聞くけど、やましい都合だと休んじゃいけないのか？　ぼくには、そこまで部活に忠誠を誓う理由がない」

和菓子さまは福地君を突き放すようにそう答えると、角を曲がって来た。和菓子さまと慶子さんの視線がぶつかる。けれど、彼は無言で彼女の横を通り過ぎていった。

慶子さんの心がすっと冷えた。誰にだって言えない事情はある。さっきまで、自分だってそう思っていた。それなのに、この淋しいような胸の痛みはなんだろう。

その後も和菓子さまは、部活を休んだ。同じクラスで席も隣なのだけれど、慶子さんには彼がとても遠い存在に感じられてしまった。

＊＊＊

あれやこれや、悩みつつも、毎日は過ぎていき――。

六月十六日、慶子さんの誕生日がやってきた。今日は自分の誕生日だけでなく、和菓子の日でもあり、師匠が作った「その日にしか売らない菓子」が買える日でもある。

「その日にしか売らない菓子」とは「嘉祥菓子《かじょうがし》」だ。「紫陽花もち」を買った日、師匠から「嘉祥菓子」についてのさわりを聞いた慶子さんは、帰宅後、本やインターネットを使い調べた。

諸説あることのはじまりの一つが江戸《えど》時代の旧暦六月十六日に江戸城で行われていた「嘉祥の儀」だ。「嘉祥の儀」では、五百畳の大広間に多い時は実に二万個近くの菓子が集められ、それを大名や旗本に配ったそうだ。旧暦の六月といえば、今より季節があとにずれ、暑さも厳しく体調不良にもなりやすい時期だ。そうした災いや暑気払いの意味を込めて菓子を食べたという。なんともスケールの大きな行事なのである。

「寿々喜」でもそれにちなみ、毎年、限定菓子を販売している。要予約のその菓子を、慶子さんはあの日あの場で代金を支払い予約した。指折り数えて待っていた、六月十六日なのだった。

誕生日当日、慶子さんは「寿々喜」の開店時間を待ち、家を飛び出した。ところが、週末と重なったためだろうか。店の前の駐車場にまで行列ができていた。どうやら目的は、みなさん同じようだ。

出直そう。一刻一秒を争って必要だというわけでもない。家から「寿々喜」までは、すぐなのだ。出遅れたことを悔やみつつ、慶子さんはそっと店をあとにした。


誕生日は家族三人で過ごした。父の車に乗りちょっと豪華なフレンチを食べに足を延ばした。そして、食後はショッピングモールに行き、母の体調をみながら買い物をした。本屋に行き、イラスト入りの和菓子の本を買った。母から薦められたコットンのワンピースやブラウス、ルームウェアも買った。慶子さんの両手は、いつものスーパーの袋ではなく、色とりどりのショップの紙袋でふさがれた。


夕方、帰宅して、二階の部屋に行きワンピースをハンガーにかけているとき、玄関のチャイムが鳴った。父が応対する声が聞こえる。

「慶子、お客さまだよ」

父に呼ばれて玄関に向かった慶子さんは目を疑った。和菓子さまが和菓子さまの格好をして、そこに立っていたからだ。

「こんにちは、柏木さん」

「……こんにちは」

「先ほどはお待たせしてしまい、大変失礼しました」

和菓子さまが頭をぺこりと下げ、紙袋を慶子さんに渡してきた。迷いつつも、受け取った紙袋を覗《のぞ》くと、黒く細長い箱が一つと、名刺より少し大きめの紙が一枚入っていた。紙はクリーム色で、二つ折りになっている。その表紙には「嘉祥菓子」と印字されていた。

慶子さんはその紙を開いた。

「これは、今日いただいたお菓子について書いてあるんですか？」

「『寿々喜』の『嘉祥菓子』は、毎年七種類の饅頭《まんじゅう》を用意しているんだけれど、お客様から菓子の説明のしおりがほしいって声をいただいて。それで今年から作ってみたんだ」

作ってみたんだ？

「もしかして、この文章を考えたのは……」

「おかしな箇所があったら教えて。次の参考にするから」

早口で和菓子さまが答える。和菓子さまは以前、自分の仕事は販売と配達だと言っていた。けれど、こうしたしおりを書くだけでなく、他にも、きっとさまざまな仕事を任されているのだろう。それにしても、饅頭に七つもの種類があるとは。

「初めて聞く名まえのお饅頭があります。これは、食べるのが楽しみです」

「柏木さんが喜んでくれてよかった」

和菓子さまがほほ笑む。それだけで慶子さんの心は、あたたかな思いで満たされた。ここ最近、彼を遠く感じていた気持ちが一瞬で消えてしまう。それにしても――。

「こちらに配達のお仕事があったのですか？」

以前、慶子さんは家のすぐ前で、近くの公民館への配達を終えた和菓子さまと遭遇したことがあった。

けれど、慶子さんの問いに、和菓子さまは口元に笑みを浮かべるだけで答えてくれない。

「……もしかして、わざわざですか？　わざわざ、持ってきてくださったんですか？」

「まぁ、そうだね。わざわざ、かな」

「…………」

慶子さんは血の気が引いた。混んでいても、待っていればよかった。ただでさえ忙しい和菓子さまに、とんだ迷惑をかけてしまった。

「冗談だよ、冗談。柏木さん、慌てすぎ。でも……冗談じゃないか。わざわざは本当か」

嘘なんだか本当なんだか。慶子さんの心は揺れに揺れる。おろおろする慶子さんを和菓子さまが笑って見ている。今日の和菓子さまはよく笑う。

「柏木さん、今日がお誕生日なんだってね。おめでとう」

ふいうちの「おめでとう」に、慶子さんの動きは止まった。

「ありがとうございます」と返しながらも、気持ちはそわそわと落ち着かない。きっと、師匠に聞いたのだろう。けれど、男の人に「おめでとう」なんて言われるのは、やっぱり恥ずかしい。

「おめでたいんだけど、先を越されて悔しいな」

「お誕生日、いつなんですか？」

「来月、七月七日。七夕だよ」

さすが、和菓子さま。生まれた日まで雅《みやび》だ。いやいや、そんな感心をしている場合じゃない。これは、もしかしなくても、日ごろの感謝の思いを伝えるいい機会なのでは？

「お誕生日プレゼント、贈らせてください」

「柏木さんがぼくに？」

慶子さんが勢いよく頷《うなず》くと、なぜか和菓子さまは横を向いた。

「……ありがとう。楽しみにしている」


リビングに行くと、母がお茶を淹《い》れてくれた。

「お菓子、届けてもらっちゃった」

にこにこ顔で報告する。そして、お待ちかねの菓子を出した。テーブルの上には、細長い黒い箱に入った七つの饅頭がある。「嘉祥菓子」の饅頭は見ているだけでも楽しく、まるで、こちらに向けてなにか語りかけてくるような、そんな親しみと賑《にぎ》やかさがあった。

慶子さんは張り切って、父と母に向けて和菓子さま作成のしおりを読みだす。紅白のうさぎの饅頭に栗饅頭《くりまんじゅう》、葛饅頭《くずまんじゅう》。そして――

「この茶色いお饅頭は、利休饅頭《りきゅうまんじゅう》といって、生地に黒砂糖が入っているの」

「利休ってあの千利休《せんのりきゅう》か？　茶会と菓子か」なるほどと、父が感心している。

「次は酒饅頭《さかまんじゅう》。酒饅頭は生地に……。えっ？　米麹《こめこうじ》？　わたし、勘違いしていた。てっきり、お酒で蒸すから、酒饅頭っていうのかと思ってた」

「うーん。アサリの酒蒸しとは、わけが違うからな」

危なかった。和菓子さまに知られる前でよかった。慶子さんはそっと胸をなでおろす。

「最後が、蕎麦《そば》饅頭よ。薄く色づいてはいるけれど、利休饅頭のほうが濃いのね」

「蕎麦か。鴨南蛮《かもなんばん》が食べたいな」

父の腹の虫が、ぐぅと鳴る。豪華なランチを食べたのに、父はすでに腹ペコだった。そんな父を母があきれたように笑う。慶子さんも、仕方がないなぁと、父に箱を渡す。

「はい、腹ペコお父さん、お先にどうぞ。好きなお饅頭を選んでね」

待ってましたとばかりに、父はいそいそと栗饅頭を手にした。母は、珍しいからと利休饅頭。そして、慶子さんは葛饅頭を選んだ。饅頭を食べながら、話が弾む。

今日ここに、この菓子がなくても柏木家にピンチが訪れるといったことはないだろう。けれど、今日ここに、この菓子があったおかげで生まれた会話がある。思い出もある。

それは、数年後まで残るような、記念すべきときではないかもしれない。けれど、毎日の家族の暮らしの中で、幸せだとみんなが感じた時間には違いなかった。

最近の学校生活もそうだ。剣道部に入らなくても、それなりの高校生活は送っていただろう。けれど、入部したおかげで、今まで経験してこなかった多くの嬉《うれ》しさと楽しさを享受することができた。たとえば、山路さんとの部活についてのおしゃべりだとか、一年生の子たちとのたわいのない話だとか。

もっと言えば、他の人にはささやかだと笑われるかもしれないけれど「おはよう」と「さようなら」の挨拶《あいさつ》をする人が増えた。仲間が増えて、慶子さんの周りは賑やかになった。そして、その賑やかさと「嘉祥菓子」が重なったのだ。

和菓子と剣道。

十八歳の慶子さんの日常を豊かに彩るきっかけは、いずれも和菓子さまにあった。

その後も、和菓子さまは剣道部を休んだ。福地君が、ぶつくさ文句を言う姿も目にした。けれど、慶子さんは、以前のように和菓子さまをとても遠い存在に感じてしまうようなことはなかった。

六月最後の日曜日、晴れ。慶子さんは朝刊に入っていたスーパーの広告を自転車のカゴに入れ、少し遠くの店へ行った。新装オープンということで、超目玉商品があったのだ。

駐輪し、店に入る。滅多に来ないスーパーは面白いなぁと、あちこち見ながら進む。

慶子さんの後ろでわーっと、楽し気な声が聞こえた。そして、買い物カゴを提げた慶子さんの横を、小さな男の子がはしゃぎながら通り過ぎ、その後ろを男の人が追いかけて行った。きゃっきゃと喜ぶ男の子を背の高いその人が抱き上げ、振り向く。

男の人と慶子さんの視線が合う。

——えっ？　和菓子さま？

立ちすくむ慶子さん、驚く和菓子さま。

新装開店のスーパーにて。

慶子さん、子連れの和菓子さまと未知との遭遇。

七月　天の川に思いを込めて

梅雨と夏の二つの顔を持つ、七月。

あちらこちらに飾られる七夕の笹《ささ》も目に涼しく、下げられた短冊の色も楽しげだ。

そんな、文月。ちょっと変化が起きた月。


『王様の耳はロバの耳』

最近、慶子《けいこ》さんの頭の中で子どものころに読んだ絵本の題名がこだまする。

先月の日曜日、慶子さんは小さな男の子を連れた和菓子さまと遭遇した。見て見ぬふりをする間もなく、ばっちり顔を合わせてしまった慶子さんと和菓子さま。永遠とも思える間のあと、和菓子さまは「これ、弟」と、その子を紹介してくれた。

弟。ブラザー。和菓子さまには、弟君がいた。彼は二人兄弟だったのだ。

慶子さんは「寿々喜《すずき》」に通い三か月が過ぎていたけれど、弟君の存在を感じたことはなかった。なるほどそうだったのかと思いながらも、あのときの和菓子さまの態度に、引っ掛かりを感じていた。スーパーで慶子さんに会った和菓子さまの表情には、明らかに「まずい」とか「しまった」とか、そういった感情が浮かんで見えたからだ。

慶子さんは一人っ子なので、想像するしかないのだけれど、一般的に兄弟姉妹がいれば、一緒にスーパーやコンビニに買い物に行くことは、さほど珍しくもないのでは？　誰かに見られたとしても、あれほどまでに困りはしないのでは？

そんなこんなが引っ掛かり、あのときのことには触れないほうがいいのかなと、慶子さんは妙に気をまわしてしまっていたのだ。

問題の日曜日から数日後のある晴れた朝。

「柏木《かしわぎ》さん、おはよう」

声の主は王様、ではなく和菓子さま。彼はいつものごとく、整ったお顔である。

慶子さんも、いつものごとく「おはようございます」と、返す。

「そろそろ、七夕限定の菓子を売りだすよ。人気があるから押さえたほうがいいかも」

「そうなんですね。さっそく、帰りに伺い、予約させていただきます」

朝からの嬉しいお知らせに、心が弾む。

「そういえば、女子部の新入生、仮入部八人全員が入部を決めたって聞いたよ」

部室がすごくいい感じになったって」

「山路《やまじ》さんの頑張りのおかげです」

「柏木さんだって頑張っているだろう。山路が自慢してた。柏木さんのおかげで、女子の部室がすごくいい感じになったって」

「部室ですか？　わたしがしたことといえば、山路さんと一緒にお掃除をしたくらいですけれど。……もしかして、ハーブでしょうか。重曹とミントで作った芳香剤を部室に置きました」

　慶子さんは、新入生のために、山路さんと二人で部室の大掃除をした。誰のものともわからないTシャツやタオル、そして数年前のものと思われる新入生への部活紹介で使った模造紙など、この際すべて処分した。物が減り拭《ふ》き清められ、部室はすっきりとした。けれど、運動部特有のなんともいえない匂いは、うっすらと残っていた。

　どうしたらいいのかと家に帰り母に相談したところ、重曹とアロマオイルで作る芳香剤を薦められた。それは、ガラスの空き瓶に重曹を入れ、そこにアロマオイルをたらしガーゼで蓋《ふた》をしてリボンで留めるといった、いたってシンプルなものだ。アロマオイルの香りについては、母に持たされたいくつかを山路さんと試しミントに決めた。

「ミントか、いいな。そうした心づかいって伝わるものだよ。一年生は、自分たちが歓迎されていると感じたと思うな」

「そうなんでしょうか……」

だとしたら嬉しい。自身も初心者マークの慶子さん。山路さんの足を引っ張りこそすれ、助けになっている自覚も自信もゼロなのだ。

「おっはよう！」

山路さんが、慶子さんと和菓子さまに加わる。彼女は鞄《かばん》からプリントを出し、二人に渡してきた。

「夏合宿のお知らせよ。近頃休みがちな鈴木《すずき》クンも来月の合宿には来るよね？」

「あぁ、大丈夫。ん、あぁ、どうかな。微妙」

「なによ。そのはっきりしない返事は。キミが来ないと、合宿中の楽しみがなくて、剣道部員が暴動を起こすわよ。福地《ふくち》だって、黙ってないと思う。福地は鈴木が大好きだから」

和菓子さまが眉《まゆ》をひそめる。

和菓子さまは、合宿に来ないのかもしれない。残念に思いながら、慶子さんは渡されたプリントに目を移し、その宿泊場所に目を留めた。

「学校所有の宿泊施設があるんですか？　高校から徒歩三分？　……こんな近くに」

「部活に入ってないと利用しないもんね。中学生から大学生まで使えるの。建物は古いけど学校の体育館や運動場まで近いし、宿泊代も安くて食事もおいしいから便利なの」

「わたし、自分が通う学校について、つくづく知らなかったんだなぁと、少し落ち込みます」

しょげる慶子さんの背中を、ドンマイと山路さんがさする。そして、慶子さんの背中に手を置いたまま、山路さんが和菓子さまを呼んだ。

「そういえば、先々週かな？　鈴木が年上の彼女と歩いているのを見ちゃった。黒髪のショートボブ。随分とハイグレードな女性と付き合っているのね。まさか、人妻？」

和菓子さまの彼女は年上で人妻？　慶子さんと目が合った和菓子さまが渋い顔をする。

「柏木さん、山路の話を信じちゃだめだよ」

「……はい」

そう返事はしたものの、山路さんの口から出た数々のパワーワードに、慶子さんは押され気味だ。

「仕方ないなぁ。……山路、昼休みに福地を誘って男子の部室に来て」

「ラジャー」

「柏木さんもね」

「わたしも？」

「柏木さんにも話を聞いてほしい。付き合って」

きっぱりと和菓子さまが言った。

昼休み、慶子さんと和菓子さま、山路さんと福地君の四人は、新館校舎にある剣道部男子部の部室のベンチに向かい合って座っていた。和菓子さまが口火を切る。

「わざわざ集まってもらって悪いな。福地が聞きたがっていた、ぼくが部活を休む都合について話そうと思う。実は、近々、弟が生まれる。そのサポートのために、放課後は忙しいんだ」

弟？　あの小さな男の子の下にまた赤ちゃんが？　つまり、女将《おかみ》さんは妊婦さん。

「それは、おめでとうございます。予定日をお聞きしてもいいですか？」

「七月上旬。だから、もうすぐなんだ」

「楽しみですね。三人兄弟になるんですね」

「……うーん。そうなるのかな？　ともかく、ありがとう」

一人っ子の慶子さんにとり、兄弟姉妹がいる人は、ただただ羨《うらや》ましい。

ガタガタと音を立て、福地君がベンチから立ち上がる。

「ちょっと待て！　なんだ、今の会話は。弟？　三人兄弟？　サポート？　嘘だろう？

鈴木、おまえ、いつのまに弟ができたんだよ！」

福地君が大声で話す。

「そうよ、鈴木って一人っ子だったよね」

福地君と山路さんの言葉に、慶子さんは混乱した。和菓子さまに、三人の視線が集まる。

「順を追って、説明するよ。ぼくが一歳のときに両親が離婚したんだ。ぼくは母親ではなく、和菓子屋の父に引き取られた。しばらくは祖父母と父とぼくの四人家族だったけれど、のちに、父が再婚した。今、和菓子屋を盛り立てているのは、父と義母になる」

女将さんは、和菓子さまの本当のお母さまではなかった。和菓子さまが話を続ける。

「七月に子どもを産むのは、ぼくの産みの母だ。その人は長いこと独身だったけど、数年前に再婚し子どもを一人産んでいる。そして、七月に次の子が生まれるってこと。上の弟は三歳でとても元気がいいうえに、母の再婚相手が海外出張に行ってしまったのもあって、手が足りないんだ。だから、放課後や週末に、手伝いに行っている。これが部活を休んでいる理由だ。なにか、質問はある？」

「つまり、わたしが見たショートボブの女性は、鈴木を産んだお母さんってこと？」

「そうだろうな」

「残念だわ。せっかく、鈴木の秘密を握ったと思ったのに」

山路さんがぼやく。

「鈴木、水臭いじゃないか。なんで黙っていたんだ。部活を休む理由として、もっと早くに言ってくれれば、あれほどには、俺だって突っかかるような真似はしなかったよ」

福地君が口を尖《とが》らせた。けれど、慶子さんは和菓子さまにかける言葉がなにも見つからなかった。

和菓子さまからの話が終わると、山路さんと福地君は夏合宿の相談があると言い、そのまま残った。部室を出た慶子さんは、和菓子さまから聞いた話を反芻《はんすう》していた。

「危ない、柏木さんっ」

いきなり腕を摑《つか》まれたと思ったら、すぐそばに和菓子さまがいた。新館校舎と旧館校舎を結ぶその場所は、人にはあまり優しくない段差が存在していたのだ。

「ぼんやりしすぎだよ」

「……すみません」

和菓子さまの表情は硬い。

「柏木さんは、さっきのあの話、ぼくの母が本当の母じゃないって。聞きたくなかった?」

「そんなことないです」

「両親の離婚なんて、珍しくもない話だ。現に、福地だって山路だって、さらっと流しただろう? だから、柏木さんだけだよ。そんな顔をしているのは」

「ごめんなさい」

そんな顔が、どんな顔だかわからない。けれど、和菓子さまがわざわざ言うからには、好ましい顔ではないのだろう。

「謝ってほしいわけじゃないんだ。ただ……ぼくも、知らなかったから。母が、本当の母じゃないって知らなかった」

　和菓子さまの声はかすれていた。

「ぼくは、親の離婚も再婚も覚えていなかった。ずっと、義母がぼくを産んで育ててくれた実母だと疑いもしなかった。両親や祖父母にしてみれば、ぼくが幼いころは、そのほうが都合がいいと思ったんだろう。ただ、いつまでも黙っているのはよくないと考えてもいたそうで、十五歳の誕生日に告げられた。けれど、突然そんな話をされたこっちは、たまったもんじゃない。あたりまえで疑いもしなかった日常が崩れた。自分でも気持ちをどう立て直していいのかわからないほどショックだった」

　慶子さんは、和菓子さまから静かな怒りを感じた。

「ぼくは、産んだ母についても考えるようになった。人の記憶って、どうなっているんだろうって。実母とは一歳まで過ごしたそうだ。でも、ぼくのどこにもそんな記憶はない。脳のどこかに記録されているのかもしれないけれど、それを取り出して見る方法なんてない。確かに存在した時間なのに、ぼくとしては、存在しなかった時間なんだ」

　和菓子さまの悲しみと、慶子さんの悲しみは違う。けれど、今まで当然のように見てきた風景が、がらりと変わったときの無力感は知っていた。

「あたりまえの日常が突然途切れてしまったときの気持ち、わたしも知っています。悲しみや不安や怒り……。わたしは、それに抗《あらが》うすべもなく、のまれてしまいました。ただ、目の前の生活を送るのが精一杯でした。ですから、今、お話を伺って驚いたんです」

そうなのだ。和菓子さまは悩みつつも、そこで立ち止まらず、一歩足を踏み出していた。

「本当のお母さまや小さな弟君。そして、育ててくれたお母さまとの関係。記憶のお話だって、本当にやるせないです。悩みはたくさんあって、感情だって割り切れないことが多いのに、それでもすべてを断ち切らずに向き合って、関わり続け……。それは、とても勇気がいることだと思います。前を向いて歩いていたんだなって、わたし、尊敬します」

和菓子さまは、迷いながらも前に進もうとしている。それは、なかなかできることではない。少なくとも、自分はできなかった。慶子さんはそう思った。

「……ありがとう」

和菓子さまの小さな声が聞こえた。彼が慶子さんを見る。その深い眼差《まなざ》しに、慶子さんはまるで魔法にかかったように動けなくなった。

予鈴のチャイムが鳴る。けれど、和菓子さまも慶子さんも、その場に立ち尽くしたままだ。

「おっ、柏木さんに、鈴木。おまえら、まだこんなところにいたのか？」

「ちょっと、あなたたち、急がないと授業が始まるわよ」

福地君と山路さんの呆《あき》れたような声により、慶子さんと和菓子さまの魔法は解けた。

＊＊＊

暮れた空には、暗く重い雲が広がっていた。雨が今にも降りだしそうだ。

七夕の夕方、慶子さんは緊張の面持ちで「寿々喜」の暖簾《のれん》をくぐった。小さな紙の手提げ袋には、和菓子さまへの誕生日プレゼントが入っている。

「寿々喜」の店頭には、女将さんがいた。

「いらっしゃいませ。ご予約ありがとうございます。お待ちしていました」

女将さんが菓子の箱をショーケースから出し、その蓋《ふた》を開けた。中には三つの上生菓《じょうなまが》子《し》が入っている。「天《あま》の川《がわ》」「笹《ささ》の葉《は》」と「糸巻《いとま》き」だ。

「天の川」は、錦玉羹《きんぎょくかん》だ。大きなカササギをかたどり、その真ん中には帯状に天の川が流れている。川の両側には織姫《おりひめ》と彦星《ひこぼし》よろしく、ピンク色と水色の星が置かれていた。

「笹の葉」は、葛団子《くずだんご》が緑色の葉で巻かれたシンプルなものだ。

「糸巻き」は、俵形の白い糸巻きに赤や黄色や青など七色の糸が巻かれた、とてもかわいい上生菓子だった。錦玉羹に葛団子。七夕の菓子は、ひんやり系なのだ。

「先月いただいた、『嘉祥菓子《かじょうがし》』の葛饅頭《くずまんじゅう》も、口当たりがよくて、するりと食べられました。葛も寒天も、暑くなるこれからの季節にぴったりですね」

慶子さんの言葉に女将さんは頷《うなず》くと、少し考えるような仕草をした。

「実はうちの学《まなぶ》なんですけれど、幼稚園のころは食が細く体も小さかったんです。食事をさせるのもひと苦労だったんですよ」

「そうなんですか？　今は背も高くて……。想像するのが難しいです」

「ありがたいことに、昔のことなんてさっぱり忘れたかのように、すくすく——本当にすくすくと育ってくれました」

百八十センチ近い和菓子さまに対して「すくすく」。大きくなっても、子どもは子どもなのだ。そして、やっぱり女将さんは、和菓子さまを育てたお母さんだと、慶子さんは思った。

「食の細い子に食べさせるのは、大変ですよね」

「その通りです。毎日が知恵と工夫と挑戦でした。お腹を空《す》かせれば食べるでしょうと思って、一日中外に行き一緒に遊びました。けれど、お腹を空かせたのは、息子じゃなくてわたしでした。結局、わたしだけがいつもの倍の量を食べて太ってしまいました」

慶子さんの頭に、元気に走り回る小さな男の子と、それを追いかけるお腹を空かせた母親の姿が浮かんだ。ほほえましいような、気の毒なような。女将さんは話を続けた。

「わたし一人ではいい知恵が浮かばないので、八年前に亡くなった義母《はは》にも相談して、栄養価の高い食材を息子の好きな味付けにして食べさせました。とにかく、隙あらば、食べさせました。ただ、それでも夏場になると、また食べなくなるんですよ。そんな息子のために、葛や寒天を使ったのど越しのいい菓子をよく作ったのです」

大変だったと言いつつも、女将さんは笑顔だ。女将さんの語りには、一人息子への愛情があった。

「材料の食感と食欲って、関係あるんですね」

「そうなんですよ。あの経験は、食に関わる仕事に就くものとしてとても大切だったと思っています。誰もがみな健康で食欲が旺盛《おうせい》ってわけじゃないですものね。そんなこともありこの時期のお菓子を見ると、ついつい学の小さなころを思い出してしまうんです」

親ばかなんです。女将《おかみ》さんが昔を懐かしむように語った。

「大切に育てられたんですね」

「わたしと学は、縁あって親子になれたので。だから、それはもう全力で頑張りました」

どんな顔をすればいいのか戸惑う慶子さんに、女将さんはほほ笑み頷く。

「そうそう学は今、あちらのお母さんのところに行っているんです。赤ちゃんが生まれるって、もう、慌てて出ていきました」

赤ちゃん、いよいよなのだ！　慶子さんまでどきどきしてきた。けれど、和菓子さまが不在となると、持って来たプレゼントはどうしよう。でも、そう考えたのは一瞬だった。

「これ、息子さんへのお誕生日プレゼントです。お手数ですが、渡していただけますか」

「えっ、え、ええええ？　学に？」

慶子さんからの紙の手提げ袋を受け取りながら、女将さんは目を白黒させた。

和菓子さまへの誕生日プレゼントについては、先月から悩みに悩んだ。今までのお礼を込めた素敵な品を贈りたいと思ったものの、いざ、用意するとなると、なにを選んでいいのか見当がつかなかったのだ。

たとえば、剣道に関する物なら竹刀。竹刀が一本増えても邪魔にはならない。けれど、それをいつどこで渡すのか。学校で？　それは、とても目立ってしまう。和菓子さまの自宅に届けたとしても、そこから和菓子さまが竹刀を学校に持っていく手間がある。

では、和菓子に関する物でなにか。……思いつかない。それに、慶子さんが思いつく程度の物は「寿々喜」にそろっているだろう。

ノート、シャープペンシル、消しゴム、ハンカチ。ダメだ、思いつかない。どつぼに嵌《はま》りながらも、それでも考えに考えた。

そんなとき、洗濯物を取り込んでいた慶子さんの目に、あるものが目に入った。てぬぐいだ。剣道では面をかぶる前に、頭にてぬぐいを巻く。剣道用には、やや長めが使いやすいようで、慶子さんも家にあった何枚かのうち、一番長いものを使っている。

てぬぐい、いいかもしれない。なにより、かさばらない。

さっそく、てぬぐい専門店に行き、竹縞《たけじま》のてぬぐいを買った。藍色《あいいろ》で染められたてぬぐいには、無数の細長い竹が白で描かれている。

てぬぐいの前に置かれた紹介文によると、竹には成長や、長寿、潔白さといった意味があるそうだ。それらの意味にあやかりたい気持ちはもちろんのこと、慶子さんには、背の高い和菓子さまと、天に向かい伸びる竹の姿が重なってみえたのだ。

プレゼントには手紙も添えた。手紙というよりは、三月から「寿々喜」で食べた菓子についてノートに記したものを転記したレポートだ。正直、あまり絵は上手《うま》くはないけれどそこはご愛敬《あいきょう》。

「わたし、息子さんにとてもお世話になっているんです。そのお礼にと思って選びました。でも、男の子へのプレゼントって初めてなので、よくわからなくて。おかしなことになっていたら、本当に申し訳ないんですけれど」

女将さんの目がきらめく。

「あら、やだ、どうしましょう。汗が出てきたわ。嬉《うれ》しいわ。学、喜ぶわ。ううん、照れるな。いやいや、無表情かな。渡すのが楽しみだわ。柏木さん、ありがとうございます」

「あの、そんな。使っていただけたら、幸いです」

「おかげさまで、いいお誕生日になりました。帰ったら学に電話させますね」

女将さんが満面の笑みを、慶子さんに向けた。

慶子さんが「寿々喜」を出るとき、女将さんも戸口に出てきた。

「あらやだ。七夕なのに、雨が降りそうですね」

女将さんにつられるように、慶子さんも空を見上げた。

「心なしか、空気も冷たくなってきた気がします」

「柏木さん、傘をお貸ししましょうか？」

「ありがとうございます。でも、折り畳み傘を持ってきましたので、大丈夫です」

「そうですか。よかったです。お天気、もっといいのですが」

女将さんの言葉は、その場にいた慶子さんに向けられたものだった。けれど、それはその場にいない和菓子さまにも向けられた言葉のようにも思えた。

——息子の誕生日、そして息子の弟が生まれる日が、どうか晴れますように。


その夜、慶子さんの自宅に一本の電話が入った。和菓子さまだった。彼の声は穏やかで、これで弟が二人になったと笑っていた。誕生日プレゼントへのお礼も言われ、慶子さんは照れくさくなった。慶子さんと和菓子さまは、また、明日と言って電話を切った。

電話を終えた慶子さんは、視線を窓の外に向けた。家に着くなり降り出した雨は、まだ止む気配はない。空は雨でけむり、七夕の星は見えない。星のない空。

……違う。わたしたちには見えなくても、あの厚い雲の上で星は輝いているのだ。

目に見えない優しさや思いやりは、きっと誰もが想像するよりも多く、この世界にあふれている。

大切な人のために、なにができるだろう。

その切なる思いは、小さくても確かな輝きを持ち、誰かの大切な人を照らし続ける。

人が人を想う気持ちは尊く、強い。

慶子さんは、雨空の下、暗闇できらめく天の川に思いをはせた。

そして、自分も大切な人に寄り添い、照らし続けることができる人になりたいと思った。

八月　夜舟は密やかに

体もアイスクリームも溶けてしまうくらいに暑い八月、葉月。

慶子《けいこ》さん、高校生活最後の夏休み。宿題に部活にと、思いがけず熱い日々。


夏休み真っ只中《ただなか》、いよいよ四泊五日の剣道部の合宿が始まった。

剣道部はOB、OGとの繋がりも深いそうで、明日からは大学生の先輩方も稽古に参加予定だ。その初日の午後、稽古《けいこ》の合間の休憩時間に、慶子さんと新入部員は二、三年生たちに背中を押され、ウッドテラスへ来ていた。

ウッドテラスは、剣道場が入る新館校舎一階にある。ここは四人掛けのベンチに加えテーブルも置かれているため、合宿中の休憩場所として重宝しているそうだ。

そこに、和菓子さまを先頭にした三年生の男子二人が、大きな銀色のトレイを運んできた。ベンチに座って待っていた部員たちの歓声が上がる。

いったいなにが起きるのだろう？　慶子さんはベンチの隣に座る山路《やまじ》さんに尋ねた。

「ふふ。剣道部夏合宿恒例のおやつタイム。和菓子屋の息子鈴木学《すずきまなぶ》による、ひんやりつるんの甘味の登場よ」

　初日の今日は、牛乳羹《ぎゅうにゅうかん》だという。和菓子さまは一足早く宿泊施設に入り、準備をしてくれたそうだ。

　三人がトレイを中央のテーブルに置いた途端、右から左から伸びてきた手が、勢いよくカップを奪っていく。慶子さんは人混みの一番後ろで、自分の分もあるだろうかと、はらはらしながら待っていた。

　牛乳羹をようやく手にすることができた慶子さんは、自分の座っていた席へと戻る。彼女は、山路さんと福地《ふくち》君と剣道部顧問の山田正文《やまだまさふみ》先生と一緒に、右端のテーブルのすぐ前にあるベンチに座っていた。

　山田先生は、三十六歳で独身の国語の先生だ。小柄で、いかにも人のよさそうな顔立ちに丸眼鏡をかけている。あだ名は「幽霊顧問」、その名の通り、部活にはほぼ出てこない。

　慶子さんも先生とまともに顔を合わせたのは今日が二度目で、四か月ぶりとなる。前回は山路さんに連れられ、剣道部への入部と女子部副部長就任の報告をしたときだった。ちなみに、職員室での山田先生の席は、慶子さんの担任の今井《いまい》先生の隣だ。

　牛乳羹製作の功労者である和菓子さまは、慶子さんたちに向かい合うよう、テーブルに寄りかかり立っていた。

「冷たくてうまいな！　鈴木、最高！」

牛乳羹をかきこみながらご機嫌なのは、福地君。

「毎年、鈴木君のおかげで、おいしく涼がとれますよ」

山田先生も嬉しそうだ。先生が、そういえばと、福地君に向き直る。

「副部長の若山《わかやま》君は、明日からの参加に変更でしたよね？」

「はい、さっき連絡があって。まだ田舎にいるそうです。電波の調子がすごく悪くてろくに話しもできず切れてしまい、それきりなんです」

「そうですか。ぼくからもあとで連絡をしてみますね」

山田先生と福地君の会話を、慶子さんは聞くとはなしに聞きながら、和菓子さまが作った牛乳羹をそっと口に運んだ。口の中が一瞬で冷たくなる。山路さんのお薦め通り、ひんやりつるんとした食感が楽しい。ほのかな牛乳の匂いと、微《かす》かな甘さが、疲れた体に染みていく。福地君が、満足げに息をはく。

「牛乳羹って、ママの味って感じだよな」

ママの味と聞き、慶子さんは、あっと思った。先月、慶子さんは「寿々喜《すずき》」の女将《おかみ》さんから、和菓子さまの小さなころの話を聞いた。女将さんは食の細い息子のために、寒天や葛《くず》で菓子を作ったという。きっと、この牛乳羹もその中の一つなのだ。冷たい菓子を食べながらも、心はほんわりあたたかになる。

山路さんが、テーブルのそばに立つ和菓子さまへと身を乗り出した。

「鈴木が合宿に来てくれてよかったわ。やっぱり、合宿番長の鈴木がいてくれないと始まらないもん」

「誰が合宿番長だって？　番長は、山路だろう。番長よろしく、イレギュラーなイベントを企画してぶち込んできてさ。ぼくは、それに従って動いているだけだろう？」

「言われてみればそうね。合宿のスケジュールを組んだわたしや福地が合宿番長かもね。それなら鈴木は、おやつ番長ね」

山路さんがスプーンを振りおろし「任命！」と告げると、あちこちから拍手があがった。

――おやつ番長！

その甘美な響きに、慶子さんは震える。でもいったい、いつからなのだろう。慶子さんは和菓子さまに、尋ねずにはいられなかった。

「おやつ番長さんは、いつからこのような活動をされているんですか？」

「活動なんて、大げさなものじゃないよ。中学一年生の合宿で、福地から『和菓子屋の息子なら、なにか作れ』って言われて。だから今年で六年か。そういえば、ずっと作ってい るな」

「六年間も……。それは、みなさん幸せですね。心から羨《うらや》ましいです」

和菓子さまが合宿に来ないと、剣道部員が暴動を起こすとは、このことだったのだ。しょうがないんだけど、どうしようもないことだけど。激しく落ち込む慶子さん。自分には、今回のワンチャンスしかない。勿体《もったい》ないとばかりに、ちまちまと食べだす。

「あのさ、柏木《かしわぎ》さん。遠慮しながら食べなくても、おかわりならたくさんあるから」

そんな和菓子さまの声をかき消すように、響き渡る「おかわり」の声。大量にあった牛乳羹は、真夏の校庭にまいた水のように消えていった。

さて、剣道部。毎年秋の文化祭に行われる交流戦を目指して猛稽古だ。

一方、慶子さんたち初心者部員は、ようやくこの合宿から面や胴、小手といった防具を着けての稽古が始まる。防具は、学校が用意したものとやめた人たちが善意で残してくれたものがあった。しかし、防具の数が足りたからといって安心はできない。それが快適な品であるとは限らないからだ。

慶子さんたち初心者は、一日目の稽古が終わったあと、部室に残り、大騒ぎしながら香ばしく臭う防具の手入れをしていた。

「柏木先輩」と一年生に呼ばれ、慶子さんは拭《ふ》いていた面から顔を上げる。

「うちの部室って爽《さわ》やかないい香りがしますよね。心地よくて、頑張ろうって気持ちになれます。山路先輩から、この匂いは柏木先輩が作ったハーブの芳香剤だって聞きました」

「わたしたちが来る前に、先輩方が部室をきれいにしてくださったんですよね。それ、すごく嬉《うれ》しくて。歓迎されているんだなって、感動しちゃいました」

一年生が次々と語りだす。その勢いと思いに胸を熱くしながら、慶子さんの頭には、いつかの和菓子さまの言葉が過《よぎ》った。


てんやわんやの一日目、消灯時間間際の午後九時五十二分。宿泊施設の一室で、ベッドに入った慶子さんは胸がいっぱいだった。

和菓子さまの言う通りだった。山路さんや慶子さんが、一年生を迎える思いは彼女たちに伝わっていたのだ。慶子さんは一年生たちからの言葉が嬉しくて、でも、それを言葉にすると、なんだか自慢にも思えてしまい。――でも。

「山路さん、まだ起きてますか?」

慶子さんはベッドから起きあがり、声をかける。

すると、待ってましたと言わんばかりに、山路さんが二段ベッドからするりと下りてきた。宿泊施設の部屋は定員が四人で、室内には作りつけの二段ベッドが二セット置かれている。三年生の慶子さんと山路さんは、二人で一部屋を使っていた。慶子さんは右側のベッドの下の段、山路さんは左側の上の段だ。

「いつ声をかけてもらえるかなって、待ってたの。夕食あたりから様子が変だったよね」

「わたし、そんなにおかしかったですか?」

「うん。なんか、そわそわしていた」

バレバレだった。慶子さんは、部室での一年生とのやりとりを話した。

「わたし、剣道部の先輩として一年生にできることがなにもないと思っていました。けれど、部室が心地いいって言ってもらえて、少しは役に立てたのかなって思って」

山路さんが期待に満ちた眼差しで慶子さんを見ている。

「それで、柏木さんは、この先どうするの？」

「わたしが卒業したあとも一年生が部室を快適に使えるように、ハーブについての勉強をします。それを彼女たちに伝えていきたいと思います」

幸い母は、アロマやハーブに明るい。長い入院生活のストレス緩和のために、よく使っていたのだ。合宿が終わり帰宅したら、早速一から教えてもらおう。

「柏木さんって、いいね。なんか、一緒にいると、飾らない素直な気持ちになれる。実をいえば、わたしも今の部室が一番心地いいんだ。もっと早くに、部室を片付ければよかったと思ったわ」

「そう言っていただけて嬉しいです」

慶子さんは、照れくさくなった。

「ヤル気みなぎる柏木さんに、もう一つお願いがあります」

「なんでも言ってください。わたし、やります！」

「じゃ、よろしくね。副番長！」

「副番長？」

聞きなれない言葉に、慶子さんは首を傾げる。

「そう、副番長。お・や・つ・副番長よ」

「おやつ副番長」

「おやつ番長の鈴木の手伝いをしてください。鈴木一人にだけ任せて悪いなぁとずっと思っていたの。女子部からも手伝いをって考えたけれど、鈴木はなんでも一人でやるタイプだから、下手に手出しはできなくて。そこに、柏木さんの登場ですよ」

「わたしになにができるのやら」

「柏木さんは、鈴木の隣にいられるでしょう。フツーに」

隣に？　普通に？　山路さんの意図がわからないまま、慶子さんは頷《うなず》く。

「そんなことでいいんでしょうか？　隣になんて、誰でもいられますよね？」

「それがさ、鈴木はなまじ顔がいいせいで、ちょこちょこ、トラブルが起きるんだな」

「顔がよくてトラブル？」

慶子さんは、ますますわからない。

「柏木さんは、なんにも考えずにそのままでいいんです。では、いいですか。はい、任命！」

慶子さん、女子部副部長に続き、おやつ副番長に決定。


早起きは三文の徳、と言えるのか。

合宿二日目の朝、慶子さんは、起床時間よりも早く目が覚めてしまった。しばらく、ベッドでごろごろしたが、眠れない。仕方なく、むくりと体を起こすと、静かに服を着替えて洗面所へ向かった。

まだ、誰の姿もない。慶子さんは顔を洗うと、うがいの音に気を付けながら、歯を磨いた。一階の食堂では、朝食の支度が始まっているのだろう。ご飯の炊ける甘い匂いがした。煮干しからとる出汁《だし》のいい香りも漂ってくる。

慶子さんは自分の家族を思った。家を空けたのは、修学旅行を除くと母が病気に罹《かか》って以来、初めてだ。

「柏木さん、おはよう」

「おはようございます」

突然の挨拶《あいさつ》に振り向くと和菓子さまがいた。彼は朝からすっきりとした様子で慶子さんの隣に立ち、歯を磨きだす。そうだ、おやつ副番長。和菓子さまも聞いているだろうか。

「牛乳羹、好きだった？」

歯を磨き終わった和菓子さまに尋ねられる。

「はい。おいしかったです」

「結構量を作ったのに、あっという間にはけたよなぁ」

「みなさん、勢いがあって圧倒されました」

慶子さんが自分の分を食べ終わる前に、おかわり用の牛乳羹は跡形もなく消えていた。

「夏だからね、のど越しのいいものがいいと思って、毎年寒天でおやつを作るんだ」

「ひんやりとした食感もいいですよね」

「ぼくが小さいときに、母親がよく作ってくれたから。夏が来ると、食べたくなるんだ」

女将さんの思いは、和菓子さまにしっかりと伝わっている。

「お菓子と思い出が繋がっているって、すごくいいです」

「柏木さんには、そういったのはないの？」

「お菓子ではないですが、夏といえば、スイカでしょうか。小学生のころ母の実家に行くと、いつも大きなスイカが冷えていて、両親や祖父母と一緒に食べました」

「スイカか。なるほど。いいな……」

和菓子さまが、スイカかぁ、スイカとつぶやく。

「母と縁側に座って、どっちが遠くまで種を飛ばせるか競争して。それを見てたおばあさんに、お行儀が悪いってお母さんが叱られていました」

「柏木さんのお母さんって、面白いんだね」

「そうなんです。活発で面白くていたずら好きな自慢の母です。でも、すっかり変わってしまいました。最近は家から出ないし、お友だちとも会おうとしなくて」

「お母さんのこと、心配？」

慶子さんは首を横に振る。

でも、本当は心配だった。

母が家に戻ってきてくれただけでよかった、その思いに嘘はないのに、最近の慶子さんは少し欲張りなのだ。以前のような活発な母に、少しでもいいから戻ってほしかった。家の中だけでなく、外にも目を向けてほしかった。

「そういえば、寒天を使ったお菓子って、とてもきれいな名まえが付けられていますよね。錦玉羹《きんぎょくかん》に琥珀羹《こはくかん》でしたっけ」

「柏木さん、勉強家だな」

「遅まきながら、和菓子の本を買いました。イラスト入りでわかりやすいんです」

「そうか、いいね。ぼくはこれから今日のおやつを作るんだ。乳酸菌飲料を使った寒天だよ」

和菓子さまは、夏定番の飲み物の名まえを慶子さんに伝えた。そして、サッと顔を洗うと「柏木さん、これから時間、少しある？」と尋ねてきた。

この話の流れは、もしや？

おやつ副番長の出番だろうか。

「あります。暇です。なんでも言ってください」

「だったら、おやつ作りを手伝ってもらえるかな？」

「もちろんです。さっそくのお役目ですね。よろしくお願いします」

慶子さんは、勢いよく頭を下げた。そして、山路さんの仕事の速さに驚く。彼女はすでに和菓子さまのとの間で、副番長の話をつけていたのだ。

厨房《ちゅうぼう》のおばさんから三角巾《さんかくきん》とエプロンを借りた慶子さんは、和菓子さまが持つ粉寒天の袋を見て怯《ひる》んだ。

「今さらこんなことを申し上げるのは心苦しいのですが、わたし、お菓子作りをしたことがないのです。失敗したらどうしましょう。今日のおやつが台無しになってしまいます」

「ぼくがそばにいるから大丈夫だよ。寒天は、沸騰させた湯の中でしばらく煮て溶かすんだ」

和菓子さまからの指示のもと、恐る恐る動く。

「お湯、沸騰しました。寒天、入れます。……このまま、木べらで、混ぜればいいですか？　あってますか？」

「あってるよ。慌てなくていいから、落ち着いて」

慶子さんがあたふたする横で、和菓子さまは寒天液を流し込む容器の準備を始めた。慶子さんは正解がわからぬまま、ひたすら木べらで寒天を溶かす。

「まだ、混ぜていていいですか？」

「うん、上手《うま》いね。いい感じにできてるよ。もうちょっとしたら、火を止めようか。そこにこれを入れればＯＫだから」

和菓子さまは、乳酸菌飲料のボトルを掲げて慶子さんに見せた。


寒天のおやつを作り終え、道具を片付けた慶子さんは、達成感でいっぱいだ。

「ところで、山路から聞いてる？　四日目の夜のイベントの内容」

「いえ。まだです。イベントについて、一年生の女の子にも聞かれていましたけど、山路さんはあとで話すからって」

「なにをもったいぶっているんだか。おはぎ作りをするんだよ」

「おはぎ、ですか？　ここで作るんですか？」

「そう。山路が考えたイベントってやつがそれ。部員全員でおはぎ作りがしたいんだって」

「全員でやるんですか？　それは、楽しみです」

和菓子さまの指導のもと、おはぎ作り！　自分ができるかどうかは別として、なんて素敵な企画だろう。さすが、合宿番長の山路さんだ。

いきなりドサッと床に荷物を置く音がした。振り向くと、丸刈り頭で日焼けした男性が食堂の入口に立っている。和菓子さまが慶子さんを隠すように立った。緊張が走る。

「おいおい、鈴木。『おはぎ』じゃなくて、夏は『夜舟《よふね》』っていうんだろ？　以前、そうレクチャーしてくれたよな」

「……なんだ、若山か。色は黒いし、頭は丸刈りだし誰かと思ったよ」

彼は三年生の若山君だ。夏休み前は、色白で薄茶色の髪をなびかせていたが、すっかり様子が変わっている。若山君は、慶子さんと和菓子さまのそばに来るとにやりと笑った。

「お二人さん、熱々だね。あぁ、こんなこと言ったら山路に殺されるか。でもさ、朝から柏木さんを引っ張り出すなんて、またもや鈴木の職権乱用なんじゃないの？」

「なんだよ、それ」

「また、とぼけて。俺、聞いたよ。新入生への部活紹介で、剣道着姿のかわいい女の子が人気急上昇って話。それでもって、鈴木のところにその子を紹介してほしいって男子諸君が来るたびに、おまえはそいつらを容赦なくバッサリと――」

「山路の代わりに、ぼくがヤッてもいいけど」

「物騒なのは、うちのじいちゃんだけにしてよ。じいちゃんに頭を剃《そ》られたかと思ったら、一日中畑仕事もさせられて。でも、結構、俺、ハマってさ。推薦とれそうなら、大学そっち系に進んじゃおうかなぁって思ったり？」

食堂の入口に、福地君たちの姿が見えた。

「あっ、おおお？　もしや、その細い目は、若山？　おー！　なんだ、その頭は！」

「遅れてすまん。今日から責任をもって副部長職にあたらせてもらうよ」

副部長同士よろしくね、と若山君が朗らかな声で慶子さんに言った。


二日目の午前、慶子さんたち初心者軍団は、防具の着用から礼法、素振りまでを行った。剣道の面を着けたとき、慶子さんはまるで水の中にいるように感じた。水に潜ると、どんなに大勢の人がその場にいても個になれるように、面を着けたときも同じような感覚になったのだ。それは、とても不思議な体験だった。

午前の稽古《けいこ》を終え、山路さんと一年生と一緒に慶子さんは部室に戻った。着替えながら山路さんがぼやく。

「みんな、防具を着けると、やっぱり動きがぎこちなくなるよね」

そうなのである。防具ありとなしでは、素振りの感覚がまるきり違うのだ。

「先輩、わたし、ロボットになった気分でした」

一年生の言葉に、山路さんが考え込む。

「そうね、そういえばそんな感覚だったかも。でも、段々と防具を着けているほうが心地よくなってくるよ。身が引き締まるというか、やる気スイッチが入るから」

はたして、そんな日が来るのか。憧《あこが》れのような気持ちで慶子さんは話を聞いた。


昼食の時間になった。慶子さんたちは合宿施設の一階にある食堂へ向かった。食堂は横に広く、前方正面奥には厨房があり、その前にカウンターが設置されていた。席は中央の通路を挟んで左右にあり、それぞれカウンターに並行するよう四列並んでいる。一列には十二人座れるため、みんなゆったりと思い思いの場所を陣取り座っていた。食事は、厨房の人がカウンターに並べたものを各自が運んで食べるスタイルだ。

今日のメニューは天ぷら冷やしうどん。慶子さんと山路さんが食事をテーブルに運んできたタイミングで、福地君が声を掛けてきた。

「山路、ちょいと相談があるんだけど、いいかな」

福地君がちらりと慶子さんを見た。

「だったら、わたしの席をどうぞ。ここに座って相談してください」

「助かる。俺、まだ飯に手をつけてないから、柏木さんは俺の席で食べてくれる？」

「はい、わたしも手をつけてないので」

「いや、柏木さんの食べかけなら喜ん――」

福地君は言葉を途中で切ると「いたたたたっ！　山路、蹴《け》るなよ」と、足をさする。

「柏木さんにかまけてないで、早いとこ相談を始めるよ」

山路さんが福地君の背中を叩《たた》くと、彼は神妙な顔つきで「はい」とだけ言った。

「あぁ、柏木さん、俺の席、あっち」

福地君が通路を挟んだ先のテーブルを指すと、若山君が大きく手を振ってきた。

「ややや、ようこそ柏木さん」

若山君が席を引いてくれる。慶子さんは座ったものの。……なんとも居心地が悪い。

「むさ苦しいでしょ」

そう言ってきたのは、若山君とは反対側の隣に座る和菓子さま。

「いえいえ、そんなことはないです。あの、すみません。慣れないだけです」

和菓子さまといえば――。ちょうどよかったとばかりに、慶子さんは話しかける。

「あの、明日ですが、明日の朝も今朝と同じ時間に食堂に来ればいいですか？」

「明日も手伝ってくれるんだ。それは助かるけど。朝早いよ、大丈夫？」

「早起きは得意なんです」

「わかった。じゃあ、今朝と同じで」

山路さんから任命された、おやつ副番長。任命されたときは、一体なにをどうすればいいのかわからなかったけれど、偶然にも今朝の早起きのおかげでその任務を遂行することができた。早く起きて良かった。早起きは三文の徳とは、よく言ったものである。

明日も朝から和菓子さまのお手伝いができる。そう、わくわくとしたときだった。なにげなく、視線を動かした慶子さんは、若山君とぴたりと目が合った。彼はナスの天ぷらを、今まさに食べようとしているところだった。

「あ。もしかして、これがほしいとか？　仕方がないなぁ」

若山君が口に入れようとしていたナスを箸《はし》で摑《つか》んだまま、慶子さんに押しつけてきた。目の前に迫るナスに、動きを封じこまれた慶子さん。

「あほか」

和菓子さまが、腕を伸ばし若山君の頭を叩く。

「冗談だよ。もう、鈴木って過保護だな」

その声によって、慶子さんのナスの封印は解かれた。


午後の稽古は、大学生のOB・OGも加わり、より緊張したものとなった。福地君の相談とは、午後からの先輩を加えてのメニューについてだったらしい。

初心者グループにはOGがつき、他の部員たちはOBとの掛かり稽古にはいった。

掛かり稽古とは、受ける側の元立ちと、打つ側の掛かり手の二人が一組になって行う稽古だ。元立ちは、先輩や指導者といった立場の人が引き受けることが多く、いわば後輩が先輩の胸を借り、ひたすら打つ稽古をするといったものである。

一方、慶子さんたち初心者は、午前中の復習として、礼法、素振りをしたあと、いよいよ面打ちに入った。日常生活において、竹刀で人の頭を打つなんてことは、まずない。

それだけに、最初の一歩、ではなく一打というのは躊躇《ちゅうちょ》してしまいがちなのだが。意外にも慶子さんは、初めからなかなかの面を打ち込んでいた。彼女の頭の中にあるのは、今まで散々見てきた和菓子さまや山路さん、そして他の部員の姿だ。そんな、慶子さんの姿を見た一年生たちも、あとに続けとばかりに、遠慮を捨てOGへと飛び込んでいった。

午後の稽古が終わった。息が上がったまま剣道場を出た慶子さんは、その背中を軽くポンと叩かれた。

山路さんだ。彼女の顔も赤かった。普段の稽古ではなかなか見られない顔だ。かなりしごかれたのだろう。疲れた体を引きずりながら、二人で並んで歩いた。そして、しばらくの沈黙のあと、山路さんが勢いよく話し出す。

「柏木さん、後悔してる？　剣道なんて、やらなければよかったって思った？　防具を着けての稽古、きつかったよね。打ち込みもされたよね。痛かったでしょう？　大丈夫？」

「それが——」

呼吸の合間で慶子さんは言葉を出した。体は疲れていた。今まで使っていない筋肉が痛む。大声を出したため、喉《のど》に違和感がある。汗のために髪も湿っていた。

でもそれらは、やったからこそ得られた実感だ。慶子さんは本が好きだ。本を読むことで、自分ができない経験や行くことのできない場所や時代にも行けた。和菓子さまに剣道部に誘われたとき、剣道の小説も読んだ。小説は面白かったし感動もした。けれど、やっぱりこうして実際に体を動かし、自分の感覚のすべてに訴えてくるものにはかなわない。

慶子さんにとっての剣道のリアルとは、素手で持つ竹刀の柄のしっとりとした手触り、足の裏で床を擦る感覚、汗が頭から耳の横に流れていくヒヤリ感、そして、痛み。それらすべては、傍観者では味わえないものだったのだ。

「それが、気持ちよかったんです。自分の眠っていた感覚が開くような。先輩方は強いので、わたしはなにも考えずに向かっていけました。そう言ったら、山路さんは驚きますか？」

「わかる！　剣道ってさ、集中できて気持ちいいよね」

「そうなんです。集中できて、それが気持ちよかったんです」

山路さんと同じ意見の慶子さん。けれど、同じ言葉ながらも、そこには彼女の実感がこもっていた。

「そっか。うん、そうか。……ありがとう、柏木さん」

「え？　どうしました？　なにが？」

「ありがとうは、ありがとうなの。さぁ、着替えよう。あぁ、お腹が空《す》いたな」

その言葉を言うや否や、山路さんのお腹がぐぅと鳴った。


合宿三日目の早朝。

おやつ副番長の慶子さんは、またしても寒天を溶かしていた。本日はフルーツ羹《かん》で、その果物とは、なんとスイカだった。和菓子さま曰《いわ》く、昨日の慶子さんとの会話で閃《ひらめ》き厨《ちゅう》房《ぼう》の人に融通してもらったそうだ。

スイカ羹は、赤い果汁たっぷりで瑞々《みずみず》しい。作りながらも、おいしさが想像できる。

「イベントのおはぎ作りについてなんだけど、柏木さん、作ったことある？」

「おはぎを、ですか？」

慶子さんの動きが止まる。もしかして、日本の家庭においておはぎ作りは一般的なのだろうか。だとすると、おやつ副番長、失格？　この世の終わりのような顔で、慶子さんは和菓子さまを見上げる。

「……ごめん」

視線をそらす和菓子さま。震える肩。心なしか和菓子さまは、笑っているような。でも逆に、慶子さんは泣きたくなってくる。

「やっぱり、経験がないとお手伝いは無理そうですか？」

「いや、そんなことないよ。つい、ぼくが聞いてしまっただけ。今の質問はナシで」

「……わかりました」

本当だろうか？　尋ねてきたからには、なにかしら理由がありそうだけれど。

「そうそう。明日はおはぎ作りをするから、朝のおやつ作りはなしなんだ」

「でしたら、おはぎ作りの準備ですね。わたしはなにをすればいいですか？」

「準備は柏木さんだけでなく、みんなでしようと思っている。おはぎを作る時間も夕食後だから、道具を洗ったり材料を測ったり、そんな諸々《もろもろ》は午後の稽古が終わってからでも十分間に合うからさ」

「……そうなんですね。わたしにできるお仕事、なにもないんですね」

おやつ副番長の仕事も、今朝が最後。慶子さんは、しょんぼりとした。

「いや、そんながっかりしなくても。……仕事、仕事。あぁ、父が来るんだ。餡《あん》を持って来てくれるように頼んだから、その餡の受け取りを柏木さんにお願いしようかな」

「是非、やらせてください！　『寿々喜』さんの餡でおはぎ作りなんて、素晴らしすぎます」

慶子さんは二つ返事で引き受ける。

「そうそう。餡が苦手な人もいるから、その人たちのために、ホットケーキを焼こうと思っているんだ。ここで、ホットプレートも借りられるし」

「ホットケーキも作るんですね」

「うん。柏木さん得意?」

そう尋ねられて、ようやく慶子さんは、あれ? と思った。和菓子さまは、慶子さんにお菓子作りの経験がないことを忘れてしまったのかもしれない。とはいえ、この話の流れで再びそれを口にするのは恥ずかしく。

「あんまり得意では……」

ちょっと見栄《みえ》を張ってしまう。経験はゼロだ。即《すなわ》ち、得意なはずがない。

「なら、福地にやらせるか」

「福地君は、ホットケーキが作れるんですか?」

「あいつは妹がいるから、作ってあげるらしい。ホットケーキミックスだってあるし」

「ミックス?」

これはまた、初めて聞く単語だ。

「うん。ホットケーキミックス」

「……ホットケーキ、ミックス、ですか」

しばし、ホットケーキミックスの単語を挟んで見つめ合う、慶子さんと和菓子さま。

「あぁ、まぁ。知らなくても、人類が絶滅することでもないから」

そう言って、またもや先に視線をそらしたのは和菓子さま。

「柏木さんは、ぼくと一緒におはぎの担当でいいね」

「よろしくおねがいします」

「こちらこそ」

ホットケーキミックスの謎は残りながらも、おはぎ担当という甘い言葉に気持ちが動く。

「微力ではございますが、副番長として最後までお役にたてるよう頑張ります」

「ん？　副番長？」

慶子さんの発言に、今度は和菓子さまの動きが止まる。

「おやつ副番長です。わたし、合宿一日目の夜に、山路さんに任命されたのです。ご存じですよね？」

「あぁ、うん。はいはい、山路から副番長、ね」

「二日目の朝から、さっそくおやつ作りのお手伝いができてよかったです」

そう、すっきりとした表情で答える。

「そうか。『お役目』って気になってはいたんだけど。そうか。……そうだったんだ」

なんとなく元気のない和菓子さまを気にしつつ、慶子さんはスイカ羹作りを続けた。

合宿、四日目。

午前はいつもの稽古《けいこ》が行われ、午後には試合が予定されていた。試合に参加しない初心者チームは、午前中が合宿最後の稽古となった。

試合見学のため剣道場の後ろに座る慶子さんたちのところに、一人のOGが来た。

「柏木さんは、足さばきを見てね。一年生は、先輩たちの竹刀の構え方に注目よ」

山路さんの試合が始まった。試合は五分間の三本勝負だ。相手は大学二年生のOGだった。

礼のあと、静かな剣道場に二人の声が響きだす。まだ、自分の動きだけでいっぱいな慶子さんにとって、相手の動きをよみ、そして攻撃をしかけていく様子は、大袈裟《おおげさ》にいうなら神業のように映った。山路さんは積極的に攻めたが、なかなか決められない。ついにはOGからの反撃が始まり、彼女は負けてしまった。

続いては、三年男子とOBの試合だ。技を繰り出す速さといい、動きのキレといい、迫力といい、どこをどう見ていいのか視点が定まらない。

そんななか、和菓子さまの試合が始まった。和菓子さまの対戦相手のOBは小柄だった。OBのフットワークの軽さに、慶子さんは「足さばき」についてのアドバイスを思い出す。

あれだけ動くには、相当な体力が必要だ。努力されたのだろう。

慶子さんがそう感心しているとき、スコーンとまるで面のお手本のような音が響いた。

和菓子さまの一本だ。そして、続けてまた一本。和菓子さまは、なんなくOBを負かした。

午後の稽古が終わった。

慶子さんと山路さんが部室に戻る途中の廊下で、若山君が合流してきた。

「俺、負けちゃったよ。あぁ、鈴木が羨《うらや》ましい。俺も呉田《くれた》先輩がよかったな」

「呉田充《みつる》先輩は、しつこく鈴木をご指名だったの。だから、キミに出番はなし」

「鈴木も部活に出てないわりには上手《うま》かったな。もっとダメダメだと思ったのに」

「まさか、あんたね。呉田先輩に鈴木が稽古不足だって情報流したの。先輩ったら、嬉々《きき》として鈴木を指名してきたのよ」

二人の会話には、なにやら含みがあった。

「呉田先輩となにかあるんですか？」

思わず、慶子さんは聞いてしまう。

「そう思うわよね。ちょっと嫌な感じだったよね。鈴木の対戦相手だった呉田先輩ってわたしたちの一つ上の先輩なんだけど。因縁があるのよ、鈴木とは」

「ほら、鈴木って、どこか摑《つか》みどころがないというか、なにを言われても動じないというか、飄々《ひょうひょう》としたところがあるだろう？　一匹狼《いっぴきおおかみ》で自分の道を行くみたいな。呉田先輩は、無駄に熱い人なわけ。そうなると先輩の目には、鈴木が不真面目な後輩に映るわけで、衝突というか圧迫というか」

「わたしたちが中学二年生のとき、練習試合で鈴木は呉田先輩に勝ったの。先輩は、ダメ部員だと思っていびっていた鈴木に負けて、相当、腹立たしかったんでしょうね」

いびっていた？　慶子さんの眉間《みけん》に皺《しわ》が寄る。

「あっ、いびるなんて、山路は大げさだな。呉田先輩、悪人ってわけじゃないんだから。鈴木に負けてから、先輩もすげー稽古して。それで、まぁ……勝っていたよな、鈴木に」

「うん。まぁ、勝ってはいたわね、呉田先輩」

山路さんの口調は、いつになく歯切れが悪い。

「呉田先輩も気の毒なのさ。先輩が片想いしていた女子部の先輩が鈴木に御執心でさ。つまり、呉田先輩の鈴木への感情には、報われない恋が絡んでいたってわけ」

「きれいにまとめないの。気の毒なのは鈴木でしょう。なんで先輩の恋愛事情に巻きこまれなくちゃいけないのよ」

なんと、恋愛絡み！　予想もしなかった展開に、慶子さんは面食らった。

「言われてみれば、そうだな。気の毒なのは、鈴木か。呉田先輩の件で、あいつも歪《ゆが》んじゃったわけだしね。でも、今回はお姫様登場で、彼は正しい道を歩み始めてよかったよ。そういえば鈴木って、あの女子部の先輩だけじゃなく、やたら年上に人気があったよな」

「それ、過去形にしないで。今日だってわたしが対戦したＯＧに『鈴木君、彼女はできた？』なんて聞かれたのよ。気になるのなら本人に聞いてほしい。ほんと、面倒くさい」

和菓子さまは、相当人気があるようだ。

「あれ、予想外。つまらんな。彼女、無反応なんだけど」

「だから、言ったでしょ。あんたが思う通りのことは、まだないって」

山路さんは肩をすくめると、慶子さんの顔を見た。すると、山路さんだけでなく、若山君も慶子さんの顔をちらりと見てきた。

「……なんでしょうか」

なにか言いたげな二人の視線に、慶子さんは当惑する。

「ねぇ、山路。なんかボク、キミの気持ちがよぉーくわかるよ。そっと見守りたい？　応援したい？　でもって、保護欲？　あぁ、これじゃ、どこかの和菓子屋の倅《せがれ》と同じじゃないか」

「ねぇ、若山。そこまでだからね。間違ってもそれ以上の欲を出さないで頂戴《ちょうだい》よね」

ふふーん、と鼻息を荒くし、にやつく二人。剣道部は本当に仲がいいのだ。

いよいよ、山路さん企画のイベント「おはぎ作り」の準備が始まった。

慶子さんは師匠から「寿々喜」の餡を受け取るため、宿泊施設のビニールサンダルを履いて表に出た。

日中の暑さの名残りはあるものの、夕暮れどき特有のさらりとした風が吹き、カナカナカナと鳴く蝉の声も耳に優しい。

一台の白いライトバンが、左側にある宿泊施設のゲートから入ってくるのが見えた。スピードを落としたバンは、施設内に敷かれた砂利道を音を立てながら進み、慶子さんが立つ玄関の前で止まった。

運転席から師匠が降りてきた。慶子さんが頭を下げると、師匠は口だけで笑った。そして、バンの後ろの扉を開け、長方形で蓋付《ふたつ》きのステンレス製バットを取り出した。バットを受け取ろうと近寄る慶子さんに、師匠が首を振る。

「重いからいいよ。入口まで運ぼう」

師匠が慶子さんの横を通り、玄関へ進む。そして、玄関まで入ると、周りをさっと見渡したのちバットを床に置こうとした。

「ちょっと待ってください。そのままで」

慶子さんはサンダルを脱ぐと玄関にあがり、ステンレス製のバットを受け取った。

「あの、すみません。つまり、口に入るものなので、床に置くよりは直接渡していただいたほうがいいと思いまして」

「いや、いいんだ。そうか、ありがとう」

餡は、ずしりと重かった。

「柏木さん、だよね。『団扇《うちわ》』、作って待っているから、また店に遊びに来てください」

団扇？　慶子さんのきょとんとした顔を見て、師匠が目じりを下げる。師匠は慶子さんに軽く手を振ると、バンへと乗りこみ、車を発進させた。

団扇、団扇って、つまりが団扇なんだろうか。そう慶子さんが考えていると「持ってく」の声とともに、バットを持つ手が軽くなった。

三年生の北村颯《きたむらはやて》君だった。北村君と慶子さんは中学一年生のとき同じクラスだったけれど、話すのはこれが初めてだ。彼は和菓子さまよりも背が高く体格がよい。

「ありがとうございます」

慶子さんの礼に北村君は軽く頭を下げると、食堂に向かって歩きだした。慶子さんも彼のあとに続こうとしたそのとき、砂利道を誰かが歩く音が聞こえた。

振り向くと、男の人が速足で玄関前の道を右から左に横切っていく姿が見えた。あの人は、和菓子さまの対戦相手の呉田先輩だ。ＯＢ、ＯＧが宿泊施設《こ》にまで来るなんて珍しい。

嫌な予感に慶子さんの胸はざわついた。なにかよくないことが起きたのかもしれない。そう考えると、居ても立っても居られず、慶子さんはふたたびサンダルを履き、呉田先輩が来た方向へと駆けだした。

施設を半周した裏口近くで慶子さんは足を止めた。和菓子さまがいる。彼は両手で、ズボンについた土を払っていた。

「大丈夫ですか？」

慶子さんの声に、はじかれたように和菓子さまが顔を上げた。

「え、柏木さん？　なんで、こんなところにいるの？」

和菓子さまの口の左端には、血が滲《にじ》んでいた。慶子さんは彼に駆け寄り、ポケットから出した水色のハンカチを差し出す。

「血が出てます。これで、傷口をぎゅっと押さえてください」

「血？　ええと、どこだろう？」

「わかりました。少しだけ屈《かが》んでください。これを当てたら、姿勢、戻していいですから」

目線が近くなった和菓子さまの口元を、慶子さんはハンカチで慎重に押さえた。

「このまま、こすらないで、手で押さえてください」

「……はい」

慶子さんの右手に、和菓子さまの大きな左手が重なる。

…………あれ？

「あの、多分、多分なんですが、わたしの手が邪魔だと思うので、一回、離してもらっていいですか？」

「離すと、また血が出るかもしれない」

そう言われてしまうと、そうかもしれないけれど、そうじゃない気もする。それにしても、この距離の近さはどうなのだろう？　いやいや、怪我《けが》をしている人に対して、距離の近さもなにもないのだ。……多分。

和菓子さまが、ふっと笑う。

「……もしかして、面白がってますか？」

恨めしい気持ちで和菓子さまを見上げると、彼の手がぱっと離れた。そのすきに慶子さんも彼の口元からハンカチを離す。和菓子さまの口の端の血は彼が言う通り、また滲み始めた。

慶子さんは、ハンカチを血のついていない面を表にして畳みなおし、和菓子さまに渡した。彼は、慶子さんが渡したハンカチを、今度は迷いなく自分の傷へ当てた。

どこかに和菓子さまが座れる場所はないだろうか。

慶子さんが辺りを見回すと、宿泊施設の外階段が目に入った。彼女は和菓子さまの背中に手を当て、その階段に誘導するよう、一緒に歩き出した。階段に着くと、慶子さんの意図を察したかのように和菓子さまは、おとなしく座った。

二人の間に沈黙が流れる。ただ蟬の声だけがカナカナカナと響いていた。しばらくののち、慶子さんが和菓子さまの顔を覗き込む。

「傷を見せてください」

和菓子さまがハンカチを口元から離す。すると、さっきまで滲んできていた血は止まったようで、慶子さんは安堵《あんど》の息を吐く。けれど、傷の周りはうっすらと青くなっていた。

どうしよう。冷やしたほうがいいのだろうか。そういえば、ここに来る途中に水飲み場があった。あそこに行って、ハンカチを濡《ぬ》らそう。

慶子さんは、和菓子さまの持つハンカチを受け取り――。

「いや、もういいから、柏木さん」

和菓子さまが階段から立ちあがり、動き出した慶子さんの腕を掴んだ。すると、その腕を引っ張る勢いに、慶子さんの体が後ろによろけた。ハンカチも落ちた。焦った和菓子さまが、慶子さんをつかまえようとした結果、和菓子さまが慶子さんを背後から抱きしめるという、わけのわからない状況になってしまった。

けれど、当の慶子さんといえば、自分の状況よりも、地面に落ちてしまったハンカチに気持ちがいっていた。そのため、和菓子さまに拘束されながらも、ハンカチを拾おうと手を伸ばすのだ。それを察した和菓子さまが、慶子さんを抱きしめていた腕をゆっくりと離した。

ようやくハンカチを拾うことができた、慶子さん。

何事もなかったような顔をしている、和菓子さま。

「これ、水で濡らしてきますから」

「うん」

つまりが、慶子さんの当初の行動は、そのまま実行されたわけですが。

つまりが、まるでなにも起こらなかったかのようですが。

◇◇◇◇

そう話しているのは、福地君や若山君たち三年生軍団。彼らは、おはぎ作りの準備のため、二階から一階に下りようとしたところ、階段近くの窓から、偶然裏口で起きた「呉田先輩の暴力事件と、胸キュン柏木さんの変」の一部始終を見ることになったのだ。若山君がしたり顔で話し出す。

「俺、胸がキュンキュンしちゃった」

「俺もだよ」

「まぁ、呉田先輩とのことは、ある意味、鈴木の自業自得だよね。先輩はさ、さっきの試合で自分が今までずっと鈴木に手加減されていたって、知っちゃったわけだから」

それに応《こた》えるように、他の三年生部員も次々と話し出す。

「だからって、殴るのはおかしい。顧問に報告だ。あれは、出入り禁止もんだよ」

「山田先生は幽霊顧問だけど、そういったことは、きちんと対処してくれるからな」

「呉田先輩、本当に鈴木の嘘に気付いていなかったんだな」

「それを言うなら、その嘘を知りつつもなにもしなかった俺らはどうなんだ」

「そんなの、本人の自覚に任せるしかないだろ？　勝てる試合を勝たない人もいれば、それを見抜けない人もいるってことだ」

「まぁ、それにしても柏木さんだよ」

福地君が大きなため息をつき、話を続けた。

「いくら俺があいつに、呉田先輩を一度コテンパンにしてしまえ、って。それが一番の解決方法だって言ってもびくともしなかったあの鈴木が……。俺の愛は無駄だったのか」

男子部員のやりとりを黙って聞いていた山路さんが、満を持して口を開く。

「福地、なに気持ち悪いこと言っているの。あれは単に、鈴木が柏木さんの前では嘘をつきたくなかったって、シンプルな話よ。ほらほら、北村が食堂で待っているよ。急ごう」

山路さんが男子部員をせかす。ぞろぞろと歩く男子をしっしっと手で払いながら彼女は、窓の向こうで濡らしたハンカチを持ち走って来る慶子さんの姿を、微笑ましい気持ちで眺めていた。

◇◇◇◇

賑《にぎ》やかに始まる、おはぎ＆ホットケーキ作り。ほとんどの部員が珍しさもあって、おはぎ作りを希望していた。

福地君が慣れた手つきで、ホットケーキをひっくり返す。

「人気がないのはわかっているけど、だからって、焼き担当が俺と北村ってどうなのさ」

ぶちぶちぼやく福地君のもとに、一年女子部員三名がやってきた。彼女たちは、餡《あん》が苦手だったこともあり、山路さんから、人数の少ないホットケーキ組の盛り上げ係の特命を受けた面々だ。その報酬として、山路さんの高校一年生のときのテスト問題を受け取ることになっているとか。

さて、こちらは、おはぎ組。

「軽くつぶしてくれればいいから」

和菓子さまが見本として、炊飯器で炊いた餅米とうるち米を塩水につけたスプーンの背を使い、静かにつぶした。その様子を、部員たちと一緒に熱心に見る慶子さん。華々しくも、和菓子さまにおはぎ担当を仰せつかったものの、やったことといえば、道具の用意を率先して行う程度だった。

和菓子さまの説明に倣い、おはぎ組の面々もスプーンを握る。

「餅《もち》をスプーンでつくなんて、予想外です。餅といえば、杵《きね》と臼《うす》ですよね」

「でも、よくよく考えてみれば、おはぎの餅って、普通の餅のように滑らかじゃなくて、米粒の形が若干残っていましたよね」

「なんか、意外なほど簡単かも」

「クッキーやケーキを焼くより楽かもしれません」

慶子さんは、クッキーもケーキも焼いたことがないけれど、おはぎ作りに関しては、みんなの言う通りだと思った。それに、手作り菓子＝洋菓子といった固定観念もあった。和菓子は、店で買うものだと思っていた。

事実、職人さんの技でしか作り出せない和菓子は多い。けれど、和菓子さまが教えてくれるおはぎは、菓子作りビギナーの慶子さんにもできそうだと思える作り方だったのだ。

一年生の男子が、和菓子さまに「質問です」と手を挙げる。

「鈴木先輩、うちのばあちゃんは、おはぎをぼた餅《もち》って呼んでますけど、それは、間違いなんですか？　直すように言ったほうがいいですか？」

「『ぼた餅、おはぎ問題』ね。結論からいえば、そんな必要はまったくないよ。というのも、呼び方は、地域や世代によってさまざまだからだ。一般的によく聞くのは、春は牡丹《ぼたん》の花が咲くから、ぼた餅。秋は萩《はぎ》の花が咲くから、おはぎ、といった分け方かな。でも、それだけじゃないんだ。例えば、使う米の割合で分ける方法もある。うるち米が多いとおはぎ、もち米が多いとぼた餅。それぞれの人が大切にしている名まえがある。自分がしっくりくる名まえで呼んで食べれば、それが一番おいしいってことだよ。で、今の季節、夏は『夜舟』だ」

夏は「夜舟」。きれいな響きだ。これには、どんな意味があるのだろう。

和菓子さまに視線が集まる中、若山君が咳払《せきばら》いをする。

「ここからは、お菓子マイスターのぼくが教えてさしあげよう。『夜舟』の名まえは『夜は暗くて舟がいつ着いたかわからない』といった理由からきているんだよ。なぁ、鈴木」

慶子さんたちおはぎ組の顔にはてなマークが浮かぶ。そんな様子を見て若山君が、ほらみろとばかりに、にんまりと笑う。

「俺も最初、鈴木に聞いたとき『なんだそりゃ？』って、思ったもん」

和菓子さまは苦笑いだ。

すると、閃《ひらめ》いたような顔をした一年男子が手を挙げた。

「もしや、舟が『着いた』と餅を『ついた』をかけているとか？」

和菓子さまが、正解とばかりに手を叩《たた》く。喜んだ一年生が興奮気味に続ける。

「その光景が浮かびます。夜、真っ暗な港に、音もなく舟が着くんですよね。昼間であれば、舟の到着は誰かしらの目に留まるだろうけれど、夜の暗闇がそれを隠す。いつ『着いた』のか、他の人にはわからない。転じて、おはぎもいつ『ついた』かわからないほど、静かに作れる、ってことですよね？」

閃きの一年生が、期待の眼差《まなざ》しを和菓子さまに向ける。

「すばらしい、大正解」

ガッツポーズをとる一年生に、慶子さんも思わず拍手だ。でもさ、と山路さん。

「なんで夏なの？　舟なんて一年中走っているわよね」

「そこね。なぜ、夏なのかは、ぼくもわからない」

「鈴木、勉強不足なんじゃないの？」

山路さんが、なんだかなぁといった表情を浮かべる。なるほど、和菓子さまにも解けない菓子の謎はあるのだ。

いよいよ、おはぎの成形に入る。和菓子さまがラップの上に餡を広げて載せ、その上に俵形にした餅を置きくるりと包んだ。おはぎ組も和菓子さまを真似て、こわごわ手を動かす。それを確認した和菓子さまが、ラップをはがしながらできたてのおはぎを皿に載せた。

おはぎ組もそれに続く。

「おお！　おはぎだ、おはぎ！」

「だから、おはぎじゃなくて、『夜舟』だろ」

「わぁ、売り物みたい！」

興奮冷めやらぬ中、二つ目作成へと意欲を出す部員もいた。自分の手のひらでおはぎが完成していくのは、感動的である。慶子さんもできたてのおはぎに舌鼓を打った。和菓子さまが慶子さんのそばに来た。彼は話があると言い、慶子さんを廊下に誘った。

エアコンが効いた食堂に比べて、廊下は蒸し暑かった。

「さっきのことだけど、夕方宿泊所の裏で。ハンカチ、そのまま返してごめん。それに、お礼もちゃんと言えてなかったと思って。……ありがとう」

「あの、大丈夫ですか？」

慶子さんは和菓子さまの口元をじっと見た。口の端の青はさっきよりも濃くなっている。

「平気だよ、これくらい。ただ、店にはしばらく立てないから、母親に怒られるな」

あのあと、すぐに山田先生が和菓子さまを呼んだ。彼の自宅にも、先生は連絡をしたらしい。和菓子さまと呉田先輩のことは、剣道部全員も知ることになり、先輩は高校の剣道部への出入りが禁止されるだろうとの話だった。

呉田先輩との因縁めいた話は、山路さんと若山君から聞いてはいたけれど、その結果がこれなのかと思うと、慶子さんはやりきれない気持ちになってしまう。ただ、そんな慶子さんの思いと反して、和菓子さまの表情は晴れやかだった。

「痛みはないんですか？」

慶子さんは自分の口の端に指を当てながら、心配な思いで和菓子さまを見つめた。

すると、和菓子さまが息をのみ、途方に暮れたような表情になった。どうしたのだろうと、慶子さんが首を傾げると、和菓子さまは顔をそらした。暑さのせいか、彼の顔は心なしか赤い。

そのとき、突然慶子さんの頭のてっぺんになにかが当たり、うごめきだした。

これはもしや……。

あれこれと想像を巡らし、慶子さんは鳥肌が立つ。体を硬直させたまま、涙目で和菓子さまに救いを求める。

「どうしましょう。わたしの頭の上でなにかが、動いてます」

「うん。柏木さん、クモは好き？」

その場でくずおれた慶子さんを、和菓子さまはしっかりと助けてくれた。

その夜、慶子さんは夢を見た。

船に乗っていた。その船で、世界のあちこちに旅をしていたのだ。

静かな夜だった。船は凪《な》いだ水面を滑るように進んでいく。

海も空もわからない暗闇の中、慶子さんは甲板に立ち、頬に潮風を受けていた。

次の港が終着点だった。あの港には、自分を待っている人がいる。音もなく港に着いた船。それと相反して、胸の高鳴りは激しく、緊張と嬉《うれ》しさが混じる思いで船を下りた。

その人は、いた。

慶子さんにとっての、たった一人の人だ。

「おかえり」

彼が言う。

おかえり。

――おかえり。

目が覚めても、慶子さんの頭にはその情景と「おかえり」の声が残っていた。


五日目の午前。合宿所を引き上げ、剣道部部員はそれぞれ帰路についた。慶子さんと和菓子さまもいつもの駅で降りると、並んで歩きだした。

合宿での稽古《けいこ》についてあれこれと話しながら歩く。慶子さんのなんてことない話を、和菓子さまは頷《うなず》きながら聞いてくれた。

「寿々喜」に近づくと、和菓子さまが八月の菓子について話し始めた。

「『朝顔《あさがお》』、水羊羹《みずようかん》。あとは、『団扇』だったかな」

「『団扇』は、お菓子の名まえだったんですね」

「そうだよ。八月の菓子だ。水羊羹は、まぁ、水羊羹だよね。柏木さんも家で作れるよ」

「でも、作り方がわかりません」

「寒天と餡《あん》でできるんだ。柏木さん、合宿で寒天を溶かすのが上手《うま》かったから、きっと水羊羹もおいしく作れるよ」

そういえば、おはぎだけでなく、寒天の菓子も作ったのだ。充実した合宿生活だった。

「『朝顔』は、練《ね》り切《き》り。きれいだよ」

朝顔の色や形を想像して、慶子さんはわくわくした。

「それであの、その『団扇』っていうのはどういったお菓子――」

慶子さんが和菓子さまに聞こうとしたときだった。

「おう、帰って来たか」

店から出てきた師匠が「寿々喜」の暖簾《のれん》をかけた。もう「寿々喜」に着いたのだ。駅からあっという間だった。慶子さんは慌てつつも師匠と挨拶《あいさつ》を交わす。

「柏木さん、店に入って。約束していた『団扇』を渡そうか」

「『団扇』が菓子かってそういうことか。父さん、いつ柏木さんとそんな話をしたんだ」

「剣道部の合宿に餡を持って行ったときだよ。ほら、母さんが待っているぞ。昨日から心配してんだ。早く顔を見せてあげろ。で、柏木さんはこっち」

師匠の勢いに押され暖簾をくぐる慶子さん。追いやられる和菓子さま。

「座って、座って」

いつか和菓子さまに勧められた椅子に、ふたたび腰をかける。カウンターの裏に入った師匠は箱にいくつかの菓子を入れているようだった。それに気付き、慶子さんは鞄《かばん》からお財布を取り出す。

「あぁ、なにやってんの。これは、今回は特別。次からは、お代をちゃんと頂くから」

師匠は慶子さんに財布をしまわせると、菓子の入った箱を持ってきた。

「これね。『団扇』。上用饅頭《じょうようまんじゅう》で団扇《うちわ》の形に作るわけ。で、上にも団扇の模様をね。今回、餡は紫芋なんだ」

「涼しくて、おいしそうです」

和菓子で団扇。面白いなと、笑みが漏れる。

「これが『朝顔』。学が小学校から持ち帰ったのがモデルだな」

それは、ピンクとも紫ともいえない、きれいな色をした朝顔だった。

和菓子さまが育てた朝顔。それを囲む、師匠や女将《おかみ》さん。一つの菓子に、家族の風景が浮かぶ。

「最後は水羊羹ね。どこの店でも作るもんだけど、だから難しい」

慶子さんは困った。どの菓子も素敵だ。素敵だからこそ、無料《ただ》で受け取るわけにはいかない。

「そんな顔をしないの。餡のお礼だよ。柏木さん、餡を大事にしてくれただろう。餡は、うちの店の命だから」

大事に？　いつのことだろう。

「あぁ、あのときもわかっていなかったもんなぁ。ま、いっか。あんまりくどくど言うのも野暮だからな。まぁ、理由なんてなんでもいいんだ。柏木さんに食べてもらいたくて作ったんだ。お父さんやお母さんと仲良く食べてよ」

「わかりました。ありがとうございます。大切に食べます」

「うん。あなたなら、そうだよね。で、これからも、学と仲良くしてやってください」

師匠が頭を下げてきた。

「そんな、仲良くなんて……。わたしが一方的に、お世話になっているんです」

「そうですか。学が世話をしていますか」

「はい。それは、もう、たくさん」

本当に自分は多くのことをお世話になったと、慶子さんは思う。

「たくさんですか。そりゃ、すごい」

師匠が目を細めた。


実り多き合宿を終え、不思議な夢も見た慶子さん。あのときの言葉にしがたい想いは、そのまま心にしまった。

行きより、菓子三つ分重くなった荷物。けれど、慶子さんの足取りは軽く。両親が待つ家へと、元気に進んでいった。

九月　恥ずかしがり屋の着綿

九月、長月、月のころ。季節を分ける秋分があり。

慶子《けいこ》さんの心も乱れ気味。


宿題をこなす怒涛《どとう》の日々を越え、今日から新学期である。

午前中で終わった学校の帰り道、慶子さんは和菓子さまを発見した。彼は、慶子さんたちが使う駅のそばの花屋にいた。一度、家に戻ったようで、白いシャツにチノパンといった私服姿だ。

慶子さんはといえば、学校が終わったあとも山路《やまじ》さんと校舎に残り、来週からの部活動についての打ち合わせをしていた。それが終わっても、久しぶりだとついつい話が弾んでしまい、山路さんのお腹が鳴る音でようやく解散となったのだ。そして、一人になった慶子さんは、これまたまっすぐ家には帰らずに、駅の裏にある日本茶専門店「いろ葉《は》」へ寄った。家の煎茶《せんちゃ》を飲み終えたのを機に、以前、和菓子さまから薦められた店を覗《のぞ》いてみようと思ったのだ。

店の周りには、茶を焙《ほう》じるこうばしい香りが漂っていた。店の壁は土色で、扉や窓は木枠だった。店の入口にも店内にも昭和初期を思わせる灯《あか》りがさげられ、趣がある。また、店には喫茶処《きっさどころ》もあり、カウンターと二つのテーブル席があった。

そして、驚くことに茶葉だけでなく「寿々喜《すずき》」の落雁《らくがん》も販売されていたのだ。店員の男性の話によると、喫茶処では落雁はもちろん上生菓子《じょうなまがし》もいただけるそうだ。ただ、上生菓子は人気があるため、午前中にはなくなるらしい。

和菓子さまを見つけたのは、そんな盛りだくさんの時間を過ごした帰り道だった。慶子さんは、花屋の店先に立つ和菓子さまの隣にそっと並んだ。

「こんにちは」

「うわっ。……柏木《かしわぎ》さん。びっくりした。え？　なんで、まだ制服？　もう、とっくに昼も過ぎているけど」

「寄り道、いろいろしてきました」

慶子さんが「いろ葉」の袋を掲げると、和菓子さまは嬉しそうな顔をした。

「あそこ、胃がガポガポになるまで飲ませられるでしょう」

「ここらへんが膨らんでいます」

制服の上からぷっくりふくれたお腹をさすると、なぜか和菓子さまはあさっての方向を向いてしまった。

「お花は贈り物ですか？」

「店に飾る花を買って来いと母親からの命令を受けたんだ。今、お願いしているところ」

和菓子さまがそう話したタイミングで、店の奥から店員さんが花束を持ちやってきた。

花屋さんから「寿々喜」への道を、慶子さんと和菓子さまは歩き出した。

花を持って歩く和菓子さまを、通り過ぎる女の人がちらちらと見る。彼が選んだ花は、薄いピンクや黄色のガーベラだ。

「母から、花はなんでもいいって言われてさ。『重陽《ちょうよう》の節句』も近いし菊にしようと思ったけど、ガーベラが目に入って。この花もキク科だから、まぁ、いいかなって」

「ガーベラも菊の仲間なんですね。キク科って、いろんな花があるんですね」

九月九日は「重陽の節句」だ。この節句は「菊の節句」とも呼ばれ菊との縁は深い。

「というわけで、九月の菓子は菊がモチーフの『着綿《きせわた》』だよ。薄いピンク色の練《ね》り切《き》りで作った菊の上に、綿に見立てた白いそぼろがかかってる」

「昔は九月九日の朝に、前の日の夜から菊に被せ露を含んだ綿で体を拭《ふ》き長寿を願ったそうですね。菊は不老長寿の象徴だそうですけれど……」

慶子さんは和菓子さまが持つガーベラを見て、話を続けた。

「ガーベラは不老長寿という言葉より、可憐《かれん》といった表現が合いますね。ガーベラを見ると、わたしはヘアゴムを思い出します。小学生のころ、この花に似た飾りのついたヘアゴムで髪を左右にぎゅっと結んでいたんです」

「へぇ。柏木さんは、小学生のときは髪が長かったんだ」

「小学校四年生までは、毎日二つ結びでした。五年生になってこの町に越してきてからは、今と同じ、肩くらいです」

「引っ越してきたのか。どうりで、近所なのに会わなかったはずだ。学区も別だよね」

「そうだと思います。わたしは学区の一番端で、通学に二十分以上はかかりました。でも、歩くのは好きなので、苦にはならなかったです」

「ぼくも、好きだよ。歩くの」

同じだと思い、慶子さんは嬉《うれ》しくなる。

「お花はよく買われるんですか？」

「花を見るのは菓子作りの勉強にもなるからね。頼まれれば行くし、そうじゃなくても、ぶらぶらと見に行くことはあるよ」

「お菓子にはお花が多いですもんね。なるほどです。あの、そういったお勉強はいつごろから始められたんですか？」

「こうしたことを勉強といっていいものなのか……。ともかく、もの心つく前から合宿で出したような、おはぎや寒天の菓子は母と作っていたよ。ただ、それはあくまでも、家庭内での出来事だった。表立って店に関わらせてもらえたのは、十五歳の誕生日からかな。菓子を作るなんて、まだまだだ。父親黙認で材料を分けてもらって、見様見真似でやってはいるけれど、そんなの子どもの遊びと変わらないって自覚はある」

和菓子さまの言葉には悔しさがありつつも、師匠への尊敬の念も感じられた。

「わたし、『いろ葉』さんに行って、びっくりしました。『寿々喜』さんのお菓子がありました。お店同士、交流があるんですね」

「この地域の個人商店は、互いに店を盛り上げていこうといった雰囲気があるんだよ。タウン誌や雑誌の取材も積極的に受けて、さりげなくこの町をアピールしたりね」

「……『寿々喜』さんも、取材を受けたことがあるんですね」

しょぼんとしながら、慶子さんは尋ねる。

「うん。……えっ？　柏木さん、どうしたの？」

どうしたも、こうしたもないのだ。慶子さんは、その記事を見ていない。もしかしたら、目にしたかもしれないけれど、覚えていない。読みたかった。どんな菓子が取り上げられたのだろう。慶子さんが知らない菓子かもしれない。そう思うと、心がじりじりとした。

「なにもかも遅くて、自分が嫌になります」

「そんなに深刻にならなくても……。よかったら、これから店においでよ。紹介記事を見せるよ。写真嫌いの父に代わり、母が得意げな顔で写っているよ」

「ありがとうございます。『着綿』を買うために伺おうとしていたんです。記事も是非、見せてください」

「見本誌が送られてきたとき、母が『写真の修整をしてもらえばよかった』なんて言い出してさ。父があきれていた」

楽しそうなやりとりが想像できる。和菓子さまが家族で仲良くしている様子を思うと嬉しく、心があたたかくなってきた。

不思議だ、和菓子さまといるのは心地いい。一緒に笑ったり、おしゃべりをしたり。

初めて会ったときは同級生だなんて思いもせず、自分とは違う、別世界の人だと思っていた。そう考えると、今の状況は嘘のようである。

「寿々喜」へと続く石畳の歩道に入った。歩道には等間隔で街路樹が植えてある。その鬱《うっ》蒼《そう》と茂る木々の葉が夏の名残りのある九月の陽を遮り、優しい影を落としていた。気まぐれに風が吹く。すると、地面に映る葉の影も揺れた。

ふいに後ろから、大声で和菓子さまの名まえを呼ぶ声が聞こえた。誰かと思い振り向くと、福地《ふくち》君がいた。彼は小学生くらいの女の子と一緒に、こちらに向かって歩いてきた。

福地君の連れの女の子は、彼の妹で名まえは夢子《ゆめこ》ちゃん。小学五年生だそうだ。和菓子さまは福地君たちを迎えたのち、店ではなく建物の脇にある入口へと行った。慶子さんは、福地君と夢子ちゃんと一緒に「寿々喜」に入る。

「福地君のお買い物は何ですか？」

「俺は、『きんつば』。夕方にうちのばあさんが遊びに来るんだけど、きんつばのリクエストがあったんだ。なので、妹のお守りもかねてここまで来たわけ。柏木さんは？」

「わたしは、上生菓子を買いに来たんです。『着綿』という名まえで、九月のお菓子なんですよ」

店頭には女将《おかみ》さんがいた。女将さんは福地君を見ると喜び、ここぞとばかりに学校での息子の様子を聞き始めた。さすがの福地君も、押され気味である。

「寿々喜」の制服に着替えた和菓子さまが、店の奥から出てきた。彼は慶子さんに二枚のカラーコピーを渡す。

「さっき話した取材の記事だよ。こっちのグルメ情報誌の土産特集では、うちのどら焼きを紹介してもらっている。そして、タウン誌では、去年の雛祭《ひなまつ》り特集のときに桃の節句の菓子を取り上げてもらったんだ」

桃の節句の菓子？　桃の菓子といえば、「仙寿《せんじゅ》」だ。そう思いつつも、慶子さんは渡されたコピーに目を通す。すると、そこには見たことがない、箱入りの菓子セットが写っていた。

正方形の三段の箱は菱餅《ひしもち》色で、下から緑、白、ピンク色となっている。一番下の緑の段には、上生菓子の男雛《おびな》と女雛《めびな》に加えて、ヨモギ餅と桃の形の上用饅頭《じょうようまんじゅう》があった。真ん中の白の段には、羊羹《ようかん》で作った菱餅。そして一番上のピンクの段には落雁があり、橘《たちばな》や桃に桜、紅白の梅といったかわいいモチーフばかりがあった。

「わたしが初めてこのお店に伺ったというか、迷い込んだのも三月でしたが……」

「すでに、桃の節句は終わっていたね」

慶子さんはがくりと肩を落とす。今は、九月。三月までは半年近くある。その半年を待たなくては、この菓子には会えない。

落ち込んだ慶子さんを女将さんが励ましだす。

「学《まなぶ》、そんな愛想のない言い方をしないの。本当にそっけないというか、言葉が足りないというか。柏木さん、桃の節句、うんと楽しみにしてくださいね。次回のセットはうちのお菓子だけじゃなくて、地元のお店とタイアップした、それはそれは楽しい商品を企画していますから」

「帰ったら、さっそくカレンダーに印をつけます」

慶子さんが元気になったのを確認すると、女将さんは店を和菓子さまに任せた。

和菓子さまが、慶子さんと福地君と夢子ちゃんの前に立った。その和菓子屋然とした姿に、福地君がにっと笑う。

「鈴木《すずき》のそんな姿を見ると、本当に和菓子屋の息子なんだなぁって思うよ。もしかすると、高校の制服より似合っているんじゃないか？」

「福地に言われても、嬉しくないのはなんでだろう」

「おまえって、ほんと俺への態度が雑だよな」

福地君がふてくされたように口を突き出しながら、夢子ちゃんをショーケースの前に連れていった。

「ほら見ろ、夢子、しかと見ろ。この意地悪な鈴木君のお父さんが作るきんつばは、四角ではなく丸。珍しいだろう」

「珍しいかなんてわからない。だって、夢子は、きんつばを見るのが初めてなんだもん」

福地君と夢子ちゃんのやりとりに、慶子さんは慌ててショーケースに目を向けた。……きんつばが丸い。そして、福地君の言う通り、慶子さんがイメージするきんつばも四角だった。

「『寿々喜』さんのきんつばは、丸かったのですね。わたし、気が付きませんでした」

日ごろ、ついつい上生菓子に目がいき、きんつばや大福にまで気が回らなかった。これは大いに反省だ。

「うちの菓子は、種類が多いから、見落としだってあるよ。きんつばについて話すと、きんつばの『つば』は、刀の鍔《つば》。鍔は丸いだろう。だから、丸いんだよ」

「そうだったんですね。わたし、きんつばの名まえについて考えたことがありませんでした」

きんつば購入決定だ。

福地君の目の奥がいたずらっぽく輝く。

「柏木さん、鈴木が剣道部に入ったきっかけ、なんだか知ってる？」

「福地君に誘われたのかなって、勝手に思っていました」

「よく言われるけれど違うんだ。入学当時、俺と鈴木は別のクラスで仲良くなかった」

そうだったのか。今の二人からは想像できない過去だ。では、理由はなんだろう。慶子さんが和菓子さまを見上げると、彼は困ったような顔をしていた。

「お聞きしちゃ、ダメな感じですか？」

「いや、期待されても、そんなに面白い理由でもないから、弱ったなと思ったんだ。剣道部には、竹刀の鍔を見に行ったことがきっかけで入ったんだ」

「竹刀の鍔を？」

「柏木さんが思うように、きんつばって、多くの店が四角なのにうちは丸い。父にどうしてかと聞いたら、刀の鍔だと返ってきた。なるほど、と思ったけれど、実際に刀を目にする機会はないわけで。そんなときに中学の部活紹介で剣道部のデモを見た。そういえば、竹刀にも鍔ってあるよなと思って見学に行ったらそのまま入部になったわけ」

まさかの入部理由である。剣道にも菓子が絡んでいたなんて。和菓子さまは、本当に和菓子が好きなのだ。

「きんつばがこの世になければ、鈴木学君は剣道をしていなかったのだよ」

福地君の口調は軽かったものの、そこには強い思いのようなものが感じられた。

きんつばがきっかけだろうと、今や福地君にとって和菓子さまは大切な友だちだ。その縁の不思議さとありがたさを、彼は感じているのかもしれない。

慶子さんにしろ、和菓子さまが剣道部に入っていなければ、部活に誘われることはなかったわけで。つまり、きんつばがなければ、慶子さんも剣道部の部員ではなかったのだ。

＊＊＊

九月も半ばを過ぎ、今日は中秋の名月。帰りに「寿々喜」で月見団子《つきみだんご》を買うのが楽しみだ。そんなこと考えつつ、剣道部女子部の部室に急ぐ慶子さん。今日は日直のため、いつもより遅れ気味だったのだ。山路さんにはあらかじめ伝えていたものの、それでも気になってしまう。

部室のそばまで行くと、剣道着姿の福地君がいた。慶子さんに話があるそうだ。

「なにかあったんですか？」

「すぐ済むよ。柏木さん、鈴木に部活へ出るよう言ってくれないかな。あいつ、また休み始めただろう。弟の面倒を見ているのはわかっているよ。でも、近々、交流戦もあるから、鈴木にもしっかり稽古《けいこ》を積んで臨んでもらいたいんだ」

「……でも、赤ちゃんも生まれたばかりで。お手伝いが忙しいのではないでしょうか」

慶子さんにしてみれば、また部活を休み始めたというよりは、合宿こそ、たまたま参加したと受け止めていた。けれど、福地君は違うようだ。

「柏木さんがさ、部活に出てって言えば、鈴木は出るんじゃないかなぁ」

「わたしが？　まさか。福地君のほうが適任です」

「適任は柏木さんだよ！　お願いだから、鈴木に部活に出るよう、言ってみてよ」

慶子さんの両腕を、福地君が摑《つか》んできた。

「え、えええ？」

福地君の強い力に押され、慶子さんは廊下の壁まで下がった。壁と福地君に挟まれる慶子さん。けれど、次の瞬間、福地君の体が勢いよく慶子さんから引き離された。北村《きたむら》君だ。

「北村、いいところに。おまえからも柏木さんに……って、なにすんだよ」

じたばたと暴れる福地君を引きずるように連れて、北村君がずんずんと歩いていった。

慶子さんがほぉと息を吐いたとき、廊下のすぐ先に立つ女の子と目が合った。背がすらりと高く、黒く長い髪がきれいだ。顔は知っているけれど名まえまでは知らない、同じクラスにはなったことはないけれど、同級生だと慶子さんは思った。

「福地は相変わらず、単細胞ね。三年男子の良心、地味で堅実な北村が来たからよかったものの。あなた、自分の姿を意識したことある？　なければ、家に帰ってじっくり鏡を見て、ちゃんと自覚しなさい。男の人に対しての危機感が足りないのよ」

その女の子は、福地君だけでなく、剣道部についても詳しいようだ。この場所は運動部の部室ばかりが並んでいるため、関係のない人はほぼ来ない。

「……もしかして、剣道部の方ですか？」

目が合うなりまくし立ててきた女の子相手に、慶子さんはおそるおそる尋ねた。

「そうよ、柏木慶子さん。わたし、常盤冬子《ときわふゆこ》。もと剣道部。現在、再入部希望者。よろしくね」

常盤さんは口角をあげ、にこりと笑った。


剣道着に着替えた慶子さんが、見学者として常盤さんを連れて剣道場へ行くと、ちょっとした騒ぎになった。彼女に見覚えがあるのは、当然だった。常盤さんは、二年連続高校のミスコンテストでクイーンになった有名人だったのだ。

二年生男子がわいわいと常盤さんを取り囲む中、三年生軍団はちょっと引き気味だ。常盤さんが男子の輪から抜け出し、山路さんのところへ来た。

「わたし、大学受験をやめたの。だから、引退までまた剣道を続けるから」

「怪しいな。信じられない。なんか隠しているでしょう」

「まさか。隠しごとなんて、ありません」

ひらひらと手を振る常盤さんを、山路さんが探るような眼差しで見ている。他大学の受験希望者は、高校二年生からの履修科目の選択を含め、ある程度の覚悟をもち臨んでいるはずだ。受験をやめる人がまったくいないとは言わないが、珍しくはあった。

常盤さん登場で浮き足立つ部員を諫《いさ》めるように、福地君が稽古開始の号令をかけた。


部活が終わるなり、常盤さんが若山《わかやま》君を呼ぶ声が剣道場に響く。

「うるさいなぁ、常盤は。おまえ、とっとと帰って、受験勉強をしろよ」

「そんなつまんないこと言ってないで、みんなでカフェでも行かない？」

みんなでカフェ。仲良しだなぁと、慶子さんは常盤さんと若山君を見ていた。

「あら、ヤギちゃん。あなたもよ」

常盤さんがいきなり慶子さんと腕を組んできた。それを、山路さんが引き離しにかかる。

「ちょっと、柏木さんに馴《な》れ馴れしく触んないでよ。それになに？　ヤギちゃんって」

「だって、柏木さんって、スケープゴートでしょ」

常盤さんの一言に、山路さんをはじめとするその場にいた三年生たちが固まった。慶子さんはスケープゴートという言葉よりも、彼らの顔色が変わったことに違和感を持った。

「やだ。本人に言ってないわけ？　ねぇ、ヤギちゃん聞いてないの？」

常盤さんが慶子さんの顔を覗《のぞ》き込んでくる。慶子さんは彼女の顔を見ずに山路さんを見た。山路さんの顔は、血の気が失《う》せたように白くなっている。若山君が、常盤さんを慶子さんから引きはがす。

「常盤、カフェでも牛丼屋でもどこにでも行くぞ。ほら、おまえたちも一緒だ」

若山君が、北村君や他の部員たちも誘い、常盤さんと歩き始めた。三年生のおかしな様子に、一年生も二年生も黙って剣道場をあとにした。

その場に残ったのは慶子さんと山路さん、そして、福地君の三人だった。

「山路、柏木さん、ちょっと場所を移して話そう」

福地君の声かけで、三人は新館校舎一階のウッドテラスへと向かった。

福地君は、ベンチに慶子さんと山路さんを座らせると立ったまま深く頭を下げてきた。

「俺が悪いんだ。高校二年の終わりに鈴木が部活をやめるって言い出した。でも、俺はやめるのは認めないって言った。そのころ、受験で抜ける部員もいたし、鈴木の事情だって聞かされていなかったから。だって、俺たち中学からずっと一緒にやってきたんだ。だから、最後まで一緒にやりたいって、鈴木にそう言ったんだ。そうしたら、鈴木は、だったら退部はしないけれど、部活を休むのは認めてくれって言いだしてさ」

和菓子さまも福地君の思いがわかったのだろう。慶子さんはそう思った。

「でも、俺、意地が悪いから。部活を休みたいなら、おまえの代わりの三年を一人入れろって言った。部活を引退するような時期に、剣道部に入ろうなんて奇特な人はいない。俺、そう思ったから」

山路さんは黙ったままだ。

「そしたら、始業式の日に、鈴木が柏木さんの入部届を持ってきた。隣の席の女の子がどの部にも入っていないって言うから、誘ったって」

慶子さんは、いつかの和菓子さまと福地君のやり取りを思い出した。

――「鈴木、いい加減にしろよな」

――「部活を休むことについて、福地とは散々話したよね。今さら、文句を言われても困る。悪いけど、急いでいる。約束があるんだ」

福地君は和菓子さまに部活に出てほしいから、無理難題を押し付けた。どうせ、そんな人はいやしないだろうと。けれど、そこに慶子さんがやってきたことで、福地君の思いは打ち砕かれた。

慶子さんは和菓子さまの代わり。スケープゴート。でも、慶子さんには、自分がスケープゴートですらないことはわかっていた。

「ごめんなさい、福地君」

とんでもないことをしてしまった。慶子さんは身の置き場がなかった。三年で剣道初心者の自分は、たとえ誘われたとしても、入部をするべきではなかったのだ。間違っていたのだ。断るべきだった。……迷惑だったのだ。みんなの気持ちに気が付かず、友だちができたと浮かれて、剣道部にいることが楽しかった自分が恥ずかしい。

「謝らないでくれ。悪いのは俺だ。柏木さんは、ちっとも、一ミリも悪くない」

慶子さんは首を振った。福地君の苦しげな声が辛《つら》い。

「剣道部に誘われたときわたしは自分のことしか考えていませんでした。わたしに剣道はできるのかな、とか、防具をうまく着けられるかな、とか。剣道部のみなさんのこと、考えてなかったのです」

「そんなのあたりまえよ。誰でも部活に入るときは、自分のことしか考えないもの」

山路さんが語気を荒げる。慶子さんが山路さんに向き直る。

「でも、みなさんの場合とわたしは違います。三年で初心者なんて、お荷物なだけです」

「お荷物なんかじゃない。わたしは、鈴木が柏木さんの入部届を持ってきたとき、鼻血が出そうになるほど嬉《うれ》しかったんだから」

福地君が慶子さんに近づく。

「柏木さん。山路は、俺と鈴木のやりとりを知らなかったんだ。山路が知ったのは――」

「かばわないで。いつ知ったかなんて関係ない。わたしも福地や鈴木と同じなのよ。彼らの、人を勝手に差し出すような態度に腹を立てたくせに、言えなかった。柏木さんは、わたしにとってすでに剣道部の仲間になってて。わたし、柏木さんといると楽しくて……。だから、どうしたらいいのかって悩んだ」

「すべては、俺が原因だ。柏木さん、ごめん」

福地君がうなだれる。しばしの沈黙のあと、山路さんがぽつりぽつりと話し出す。

「どんな事情であれ、柏木さんが剣道部に来てくれたことは、とっても幸運だった。もし、鈴木が柏木さんを誘ってくれなかったら、絶対に一年生は八人も入らなかった。わたしも、今よりも余裕なくて、ギスギスしていた。そして、なにより……淋《さみ》しかった」

いつも前向きな山路さんのそんな発言に、慶子さんだけでなく福地君も驚いたようだ。

「山路って、そうだったのか？　俺らを叱り飛ばす陰で、めそめそしていたわけ？」

「鈴木一人部活に来ないくらいで、しょぼくれているような男に言われたくないわ」

「返す言葉もない」

福地君が肩をすぼめる。山路さんが真剣な眼差しを慶子さんに向けた。

「柏木さんは、確かに初心者で、そういった意味では一年生と同じかもしれない。でも、違うの。柏木さんは、わたしと同じ土俵に立とうと、三年生であろうと、すごく努力していた。それが、わたしをどんなに勇気づけてくれたか。福地、あんたにこの気持ち、わかるかっ！」

山路さんが立ち上がり、福地君をべしべしと叩《たた》きだした。

「わぁ、やめろ、やめろ」

福地君が両手で山路さんからの攻撃をガードする。

「これで、柏木さんがやめるなんてなったら！　わたしはね、福地のこと」

山路さんの言葉に、福地君はガードしていた手を外し、腕をぶらんと落とした。福地君は山路さんに叩かれるままにしている。山路さんは涙声だ。

「ごめんね、柏木さん。言えなかったわたしだって、ばかものよ。柏木さんに知られたら、わたし、嫌われると思った。剣道部もやめてしまうかもしれないって、怖くなった。だから、内緒にしちゃえって思ったの。本当のこと、わざと黙っていた」

慶子さんの心は、揺れていた。自分は、スケープゴートとして、迎えられたのかもしれない。……でも。

「わたし、剣道部にいたいです。みなさんと一緒に、剣道がしたいです。……いいですか？」

山路さんと福地君が、慶子さんを見た。二人とも同じように顔をぐしゃりと歪《ゆが》めている。

「あたりまえよ、柏木さん。ありがとう。あらためて、よろしくお願いします」

「俺、泣くかも」

「気持ち悪いこと言わないでよ」

そう言う山路さんも、まだ涙ぐんでいる。

「福地、一言だけ言わせて。あんたはどうせ大学に入っても、鈴木に『一緒に剣道をやろう』って誘うんでしょう。その安い友情ごっこ、いい加減、おしまいにしなさいよね」

「ばれたか、アイタタタ」

テラスで、剣道着のまま、泣いたり笑ったりの水っぽい三人を、他の部活の面々が遠巻きに見ていた。


ふらふらで帰宅した慶子さん。あまりにもいろんな感情が、短時間であっちこっちを行き来したため、脳内はオーバーヒート気味。ぼんやりしながら、夕食の用意のためにテーブルに箸《はし》を並べていると、ちょうど父が帰宅した。父の手には「寿々喜」の袋がある。

そこで、はたと思い出す。

「お父さん、わたし、お月見の団子を買い忘れちゃった」

「ははは、そうだろう。ぼくの第六感が働いたな」

そう言いながら、出した菓子は「着綿」だ。以前、慶子さんが買い求めた菊の菓子だ。

これがお月見？　慶子さんが不思議に思うと、父は菓子をまじまじと見ながら話し出した。

「この菓子は前も食べたけれど、かわいくて好きなんだ。上のそぼろから下のピンクの菓子がこっそりと見える感じ。この恥ずかしがりやさんな感じが、慶子にそっくりだ」

親ばか全開の発言に、慶子さんの顔は赤くなる。

「わたしは、かわいくなんかないから。恥ずかしいからやめて」

「見た目だけの話じゃないんだよ。お店の人に聞いたよ。菓子に込められた思いを」

慶子さんの父は、背広のポケットから一枚の紙を取り出した。そして「これは、長寿や健康を願う菓子なんだ」と、慶子さんが知る、重陽と菊の話をした。

「お菓子の話を聞きながらぼくはしんみりしたんだ。『着綿』はかわいいだけじゃない。優しく、強い意志がある菓子だって。ますます、慶子と重なったよ。ここ数年の慶子の我慢や頑張りを思うと込み上げてきてさ。お菓子なのに、見ていたら泣けてきたんだよ」

「……お父さん。まさか、お店で泣いたり、してないわよね」

「あたりまえだ。顔はクールなまま、心で泣いていたんだよ」

父の接客はどなたがしてくれたのだろう。知りたいような、知りたくないような。

慶子さんは、父の一押しの「着綿」を見た。一番初めに出会った「仙寿」といい、和菓子には長寿や健康を願うものが多い。生活のすぐ隣に「死」が存在した時代があったからこそ、祈りや願いを込めた菓子がある。そして、菓子となったことで、過去から未来へその思いは綿綿と続いていくのだ。それは、母が長いこと患っていた慶子さんには、よくわかる感情だった。

そして父は、月見団子を出した。

「さて、柏木家の女性のみなさん。今夜の月はきれいだよ。おいしい夕食のあとは、美しい月の光を浴びながら、お菓子を食べようじゃないか」

慶子さんたちは食事を終えると月が見える和室に移動した。窓を開け、座布団を三枚並べ月を仰ぎ見る。黄色くてまん丸の月が、待ってましたとばかりに輝いている。「寿々喜」の白くて丸い月見団子は、小豆《あずき》とごまとさつま芋の餡《あん》をディップして食べるらしい。「いろ葉」で買ったお茶も淹《い》れた。柏木家のおいしいお月見が始まる。

＊＊＊

青空広がる通学路。

厳しかった夏の暑さも、そろそろ影をひそませてきた。

「おはよう。柏木さん」

いきなり背後から腕を組まれた慶子さん。びっくりして横を向くと、常盤さんがいた。

美少女は、朝から美少女だ。そう思いつつ、慶子さんも挨拶《あいさつ》を返す。

「柏木さんは、剣道部をやめないんですってね」

常盤さんがちらりと慶子さんを見た。

「はい。やめません」

慶子さんも常盤さんの顔を見て、はっきりとそう返事をした。

「根性あるわね。わたし、柏木さんに意地悪をしようと思ったわけじゃないの。わたしだったら自分の関知しないところでコトが動いているなんてたまんないから言ったの」

「常盤さんの言う通りだと思います。わたし、知ってよかったです」

自分の知らないところで、自分の運命が回されていることはあるだろう。むしろ、そういったことのほうが多いかもしれない。

「昨日、わたしが部活を見学した本当の理由は、山路なの」

「どういうことですか？」

常盤さんが唇をかむ。

「五年間一緒に頑張った山路を、わたしは一人にしたのよ。気にしてないはずないじゃない」

慶子さんの胸に、常盤さんの言葉が響く。

「心配だったんですね。山路さんをずっと見守っていたんですね」

「山路が困っていたら、いつでも助けるつもりだった。それなのに、正義の味方ちゃんが登場して、わたしの出番はなし。……でも、違ったの」

常盤さんが慶子さんから腕を離す。

「山路を『助ける』って思った時点で、もう違ったの。山路は、助けてくれる人がほしかったわけじゃない。自分と一緒に悩んだり、笑ったりする仲間がほしかったんだって。本人から昨日の夜に電話があってそう聞いたの」

山路さんは慶子さんにもそう言ってくれた。

「それに、昨日連れていかれた牛丼屋で若山たちが言うには、柏木さんは大切な仲間なんですって。なに、それ。わたしのほうがずっと長く一緒に過ごしていたっていうのにさ、悪者扱いしてきて。腹立つわ」

慶子さんは、勢いよく常盤さんの腕を摑《つか》んだ。常盤さんがじろりと慶子さんを睨《にら》む。美人なだけに大迫力だ。

「常盤さん、受験をやめたのなら剣道部に戻ってきてください」

「やめてないわよ！　あなた、頭にタンポポの綿毛でも生えているの？　そんなの嘘に決まっているでしょ！　みんなわかってたわよ。でも、そうでも言わないと見学できないじゃない！」

「やめてない？」

慶子さん、がくりと肩を落とす。

「でもね。まぁ、わたしレベルになると、受験勉強しつつも、たまになら、本当にたっまぁになら剣道部に出る時間くらい作れるの。っていうか、作るし。やっぱり、わたしも剣道したいし。もし、山路や柏木さんがわたしを受け入れてくれるっていうなら——」

「大歓迎です！」

慶子さんは、常盤さんの言葉に被《かぶ》せるように答える。

常盤さんがそっぽを向きながら、歩き始める。

その横を、慶子さんは弾む足取りで歩きだした。

十月　南下する紅葉、色づく心

十月、衣替え、神無月《かんなづき》。学生服は冬物へ。

そして、三年間お世話になった夏服は、箪笥《たんす》の中へ。


からりと晴れた日曜日の昼前、慶子《けいこ》さんは父の伸二郎《しんじろう》さんに呼ばれ一階の和室へやってきた。慶子さんが庭に面した和室に入ると、母の美春《みはる》さんが若草色の小さな着物を衣紋掛《えもんか》けに掛けていた。部屋には、既に二枚の着物が同じように掛けてあり華やかだ。慶子さんと父は並んで着物を眺めた。振袖《ふりそで》に色無地。どの着物にも見覚えがあった。

「虫干しをしていたのね」

「そうだよ。今日は天気がいいからな」

ふっと父が母の振袖を指す。振袖は黒地で、朱や金の花が競うように咲いていた。

「成人式でこれを着たお母さんは迫力があって、同級生から姐《ねえ》さんって呼ばれていたよ」

「お父さんとお母さんは、中学からの同級生よね。成人式にはみんなで一緒に参加したの？」

「そうそう。お母さんを先頭に、子分みたいにへこへこしながら歩いたんだ」

その様子が簡単に思い浮かび、慶子さんは笑ってしまう。振袖といえば、赤やピンクや水色といったかわいらしい色が多い中で、黒を選ぶとはなかなかのチャレンジャーだ。以前、どうして黒にしたのかと母に尋ねたことがあった。

「だって、他の人と同じじゃつまらないでしょう」

さも、あたりまえとばかりの答えだった。着物を選んだ理由はともあれ、この振袖は母にとても似合っていた。けれど、慶子さんは母の振袖を前に複雑な気持ちになってしまう。あと二年。二十歳になったとき、はたして自分はこの着物を着こなせるのだろうか。

振袖の隣には、卵色の色無地が掛けてあった。その柔らかな色合いの着物には、柏木《かしわぎ》家の紋が入っている。慶子さんと目が合った父が、感慨深げな表情を浮かべる。

「これは慶子のお宮参りで、お母さんが着た着物だな。慶子は、最初から最後まですやすや眠っていて。こりゃ、将来は大物になるなぁと話したもんだ」

「眠っていたくらいで、大物だなんて大げさよ」

父の慶子さんに対する評価は、どうにもおかしい。そして、最後の着物は前の二枚と比べるとこぢんまりとした、若草色の子ども用の着物だった。

「慶子が七歳のときの七五三の着物だな。お母さんのお下がりだけど、慶子によく似合っていた。これを着て髪を結ってちょっぴり化粧もして。その愛らしさに、神社に観光で来ていた外国の方々も大絶賛だった。写真を撮ってもいいかって大騒ぎ。慶子も覚えているだろう?」

「……覚えてないわ。それ、本当なの?」

覚えていないと答えたものの、実はその神社に行く前までの記憶はあった。美容院に連れて行かれ、髪を結われ紅を差したところ、その紅の匂いのきつさが気になってしまい、それ以降の記憶がないのだ。

「覚えてないのか? あんなにモテモテだったのに。慶子と同じくらいの年の外国の男の子が抱きつかんばかりで。もう、ぼくはその子を追い払うのに忙しかったよ」

「お父さんの話は大げさだから、どこまで信じていいのかわからないわ」

「なにを言う。かわいい娘を持つと苦労が多いんだぞ。そうだ、せっかくだから着物をあててみるか? なにか思い出すかもしれないぞ」

話の流れでしょうがないのかもしれないけれど、それにしても、十八歳の娘に振袖ではなく七五三の着物を勧めるのはどうなんだろう。父に悪気がないのはわかっている。けれど、慶子さんはそれを適当に流すこともできなければ、素直に受け入れることもできなかった。

「覚えてないものは、覚えてないの。着物をあてたところで、思い出さないわ」

思わず、強く言い返してしまう。そして「覚えてない」と、言葉にしたことで、以前交わした和菓子さまとのやりとりを思い出した。

「お父さんは、そんなに七五三での出来事を思い出してほしいの？　わたしが……子どもが小さいころの思い出を忘れてしまうのは、親にとってそんなに嫌なことなの？」

慶子さんの勢いに、父と母が顔を見交わす。母が父のおでこをぴしゃりと叩《たた》く。

「ごめん。ダメな父親だな。つい、慶子がかわいくて、からかってしまった。軽い冗談だったんだ。子どもが、小さいときのことを覚えていないのは、あたりまえだ。嫌だなんて、思うわけがないよ」

「……悲しくないの？　一緒に過ごしたこと、覚えてないのよ」

「だとしたら、覚えている周りの大人が話せばいい」

「でも、周りにそんな大人がいなくて、話が聞けない人だっているでしょう？　それに、大人だって全部を覚えているわけじゃない。なにより、本人にとって、覚えていない記憶は無でしかなくて、存在さえしなかったことになるでしょう」

和菓子さまは、一歳まで育ててもらった本当のお母さんの記憶がない。彼は自分の記憶が欠けた状況をもどかしく思いつつ悲しんでもいた。

「慶子、たとえ、子どもだけでなく大人さえも忘れた、思い出せない記憶があったとしても、ともに過ごした事実は消えないよ。確かに、存在した時間なんだ。そういった思い出たちは、きっとぼくたちの意識の下の下にあって、思い出しこそしないけれど、今へと繋《つな》がる行動や感情のもとになっているとぼくは思うよ」

慶子さんの背中を母がそっとさする。

「なかったことには、ならない？」

「ならないよ。思い出せない思い出だからといって、それが消えてなくなるわけじゃないだろう？」

慶子さんは父を見て母を見て、そして、三枚の着物を見た。和菓子さまにも、誰かがこんな風に話してくれたらいいのに。そう思わずには、いられなかった。


その日の午後、慶子さんは両親からの御三時《おさんじ》のリクエストを受け、「寿々喜《すずき》」の暖簾《のれん》をくぐった。店には師匠がいた。師匠と顔を合わせるのは、夏の合宿帰り以来だ。

「あぁ、柏木さん、お久しぶり。学《まなぶ》はね、近所に菓子の配達に行っているんだよ」

「そうなんですね。配達って、どのあたりまで行かれるんですか？」

「駅の裏や神社の向こうだよ。うちみたいな個人商店がいくつかあって、菓子が替わるたびに持って来いってうるさいんだな」

地元の店同士の交流については、以前、和菓子さまからも聞いていた。和菓子さまがいないのは残念だと思いつつ、慶子さんは、菓子を選ぶためにガラスケースに近づき——そして、目がまん丸になった。

「やっぱり、驚いたか。学の言う通りだ。これね『山路《やまじ》の茜《あかね》』。色づく山の秋の夕暮れを表してるんだ」

「山路の茜」は、四角い菓子だ。上下のスポンジケーキのような生地の間に、赤い羊羹《ようかん》が挟まっている。下のスポンジの色は、黄緑と茶のグラデーションで、上のスポンジはオレンジ色だ。ところどころに黒い小豆《あずき》が散らされることで、菓子に動きが感じられた。

「お友だちと同じ名まえなんです。このお菓子は、どうやって作るんですか？」

「羊羹を作る細長い器で作るんだ。この菓子は棹物《さおもの》って言ってね、上と下のスポンジみたいな生地は浮島《うきしま》だ。浮島は、餡《あん》に卵や砂糖や小麦粉を混ぜて作ったもの。食感はしっとりとしている。もしかしたら、それとは気付かずに食べたことがあるかもしれないねぇ。で、間にあるのは赤い羊羹、夕映えに染まる小路《こうじ》だ。ところどころに小豆も入れてね。それを一つ一つ、小分けにしたんだな。この小分けっていうのは、珍しくも学からの提案だ」

小分け、とても助かる。山路《やまじ》さんと常盤《ときわ》さんにも食べてもらいたい。さすが和菓子さまだ。「山路の茜」から視線を隣に移し、どきりとした。菓子の名まえは「初紅葉《はつもみじ》」。紅葉《もみじ》の葉の形をした上生菓子《じょうなまがし》だ。しかし、色は黄緑。慶子さんが着た、七五三の着物の色合いとよく似ている。

「まだ紅葉《こうよう》してないのに、緑色なのに紅葉《もみじ》ですか？」

「あぁ、これね。これは、『まだ紅葉してない』のではなく、『もうすぐ』紅葉するんだ」

「『まだ』と『もうすぐ』の違いって、なんでしょうか？」

「『まだ』は、たとえば、春の葉。葉はまだ緑、当然青い。それでいい。だから『まだ』だ。でも、この緑色をした紅葉《もみじ》は、紅葉する準備ができている。『もうすぐ』色づくんだ。見た目は同じかもしれないけれど、内に込めた思いが違う。まぁ、見る人にとっては同じかもしれないけれど」

若草色の着物を、父は冗談で勧めたと言った。けれど、自分の幼さや未熟さを自覚している慶子さんにとって、その言葉は堪《こた》えた。見透かされているようで、つい、言い返してしまったのだ。

自分はまだ青い。けれど、その色の奥にある姿は、若草色の着物を着たときとは、明らかに違う。その青さは「まだ」ではない。かといって「もうすぐ」かと問われると、あやしい。だから「もうすぐ」になれるように、頑張るのだ。慶子さんは「初紅葉」に慰められる気がした。

「初紅葉」の隣には「実《みの》り」という名の菓子があった。きんとんで作ったいがの真ん中に、栗の実が一粒入っている。ころんとしたその様子が、とてつもなく愛らしい。慶子さんは、ガラスケースにのめり込んでしまうほど菓子を眺めた。

「柏木さんは、和菓子が好きなんだなぁ」

「好きです。ほんのりとした甘さや食感、造形の美しさはもちろんですが、和菓子が持つ物語も好きなんです。わたし、知りませんでした。和菓子に願いや思いが込められていたなんて。そんなお菓子をいただくときには、共感しながら、あやかりたいと思い。また、景色の美しさをまとうお菓子を見ると、こんな見方があったのかって胸が熱くなって。まるで作った方の心も一緒に食べるような。……すみません、なにが言いたいのか。とりとめのない話になってしまいました」

「いやいや、いいんだ。話なんて、うまくまとめなくてもいいんだ。想いなんてものは、心のあちこちに散らばっているんだからね。柏木さんのお話、十分に伝わりましたよ」

師匠の優しい言葉に、じんとくる。

「でも、これは、わたしが自分で考えたことではないんです。全部『寿々喜』さんで、息子さんから教えていただきました。和菓子のお話、いろいろ聞かせてくださいました。おかげで、わたしは和菓子が大好きになったのです」

「これは、嬉《うれ》しい。この店で、大切に育てた菓子だけでなく息子まで、ちゃんと受けとめてくださるなんて、ありがたい」

師匠の含みのある言い方に、慶子さんの顔は赤くなる。訂正しないと、誤解を解かないと。

「あの、これは、そういったことではなくて。わたしは、そんな、やましい想いは一切なく」

けれど、慶子さんが弁解すればするほどに、師匠の笑みは深くなる。

足音が聞こえ、慶子さんはその方向へ視線を移す。店の奥から出てきた和菓子さまが、眉《まゆ》をひそめ、慶子さんと師匠を代わる代わる見た。

「ただいま戻りました。柏木さん、いらっしゃい。父さん、お客さま相手に、なにやってんの？」

「なにって、いろいろだよ。菓子についての話とか」

「ふーん。だったら、なんで柏木さんの顔が赤いの？」

不機嫌そうな和菓子さまに慶子さんは焦り、師匠は大声で笑った。

＊＊＊

昼休み、慶子さんのクラスに山路さんが弁当持参でやって来た。

「文化祭の交流戦のプリント、草稿を作ったから柏木さんにも見てもらおうと思って」

相手校の黒枝学園《くろえだがくえん》は、慶子さんたちが通う明蒼学院《めいそうがくいん》と同じ沿線にある私立の学校だ。山路さんから渡されたプリントには、交流戦の日時と駅からの簡単な地図。そして、当日のタイムスケジュールなどが書かれていた。これを、相手校にも送るそうだ。

そんな慶子さんと山路さんに交じるように、廊下の窓から体を乗り出しているのは常盤さん。その姿は美しく、廊下を歩く男子もちらちらと彼女に視線を送っている。

「山路、今どきプリントでのお手紙なんて、貰《もら》うほうも面倒よ。試合は毎年のことなんだし、メールでいいじゃない。ちょちょっと打ってぴっと送りなさいよ」

「そうもいかないの。顧問の山田《やまだ》先生から、書面で出すようにって言われているのよ。ところで、常盤、あんたお弁当をもう食べ終わったの？」

「カロリーバーを食べたから大丈夫。ただいま優雅に、食後のコーヒータイムよ」

常盤さんの手には、自動販売機で売られている紙パックのミルクコーヒーがあった。

「また、それ？　食事って、栄養を摂《と》ればいいってもんでもないでしょう。将来、常盤が薬剤師になったとき、そんな食生活の女子高生に対してどう接するつもり？」

慶子さんは箸《はし》を持つ手を止めた。常盤さんは薬剤師を目指しているのだ。

「常盤さんは、薬剤師を志していたんですね。なにかきっかけが、あるんですか？」

「わたし、小さいころは体が弱くて苦い薬がほんと辛かったのよ。そんなときに近所の薬局の薬剤師さんが、どうやったら飲めるかなって一緒に考えてくれたの。それが、きっかけよ」

「はん。どうせなら口の悪さも治してもらえばよかったのに」

「凡人山路には無縁でしょうけど、口の悪さを治すと副作用として美貌《びぼう》が損なわれるの」

常盤さんがコーヒーを飲む。食の好みはいろいろだけれど、山路さんの言う通り、カロリーバーとコーヒーの昼食は、なんだかつまらない。でも、それは慶子さんの価値観だ。

「常盤さん、もしよかったら、一緒にお弁当を食べませんか。わたしの今日のお弁当箱、いつもより大きくておかずが余りそうなんです」

断られたらしょうがない。無理強いするつもりもない。そういった気持ちで、慶子さんはお弁当箱の蓋《ふた》の上に、玉子焼きとから揚げを置き、ピックも添えた。その横に、山路さんがおにぎりを一つ置く。常盤さんはそれを見ると、素直に教室に入って来た。

「柏木さんの隣の席に座ってもいいかしら」

慶子さんは頷《うなず》き、常盤さんのために椅子を引いた。常盤さんは席に着くと、優雅な手つきでから揚げを食べた。

「常盤、その席は鈴木《すずき》の席よ」

「あらま。柏木さんは、始業式の日に勧誘されたのよね。鈴木って、手が早いわ」

「あいつの時折見せる思い切りの良さって、なんか怖い。振り切れかたが半端ない。でも、そのおかげで、柏木さんをゲットできたわけよね」

「席順の神様に感謝ね」

「とりあえず、鈴木と柏木さんの席に拝んでおこうかな」

言葉通り拝みだす山路さんを、慶子さんは照れくさい思いで見ていた。そこで、はたと

「山路の茜」を思い出した。二人に食べてもらおうと思い持って来たのだった。慶子さんは鞄《かばん》から出した菓子を机に載せた。

「忘れるところでした。山路さんと常盤さんに食べていただきたいお菓子があるんです。実はですね、このお菓子の名まえが素敵なんです」

「名まえ？　和菓子の？」

山路さんと常盤さんが興味深げに菓子を見てきた。そんな二人を前に慶子さんは、菓子の入ったプラスチックケースをそっと傾けケースの底の製造シールを剝《は》がして見せた。

「えっ。山路の……茜」

シールの印字を読んだ山路さんが、目をぱちくりさせる。慶子さんは、ふふふと笑う。

「山路、良かったわね。和菓子の名になるなんて」

「うむ。まぁ、渋い名まえだとは存じておったが、むむむ」

彼女たちが「山路の茜」を口に運ぶのを、慶子さんはどきどきとしながら見守った。そして、二人の口角がそろって上がるのを見て、心底嬉しくなった。

「わたしと同じ名まえなんて、若干共食い気分だけどおいしかった。お菓子に名まえがあるのっていいね。想像が広がる」

「柏木さんに、質問。このお菓子って、もしかして、鈴木の家で買ったの？」

常盤さんが製造シールにある「和菓子屋　寿々喜」を指す。

「そうです。『寿々喜』さんは、わたしの家の近くにあるんです」

常盤さんと山路さんが勢いよく顔を見合わせる。少しの間のあと、常盤さんが慶子さんににこりと笑った。

「そんなおいしい情報、なんでわたしたちには回ってこなかったのかなぁ。もしかして二人は小学校の同級生だったの？　幼馴染《おさななじ》みでもあるとか？」

「いいえ、わたしが今の家に越してきたのは小学五年生のときです。それに小学校の学区も違ったので、今までお会いしたことはなかったんです」

「つまり、高校三年生になるまで、鈴木の存在を知らなかったってこと？」

常盤さんの問いについて慶子さんは考える。和菓子さまと初めて会ったのは、高校二年生の春休み「寿々喜」の店先だった。でも、あのときは、彼が同級生であるとの認識はなかった。同級生どころか、年上の人だと思っていたくらいなのだから。和菓子さまが同級生の鈴木学君だと知ったのは、始業式が終わったあと、この教室でだった。

「そうなのです。ご近所さんなのに。……わたし、酷《ひど》いですよね」

「ううん、いいと思う。それくらいの女の子のほうが鈴木も気楽よ。鈴木の顔は、わたしには到底及ばないけど、そこそこ整っているから、そこそこモテて、ちょくちょく面倒な目に遭ってるのよ。わたしでも、気の毒だなって思うときもあったもん」

「外見だけでなく、お人柄も良《い》いので、人望が厚いんですね」

「…………はっ？　鈴木の話をしているんだよね」

常盤さんがうめく。それをなだめるように、山路さんが話し出した。

「鈴木のお人柄はともかく、モテモテについては、わたしも迷惑を受けていました。部活が同じってだけで『紹介して』って、冗談じゃないわ。鈴木に事情を説明して、全部お断りしているけど、好きなら他人に頼らず自分でどうにかしろって話よね。それで、まぁ、自分でどうにかしようと告白をした勇気あるみなさまは、つまり、その、あいつの容赦ない人望の厚さ？　に、諦《あきら》めたというか縁がなかったというか。なにはともあれ、最近の鈴木の周りはいたってクリーンよ。むしろ清浄な空気が漂っているって感じかな」

「強力なシールドができたものね。女子のみなさんは敏感だから、了解しましたって感じよ。そうだ、合宿の話、若山《わかやま》に聞いたわ。わたしも見たかった。行けばよかったな」

ねぇ、と常盤さんに同意を求められ、慶子さんは首をひねる。合宿でなにがあったのか。

常盤さんが、菓子の製造シールの文字を指でなぞる。

「そういえば、わたし、鈴木の家のお菓子って、初めて食べたかも」

「それそれ。わたしも、はたと思ってさ。在学中に、みんなで食べたいなって思ったの。でも、商品を買うのはなんだかなと思って、合宿で鈴木におはぎ作りを持ち掛けたわけ。そしたら、鈴木の家の餡《あん》が、もう、おいしくてさ。最後、みんなで残った餡をバクバク食べたわ」

なるほど。おはぎ作りには山路さんのそんな思いがあったのだ。常盤さんが慶子さんに向き直る。

「柏木さんは鈴木のお店によく行くんでしょう?」

「はい。『寿々喜』さんのお菓子、おいしくて。わたし、大好きなんです」

「大好き……って。今、わたし、なにを聞かされたの? 無邪気系? 無意識系? 助けて、山路」

常盤さんが山路さんに迫る。

「人にはそれぞれ成長の速度があってですな。とりあえず、わたしは見守ってます」

教室の入口に、背の高い和菓子さまの姿が現れた。彼は自分の席に近づくと、山路さんと常盤さんが、なにを食べていたのかに気が付いたようだ。

「鈴木、わたしの名まえの使用料を払って。ダメっていうなら、部活にも交流戦にも出て」

「うん。出るよ」

「え? なに? 本当? 出るの?」

「そう言っているだろう」

思いがけない答えに山路さんだけでなく、慶子さんも驚く。突然、山路さんが慶子さんの手を握る。

「よかった。これでもう柏木さんは、福地《ふくち》から被害を受けずに済むのね。福地に廊下で押し倒されたり、鈴木への色仕掛けを命じられたり、柏木さんは大変だったもんね」

山路さんってば何を言い出すのだ。慶子さんは焦る。

「福地の鈴木大好き病って、迷惑よねぇ」

「これ以上の福地の暴走を止めるためにも、早速あいつに報告せねば。常盤、行くよ」

「あいよ」

山路さんと常盤さんは机周りを片付けると、慌ただしく教室を出ていった。

和菓子さまが席につく。

「福地が廊下で」「部活に出るって」

和菓子さまと慶子さんの声が重なる。

「柏木さん、先にどうぞ」

「あの、部活に出ても大丈夫なんですか？　お母さまのお手伝いは、まだ必要ですよね。もしかして、『山路の茜』のせいですか？　だったら、わたしから山路さんに話します」

「菓子は関係ないよ。母の手伝いも、もう、大丈夫。それに、どちらかというと手伝いというよりは……。いや、ごめん、なんでもない。それより、山路が言ってたことだけど。柏木さんと福地ってなにかあったの？」

「なにもないですよ。あれは、山路さんの勘違いです」

「いや、でも、福地が柏木さんを廊下で押し――」

和菓子さまの声とチャイムが重なる。結局その話は、うやむやのまま終わった。

部活に行くと福地君が剣道場の入口に立っていた。彼は、慶子さんを見るなり破顔した。

「ありがとう、柏木さん！　鈴木に『部活に出て、お願い！』って頼んでくれたんだよね！」

「誤解です。わたし、頼んでいません」

キョトンとした福地君に「あほか」と声がした。和菓子さまだ。

「えっ？　俺の勘違い？　まぁ、いいや。ともかく今日は欠席もなく、久しぶりに全員そろったぞ。嬉《うれ》しいな」

「福地って、本当に剣道部が好きだよな。明日、大学の学部説明会があるけど、進路、ちゃんと考えているのか？」

「俺の心配をしてくれるなんて、鈴木って友だち思いだよなぁ。でも、大丈夫。明日は明日の風が吹くっていうだろう？　どうにかなるさ、マイフレンド」

「そんなことを言っている奴に、いい風は吹かないから」

進路といえば、慶子さんも明日、内部進学者向けの学部説明会を受ける予定だ。一貫教育校とはいえ、高校三年生。だれもが、将来について考える時期になっていたのだ。

部活を終えた慶子さんは、山路さんと常盤さんと校舎を出た。常盤さんが夕焼けを指す。

「見て、山路の茜よ！」

慶子さんたちの目の前には、空一杯に広がった夕焼けがあった。まろやかな茜色《あかねいろ》が空と雲を染め、学校の校舎や樹木を照らしている。あぁ、きれいだ。慶子さんは言葉もなく暮れる空を眺めた。常盤さんがコホンと咳《せき》をする。

「紅葉前線って、知ってる？」

「えっ？　紅葉前線？　聞いたことないわ」

知ってた？　と山路さんに振られ、慶子さんも首を横に振る。

「桜前線なら聞いたことはありますが、紅葉にもそんな言葉があるんですね」

「桜は北上、紅葉は南下。桜が徐々に花開くように、紅葉にも平地で進む速さがあるの」

「どれくらいの速さなんですか？」

「それがね、小学生の時に読んだ新聞には平地で秒速十二センチって書いてあったの。でも、今調べるとまちまちなのよね」

常盤さんが肩をすくめる。

「そうなんですね。でもいずれにせよ、今、こうしている瞬間にも葉は色を変えているんですよね」

慶子さんは右手の親指と人差し指を開いてみた。十二センチなら、これくらいだろうか。その横で山路さんが大きく両手を広げる。

「だったら、これくらいかもしれないってこと？」

「そうね。山路の頭のおめでたさは、それぐらいの速度で進んでいるかもね」

山路さんと常盤さんの会話の応酬はいつも面白い。慶子さんはそんな二人と一緒にいるのが、楽しくてしょうがなかった。


電車から降り、商店街を歩く慶子さんは、本屋の張り紙に足を止めた。

――『大学案内そろえています』

「すごく真剣に見ているね」

突然の声かけに、心拍数が上がる。和菓子さまが慶子さんの横に並んだ。同じ電車だったのだろうか。

「明日、うちの大学の学部説明会があるなぁと思って、見ていました」

「どこに進むか、もう決めた？」

「それが、まだなんです」

「焦ることないよ。ぎりぎりまで考えて決めればいいんだ。時間はまだあるんだから」

時間、あるのだろうか。得意科目も目標もないまま、なにを基準に学部を選べばいいのだろう。すでに、進路を決めている仲間を眩《まぶ》しく感じてしまう。

「ところで、柏木さん、本屋に寄るの？」

「いいえ、帰ります」

「じゃあ、一緒に帰ろうか」

日は暮れていたが、街灯のおかげであたりは明るい。商店街を抜けたころ、柏木さん、と和菓子さまに呼ばれた。

「北村《きたむら》から聞いた。ぼくが部活に出るよう説得しろと、福地に頼まれたんだってね」

「頼まれましたけれど、それだけです。お話、聞いただけでなにもしていません。福地君は、部活に対する思いが人一倍強いから、全員に参加してほしいんですね」

「熱心なのはいいけれど、あいつのは度が過ぎているよ。人を巻き込んで、嫌になる」

「剣道部の仲間をとても大切にしているんだと思いました。少し、羨《うらや》ましいです」

和菓子さまの表情が曇りだす。慶子さんは、彼からピリッとした緊張した空気を感じた。

「剣道部のことで、謝りたい。柏木さんは、スケープゴートなんかじゃない」

和菓子さまの語気の強さに、慶子さんはどきりとした。

「その話は、もういいんです」

「よくない。ぼくが柏木さんを剣道部に誘ったのは、自分の身代わりのためじゃない。でも、ぼくは部活を休まないといけなくて。……だからその点で、利用してしまった。言っていることが、支離滅裂で信じてもらえないのはわかってる。だから、ただ謝るしかない。ごめん」

　和菓子さまは、立ち止まると頭を下げた。

「やめてください。謝らないでください。終わったことです。福地君と山路さんから聞いて、もう、解決したことなんです」

「終わってなんかいない。解決もしていない。でも、ぼくは、本当にずるいんだ。柏木さんがなにも知らないままで、それで過ごしてくれるなら、それがいいって考えて――」

「わたしは剣道部に入ってよかったんです。誘ってもらって、よかったんです」

　慶子さんは、福地君から話を聞いたときでさえ、剣道部に誘われたことを恨むような気持ちはなかった。慶子さんが悲しかったのは、自分がほいほいと誘いに乗ったことで、福地君たちの気持ちを潰《つぶ》してしまったと思ったからだ。

「柏木さんは、いい人すぎる。素直だし。育ちがいいのかな。家族とも仲がいいよね」

「そんなことないですよ。実はこの間、喧嘩《けんか》ではないですけれど言い争いをして、父にちょっと強く言ってしまいました」

「そっか。……意外だな。でも、親子だもんな。そんなときもあるか。そういえば、柏木さんのお父さんがこの間、店に来てくれたよ」

　お月見のときだ。接客は和菓子さまだったのだ。

「父が『寿々喜』さんで、お月見団子を買ってきてくれたときがありました」

「うん。閉店時間間際で、ぼくもちょうど帰宅したところだった。そろそろ店の片付けをしようとしたときに『柏木ですが、娘は月見団子を買いに来ましたか？』って尋ねられて。『着綿《きせわた》』についても『どんな意味があるの？』って。ぼくの話を、お父さんはメモされていた」

父の様子を思い浮かべ、慶子さんは、泣きたいような、笑いたいような気持ちになった。

「わたし、『着綿』について知っていたのに」

「そうだね。でも、そんなことは言えなかったよ」

「ありがとうございます」

和菓子さまだって知っていた。けれど、それを父には告げずに、「着綿」について父が満足するまで説明してくれたのだ。慶子さんと和菓子さまは視線を交わし、そして、どちらからともなく歩きだした。

「……柏木さん、昼休みに話したことなんだけど」

「『山路の茜』ですか？」

「そうじゃなくて、柏木さんはぼくに、母の手伝いをしなくて大丈夫なのか、って聞いてくれたよね。確かにぼくも『手伝い』なんて言葉を使っていたけど……あれは、手伝いじゃないんだ。そんな立派なもんじゃないんだ」

慶子さんは、斜め上にある和菓子さまの横顔を見た。和菓子さまも同じように慶子さんを見下ろし――けれど、すぐに視線を前に向けた。

「あれは、自分のために行っていた。生まれた弟の世話をする母の姿が見たかった。それを見て、ぼくにもそうだったのかなぁって、思いたかった」

慶子さんは、息を呑《の》んだ。覚えてないこと。知らないこと。それを、和菓子さまは彼なりの方法で、答えを見つけようとしていたのだ。

「それで、どうだったんですか？　知ることができたんですか？」

「うん。こっちがなにか聞いたわけじゃないけど、母から、ぼくのときはどうだったとか、そんな話が聞けた。だから、もう、十分だと思った。もう、弟に母を返そうと。でも、どんな理由であっても、ぼくが行くことで彼らの役に立つのなら、通ってもいいのかなって、ずるずるしていた」

慶子さんは、和菓子さまの話に聞き入った。

「そうだったんですね。お母さまも、そんな機会を持つことができて、嬉《うれ》しかったかもしれませんね」

「そんなこと言ってたな。そもそものきっかけは、ぼくを育ててくれた鈴木の母なんだ。ぼくが高校二年生のとき、どこからか情報を仕入れてきて『あなたの本当のお母さんは、再婚して、小さな弟がいて、さらに赤ちゃんが生まれるけど。手伝いに行く気はある？』

って」

和菓子さまと彼の産みの母を繋《つな》いだのは、女将《おかみ》さんなのだ。慶子さんは胸がじんとした。

「鈴木の母って、めちゃくちゃだよね。なにを言い出すんだって驚いたけど、行ってよかった。実の母に会って、最初は違和感があったけれど、段々とこの人は本当に自分の母親で、短い期間だったけれど一緒に過ごしたんだなって思えて。そうしたら、なんか、納得した」

「納得。……そうなんですね」

和菓子さまの表情は、晴れ晴れとしていた。それが慶子さんには嬉しかった。

「進路といえば、ぼくもそろそろ、ちゃんと決めないといけない」

「まだ、決まってないんですか？」

「いや、決まっている」

決めないといけないけど、決まっている。謎解きのような言葉だ。

和菓子さまの隣を歩きながら、慶子さんは言葉にしがたい思いを抱いていた。たとえるのなら、色とりどりの着物が心の中に広がっていくような。そんな、ひと言では言い表せない、自分でもつかみきれない、複雑な感情だった。

和菓子さまの進む学部はどこだろう。聞いてみたい気もするし、聞くのが怖い気もする。

ただ、大学生になっても、こうして並んで歩いてお話しができたらいい。慶子さんは、和菓子さまの話をもっと聞きたいと思った。そして、自分の話も聞いてほしいと思った。
少しずつ、でも、確実に、紅葉前線は南下していた。
そして、同じように、慶子さんの心もゆっくりと変わり始めていた。

十一月　しんぼうの木練柿

駆け足で夕暮れが訪れる霜月。
思いがけない寒さに首がすくむ、十一月。

慶子《けいこ》さんの背中の胴紐《どうひも》には、凛々《りり》しくも白いたすきがひらりと結ばれていた。高校の体育館で剣道部の仲間が見守る中、慶子さんはきれいに一礼をすると前に進み、蹲踞《そんきょ》をした。そして、審判の「はじめ！」の声に立ち上がると、竹刀を構えた。

遡《さかのぼ》ること三週間前。十月のある朝の通学路での出来事だった。慶子さんは、駅で一緒になった山路《やまじ》さんから一枚の紙を渡された。

紙には山路さんの手書きで、何人かの部員の名が書かれ、そのトップに慶子さんの名まえがあった。名まえの上には「先鋒《せんぽう》」とある。「先鋒」とは、団体戦におけるトップバッターの役割だ。しかし、なぜその「先鋒」の下に、自分の名まえがあるのか。はてなと思いながら、視線を横にずらし、他の人たちの名まえも見た。すると「次鋒《じほう》　八坂《やさか》」「中堅　常盤《ときわ》」とあり、さらには「副将　安井《やすい》」「大将　山路」とある。

「山路さん、これはいったい——」

そのとき、慶子さんと山路さんの横を、松葉杖《まつばづえ》をついた男子生徒が過ぎていった。脚にはギプスがはめられ、見ているだけでも痛そうだ。遠くなっていくその男子の背中を見ながら、山路さんが話し出す。

「あの男の子、サッカー部の二年生よ。ほら、新入生への部活紹介で、一年生から歓声を浴びていた男の子がいたでしょう、彼がそう。先週の試合で、相手チームのすっごいラフプレイの餌食《えじき》になったんだって。骨にひびがはいったらしいよ」

「そんなことが？　サッカーは、体を守るものがないから、怪我《けが》も多いんでしょうか」

「その点剣道は、防具があるから多少は安全かな？　ってことで、柏木《かしわぎ》さんもよろしくね」

山路さんの声が弾んでいる。

「よろしくって、なんですか？」

「試合よ、試合。文化祭の交流戦。渡した紙を見たでしょう」

「え？　これは、そういう意味だったんですね。文化祭は十一月三日。今からだと一か月もありません。八坂さんや安井さんは一年生とはいえ上級者なので、試合に出るのは当然ですが。わたしは初心者で……。個人戦ならまだしも、団体戦なんて責任が重いです」

慶子さんの指に力が入り、持っていた紙に皺《しわ》がよる。

「でも、交流戦は団体戦なのよ。団体戦は五人必要よ。わたしと常盤、一年生で経験者の安井さんと八坂さん。これで四人。残り一人に、柏木さんが入らない理由がないでしょ」

慶子さん以外の女子部員と言えば、初心者の一年生だ。慶子さんは、唇をぎゅっと結ぶ。

「…………。わかりました。試合に出ます」

「柏木さんの度胸の良さ、好きだな。ビシバシ鍛えるから、期待しててね」

翌日から、通常の部活に加え朝稽古《あさげいこ》も始まった。基本を重んじた地道な稽古を重ねていくうちに、慶子さんの心にあった試合への恐怖心は少しずつだけれど薄れていった。

そして、交流戦の当日。試合が行われる高校の体育館で、緊張が頂点まできている慶子さんの周りに女子部員が集まる。

「練習通り落ち着いて。竹刀をしっかり構えて、刃部の打突部で打てばいけるから」

山路さんからのアドバイスだ。

「そうそう。いくら数を打ったところで、竹刀の先っぽだったり、鍔《つば》の近くで打つ元打ちだったら、有効にならないものね。つ・ま・り、逆に言えば、相手から有効打を打たれない限りは、いくら打たれてもOKってこと」

常盤さんのアドバイスに、山路さんが同感だと言わんばかりに頷《うなず》いた。

「常盤の言う通り。打つ数が多いからって一本取れるわけじゃない。いい一本を目指そう！」

「おじけず、おびえず、堂々と戦えばいいのよ。それに、柏木さんが負けても、八坂さんが負けなければどうにかなるから大・丈・夫」

「ひゃぁ、頑張ります」

常盤さんからいきなり指名された八坂さんが、声を裏返させた。

今回の交流戦は「勝者数法」だ。勝者の数により団体としての勝敗が決まる。慶子さんは、仲間の顔を見た。そうすることで、自分が積み重ねてきた稽古を思い出すことができたからだ。

——大丈夫。

頭にてぬぐいを巻き、面をつける。緊張しながらも、お腹の中心に力が溜《た》まってきた。

そして、いつかの山路さんの言葉がようやく降りてくる。

やる気スイッチ、入りました。自分は自分のベストを尽くすのだ。

「はじめ！」

試合が始まると、赤いたすきの黒枝学園《くろえだがくえん》の先鋒は、慣れた動きで慶子さんを襲ってきた。

構えた竹刀が振り払われ、面を狙われる。

慶子さんは素早く竹刀を戻し、打たれまいと腕を上げそれを防いだ。すると、今度は、腕を上げたために隙ができた胴に、相手が抜き胴をしかけてきた。

打たれる！　そう思った慶子さんは、やられまいと、とっさに相手の面を打ち込んだ。しかし、有効打にはならず。また、相手の抜き胴も慶子さんとの間合いが詰まったため、一本とはならなかった。

今がチャンスだ！　そう思った慶子さんは、抜き胴を打ち自分の横を抜けていった相手を追いかけるため、振り向いた。そして、相手が振り向いたその瞬間、狙いを定めて小手を打った。

パッと審判の白い旗が上がる。

白！　わたしの色だ！　一本取った！

慶子さんは、体中にとてつもない勢いで血が巡るような気がした。しかし、試合はまだ終わりではない。五分間で三本勝負。決まらない場合は延長。これが今回のルールだ。

相手の選手は、明らかに格下の慶子さんに先取されたことで、苛立《いらだ》ち始めたのだろうか。間合いなど関係なく、息をつく間もないほどの荒い連打を始めた。慶子さんもなんとかかわし、逆に、相手の竹刀を払い飛び込もうとしたが、うまくいかない。こんなとき、山路さんはどうしていただろう……。一瞬、試合から心が離れた。

あっと思ったとき、慶子さんの首めがけて、竹刀が出された。突きだ。うわっと思い、慶子さんは動く。間一髪で逃れたものの、竹刀が彼女の首の横をかすった。けれど、よろけた慶子さんを逃がさないとばかりに、相手が面を打ってきた。

赤い旗が上がる。相手チームが、盛り上がる。これで同点になった。

慶子さんは悔やんだ。今のは、自分のせいだ。試合への集中力が切れたせいで隙ができたからだ。こんな負け方は嫌だ。持久力はある。残り時間、ずっと攻めるくらい。稽古でできたのだから、試合でもできるはず。

相手が威嚇するような大声を上げ攻めてくる。けれど、慶子さんは惑わされることなく、基本に忠実に一本を狙った。

慶子さんは一人で戦いながらも、一人じゃないと感じた。自分が繰り出す技のすべては、剣道部、みんなのおかげだ。それに応《こた》えるためにも、今、自分にできる全力で戦うのだ。かれそうになる程の声を出し、慶子さんは相手に向かっていった。しかし、相手とはキャリアも違えば、技術にも大きく差があった。赤い旗が上がる。時間ぎりぎりで、相手の一本が慶子さんの胴に入った。

先鋒、慶子さんは負けてしまった。礼をして下がるとき、次鋒の八坂さんと目が合った。八坂さんは、慶子さんに向かって大きく頷いた。

八坂さんの対戦相手も繰り出す手は多いものの、技は荒い。対して、八坂さんの試合運びは冷静で、早々に試合を決めた。山路さんがほっと息を吐く。

「黒枝の選手、どうしたんだろう。柏木さんの試合の相手もそうだった。基本がおろそかになっている？　試合運びも乱暴で派手な技に走ろうとしている。あんな、剣道をする学校じゃなかったのに」

「あれじゃまるで喧嘩《けんか》です。怖いです」安井さんが同意する。

「喧嘩か……。そうだね。一本の責任も重みも感じられないよね」

一本の重み？　責任？　慶子さんが問いかけるように山路さんを見る。

「これは先輩からの受け売りなんだけどね。剣道は、面にしろ小手にしろ胴にしろ突きにしろ、的確にその場所に当てていかないと大きな怪我に繫《つな》がるでしょう。どこに打ち込むか、それは相手の隙を瞬時に判断して決めていくわけだけど、ほんのわずかな隙だからこそ、そこを的確に打つ精度が大切だって」

「山路さん、わたし、それ、わかる気がします。試合を終えた今だから、腑《ふ》に落ちます。一本の重みを実行するために、基本の反復練習がとても大事なんですよね。わたしがまぐれでも一本が取れたのは、あの練習のおかげだと思います」

「一本の精度を高めるのは、対戦相手に対する敬意でもあるし、自分への誇りにも繫がると思う。それに、なにより安全に剣道をするためには必要なことだって。だって、わたしたちは、相手を傷つけるために剣道をしているわけじゃないんだもの」

女子部は、八坂さんに続き常盤さんも勝ち、二勝一敗で副将の安井さんへと繋いだ。安井さんは格上の相手と延長の末、負けた。二勝二敗。勝負は、大将対決となった。

体育館は熱気に満ちていた。大将同士の試合に、互いのチームからの声援が飛ぶ。

山路さんの相手は、よく動いた。終始威嚇するような声で、手数も多かった。ただ、この選手も大振りで、打ち込みは精度に欠けていた。そんな相手につられることなく、山路さんは終始冷静だった。

山路さんがつば競り合いから距離を取り、見本のような引き面を打った。

いい音が響く。白い旗が上がった。

山路さんの攻めは止まらない。相手からの小手をかわし、素早く腕を上げ、面を打った。しかし、僅《わず》かに入らず。にらみ合いが続いたあと、山路さんは大きなアクションで面を狙った。相手がそれを防ごうと、わずかに腕を上げる。その腕めがけて、速攻で小手を打つ。

ふたたび、白い旗が上がる。両チームから、歓声と落胆の声が聞こえた。礼をしたあと、チーム五人が並び、ふたたび礼をした。

アナウンスが、次の試合までの休憩を告げる。山路さんが慶子さんに抱きついてきた。

「お疲れ、柏木さん。八坂さんも安井さんも二人とも、よく耐えた！　常盤も頑張った」

山路さんが一年生たちをねぎらう中、慶子さんは常盤さんから薄手のタオルと軟膏《なんこう》を渡された。

「首の下の肩あたり。擦れてる。水で冷やして、薬を塗って。そこ、ひりひりするでしょう？」

常盤さんのやさしい声に、慶子さんはただただ頷いた。


慶子さんは体育館を出るとすぐそばにある水飲み場に行った。するとそこには、黒枝学園の生徒たちがいた。さすがにあの場には交じれない。

仕方なく裏手にある別の水飲み場へと急ぐ。休憩後は三年生男子の試合だ。もたもたしていたら見逃してしまう。

人気のない水飲み場で、常盤さんから借りたタオルを水に濡《ぬ》らし絞った。曇った鏡に首を映し、右下を冷やすとぴりっと染みるような痛みが走った。思わずタオルを離す。

竹刀がかすったあとは赤い擦り傷となり残っていた。今さらながらに、ぞっとする。

「柏木さん」

振り向くと、和菓子さまがいた。

「柏木さんのたすきを取りに来た。外すから、じっとしていて」

和菓子さまは言うが早いか、慶子さんの背中に結んであった白いたすきをしゅるりと外した。そうだ、たすきは次の試合の人たちに、渡さなければならなかったのだ。

「捜しましたよね。こんな辺鄙《へんぴ》な水飲み場まで来ていただいて、すみません」

和菓子さまは慶子さんにたすきを渡すと「つけて」と、背中を向けた。

慶子さんは軟膏と濡れたタオルを鏡の前に置くと、和菓子さまの背中の胴紐《どうひも》に白いたすきを結んだ。

「ありがとう」

和菓子さまが振り向く。彼はそのまま慶子さんをじっと見ていた。

彼は怒っている。その圧に、たじろぐ。和菓子さまが彼女の首を指さす。

「赤くなってる」

「あっ。……わたし、とろくて」

慶子さんは自分のふがいなさに恥ずかしくなった。こんな傷を負ってしまったせいで、仲間に心配をかけている。時間を巻き戻せるものなら、やりなおしたい。今度は、突きをつかれるような隙はつくらない。

「柏木さん。試合、見て」

「はい。もちろんです」

「勝つから」

「え？」

「絶対に、勝つから」

和菓子さまは、きゅっと口を結び体育館へ戻って行った。

慶子さんは、その後ろ姿を見つめながら、なぜだか泣きたくなった。


慶子さんが体育館に戻ると、男子の試合が始まる二分前だった。慶子さんは、山路さんと常盤さんのそばに行った。山路さんが腕を組み、和菓子さまを見ている。

「先鋒《せんぽう》は鈴木《すずき》か。最近、稽古《けいこ》には真面目に出ていたけどさ。常盤は、どう思う？」

「負けるにしても、柏木さんみたいに一本とるくらいの泥臭い根性がほしいわよね」

「勝ちます」

慶子さんの発言に、山路さんと常盤さんが、勢いよく彼女の顔を見た。

「……勝つと思います」

慶子さんの頬を常盤さんが指先でつつく。山路さんは、自分のおでこを手で叩《たた》いた。

「悪かったわ。わたしたち、なにを言っているんだろう。仲間の勝利は信じないとね」

山路さんが、真面目な顔をした。

試合に向かうため、和菓子さまが動き出す。慶子さんは彼の背中を見つめた。

「たすき、ちゃんと結べてますよね」

視線を和菓子さまに向けたままで、山路さんと常盤さんに尋ねる。山路さんが、うおっと声を出す。

「たすきって……鈴木のたすき？　柏木さんが結んだの？　興奮して鼻血が出る」

「柏木さん、心配無用よ。鈴木のたすき、すっごく上手《うま》く結べているわ」

落ち着いた常盤さんの声に、慶子さんは安心した。


和菓子さまの試合が始まった。男子の激しい試合に、山路さんが唸《うな》る。

「うわぁ、ぶつかりあい激しいな。押し出しの回数も、二度？　ダメでしょう。多くない？　あれ、待て待て。鈴木の相手、技も出さずに押し出しているよね？」

「あの、押し出しって、一打したあと、一度ですよね？　それに、押し出されて試合場から出てしまったら、出たほうに反則がつくんですよね」

はらはらする慶子さんの声が聞こえたかのように、和菓子さまが相手をしのぎ、反撃を始めた。

「柏木さんの言う通り。押し出されたほうに反則がつくの。そして、わたしも一打で一度の押しだと認識している。だから、相手校の彼みたいに、技も出さずに押し出すのは不当だと思う。ただね、実際、曖昧《あいまい》というか、不透明になりがちなんだ。そこをついてきているのかな。女子だけじゃないね。男子も一体どうしたんだろう」

常盤さんが会話に加わる。

「わたし、休憩時間に、情報を仕入れたのよ。あちらさん、コーチが代わったんだって」

山路さんがなるほどと頷《うなず》いた。

和菓子さまの試合は続く。彼の相手は、上段の構えだった。和菓子さまに負けず劣らず背が高いその人が、上段にすると余計に大きく見える。面を打つときも、左手一本で竹刀を持ち打つため、動きが派手に見えた。また、和菓子さまの対戦相手は、隙あらば、ぶつかり、押し出してこようとした。相手の一打に、同じチームから拍手があがる。しかし、旗は上がらない。

「残心《ざんしん》」山路さんが言う。

「もったいないね。あちらさん、打ち方は派手だけど、弱いのね」常盤さんが答える。

残心とは、技を繰り出したあとも、油断せずに相手の動きに応じることができる気構えのことだ。技のあとも続く気持ちと動きが、剣道には求められるのだ。

小手を空振りした相手の面めがけて、和菓子さまが竹刀を振り下ろす。

白い旗が上がる。慶子さんたちも盛り上がる。

その後も和菓子さまの攻撃は続いた。和菓子さまが相手の左小手に打ちこむフェイントをかけると、相手はそれを防ぐため、上段の構えから和菓子さまの面をめがけ竹刀を振り下ろした。それを、和菓子さまはかわし、鮮やかに返し胴を決めた。和菓子さまの勝利に、慶子さんたち剣道部の歓声が上がる。

和菓子さまが礼をすると、背中の白いたすきがひらりと舞った。そして、面を外したとき、慶子さんは彼の頭に竹縞《たけじま》のてぬぐいが巻かれているのを見た。


終わってしまえば、女子も男子三チームもすべて勝利をあげた団体戦だった。後片付けが済んだあと、福地《ふくち》君は部員全員に集まるよう声をかけた。

上座には福地君、山路さん、そして、山田《やまだ》先生が座った。彼らに向かい合うよう、慶子さんたち部員は座った。

「今日は、お疲れさまでした」

福地君の声に部員たちも「お疲れさまでした」と、返した。けれど、福地君は考えがまとまらないのか、なかなか話し出さない。見かねた山路さんが、口火を切る。

「では、女子部部長よりお先に一言。みなさん、いい試合をありがとう。今日の試合で、わたしは、勝つことと一本の重みと責任について考えました。勝ちたい気持ちは大切です。でも、それが荒く際どく不正確な技に繋《つな》がるのを見て、わたしは怒りを覚えました」

山路さんは黒枝学園との試合を思い出したのか、眉根《まゆね》を寄せた。

「けれど、同時に、相手にダメージを与えるためならなんでもありなのか？　といった考えも過《よぎ》りました。でも、それは柏木さんの戦う姿で払拭《ふっしょく》されました。彼女ははっきりいって未熟です。それでも、正々堂々、一本、一本、真摯《しんし》に自分のすべてで立ち向かっていました。彼女の繰り出した一打には、魂があった。結果は負けてしまいましたが、わたしは、というか、女子部は柏木さん同様に一本に責任を持つ剣道をしたいと強く思ったと思います」

女子部のみんなが小さく拍手している。山路さんは続けた。

「これからも、自分がどういった剣道をするのか、選択を迫られる場面が出てくるのでしょう。だから、今のわたしの答えも、その中の一つにすぎないのだと思います。正解はないのです。そのたびに考えることが大事なのだと思います。残り少ない高校生活ですが、そういったことも一緒に悩んで考えていきましょう。以上です」

山路さんの言葉に部員たちから「ありがとうございました」と、声があがった。

「うっ。やりにくい」

恨めしそうな顔をして福地君が山路さんを見た。

「俺は、山路みたいに高潔にはなれなくて、勝てるなら多少のことはいいと思っている。ただ、越えてはならないラインがある」

そこまで話すと福地君は、照れ隠しするかのように、おでこをぽりぽりと掻《か》いた。

「つまり、そのラインを見極めないと、それは剣道ではなくなってしまう。そう思った今日の試合でした。みんな、よく戦いました。おしまいです」

どうしても勝ちたい思い。それは、今日の慶子さんの思いでもあった。しかし、自分は技量がないために、基本になぞった動きしかできなかった。

けれど、慶子さん以外の女子部は、技量があっても際どい技の使い方には走らなかった。見た目は同じでも、そこが違う。

これは、剣道だけの話ではないのかもしれない。大切な話だ。

慶子さんは宿題のようなその問いを、心にそっとしまった。

＊＊＊

文化祭が終わってから三週間後。慶子さんは、系列大学への進路希望用紙に「文芸学部文化史学科」と書き込むと、父に渡した。

「決めたんだな。よし、頑張って」

父が保護者欄にサインをする。母も笑顔だ。慶子さんは、気が引き締まる思いがした。

先月、十月に開かれた大学の学部説明会で、慶子さんにはある出会いがあった。文芸学部文化史学科だ。事前に配られた資料には、過去から現在においての人々の暮らしに密接した風習や風俗について学ぶとあった。慶子さんは、和菓子をきっかけに、日本の行事にも目が向きだした。なにを基準に学部を選べばいいのか迷っていた慶子さんにとって、この一文は進路への頼みの綱でもあった。

その説明会で、なんと和菓子に触れる映像が出てきたのだ。一瞬ではあったが、見逃さなかった。自分が興味を持てることと学問とが重なる経験は、初めてだった。

大学では是非この学部に進みたい。慶子さんは興奮しながらその日のうちに両親に伝えた。しかし、意外にもストップがかかった。父から、一時の思いで決めるのではなく、いったん冷静になって他の学部や学科も検討するようにと勧められたのだ。

慶子さんは、あらためて各学部についての説明を読み、希望者が参加できる現役大学生を囲んでの座談会にも出席した。それでもやはり、文化史学科で学びたいと思った。考えに、考えて出した彼女の答えを、今度は父も母も応援すると言ってくれた。

＊＊＊

部活がない午後、学校から帰った慶子さんは、服を着替えて「寿々喜《すずき》」へ向かった。

夕方の少し手前の午後三時過ぎ。秋の高い空には、いわし雲が広がっていた。天気はいいけれど、風は冷たい。十一月の午後は日が暮れるのも早く、冬の訪れを予感させた。

慶子さんは、キルティングのコートを羽織っていた。ノーカラーで色はオフホワイトだ。コートの裾《すそ》からは、赤地にチェックのロングスカートがみえる。今日は、父の仕事が休みだったため、夕食は近所の蕎麦《そば》屋に予約を入れてあった。それまでの時間を利用して、慶子さんはなんとしても「寿々喜」に行きたかった。買わねばならない菓子があったのだ。

慶子さんは元気よく暖簾《のれん》をくぐった。迎えてくれたのは女将《おかみ》さん。ショーケースには「亥《い》の子餅《こもち》」。卵形の小さな菓子である。思わずにやける慶子さん。今日の目当てはこれなのだ。

「亥の子餅」には、万病を払う願いと、多産な猪にあやかり子孫繁栄を望む意味が込められている。菓子の形や素材は時代や場所により違うらしいが、多くは「寿々喜」の「亥の子餅」同様に卵形で、餅の周りにはきな粉が付いている。

歴史のある菓子でもあり、源氏物語にも出てきたそうだ。どんな場面に出てくるのか、慶子さんは読んでみたいと思った。和菓子を好きになってよかった。和菓子を好きになったことで、それに繋がる世界にも興味が広がった。

「亥の子餅」の隣には、柿の菓子がある。柿の色はとても濃く、菓子の名は「木練柿」とあった。読めない人も多いということか「こねりがき」と、ふり仮名がある。

慶子さんはショーケースから顔を上げた。

「木練柿とは、どんな柿なんですか？」

「柿の実を、木の枝になったまま熟したものを木練柿と呼ぶんですよ。昔は、お茶の席で、そのまま菓子として出したそうです」

慶子さんは近所の柿の木を思い浮かべた。

「木になった実は、鳥が食べてしまいそうです。それに、どこまで熟させればよりおいしくなるのか、それを見極めるのも難しそうですね」

「ふふ。おいしい柿を得るためには、辛抱が必要なんでしょうね。色づくとすぐにでも収穫したくなるのが、人情だと思いますから」

店の奥から音がして、和菓子さまが現れた。

「じゃあ、行ってくるから」

マウンテンパーカーを着てリュックを肩からかけた和菓子さまが、ひょこりと顔を出し、女将さんに挨拶《あいさつ》をした。和菓子さまが慶子さんに気付きぺこりと頭を下げたので、慶子さんもそれに倣う。ところで和菓子さまは、どこに行くのだろう。

「学《まなぶ》、よろしくね。あら、そうだわ。柏木さんも学と一緒に行ってみたらどうかしら」

女将さんの言葉に、慶子さんはどぎまぎしつつ、和菓子さまに尋ねる。

「どちらに行かれるんですか？」

「そこの神社の酉《とり》の市《いち》。柏木さん、行ったことない？」

「ありません。酉の市といえば、浅草《あさくさ》での開催の様子をニュースで見たくらいです」

「それは、おそらく一《いち》の酉じゃないかな。これから、ぼくが行くのは二《に》の酉。今年は、二回、酉の市が立つんだよ」

　酉の市とは、十一月の酉の日に行われる祭りのことをいい、縁起ものの熊手などが売られる。暦によっては、三回ある年もあるそうだ。

「学に、お店の熊手を取りに行ってもらうんですよ。柏木さんも、話のタネに一度行ってみたらどうですか？　楽しいですよ。うちの菓子なら、お取り置きしておきますから」

　話を聞くうちに、段々と酉の市に興味を抱き始めた。しかし、提案してくれたのは女将さんで、市に行く和菓子さまに誘ってもらったわけではない。

「あのですね、柏木さん。神社の近くに、熊手の模様がついた、最高においしい最中《もなか》を売っているお店があるんですよ。図柄もかわいいんです。それに、切山椒《きりざんしょう》もありますよ。切山椒は、屋台で売っていて、ちょっと大人の味がするんです」

　女将さんの説明に、慶子さんは思わず、つばを飲む。菓子があるのなら、黙っていられない。最中、切山椒。見たい、食べたい。是非とも、お伴《とも》したい。慶子さんは和菓子さまの様子を窺《うかが》うように見上げた。

「あの、ご一緒してもいいでしょうか」

　和菓子さまが頷《うなず》いた。

酉の市といえば、東京なら浅草が有名だ。江戸《えど》時代から続き、人出も日本一で七十万人とも八十万人ともいわれる。慶子さんがテレビで観たのもこれだった。一方、「寿々喜」は毎年地元の神社に行くそうだ。神社は、店から歩いて十五分程度の場所にある。ただ、駅とは反対方向にあるため慶子さんには馴染《なじ》みが薄く、その神社に酉の市が立つことさえ知らなかった。

神社に近づくにつれ、道路沿いに屋台が出ているのが見えてきた。「とうもろこし」「お好み焼き」「ベビーカステラ」などなど、その賑《にぎ》わいに心が浮き立つ。切山椒の屋台は、神社の一番近くにあった。

「いらっしゃい、いらっしゃい！　食べてって！」

店員の女性は、大きな四角い餅をヘラで拍子木のように切ると、さらにさいの目状まで小さく切り、屋台の前方に置いた皿に載せた。試食用らしい。色は、赤、白、緑と茶もあった。

「いただきます」

和菓子さまが一つ取り、慶子さんを見た。それに倣うように慶子さんも「いただきます」と切山椒を口にした。切山椒の食感は、お正月に食べる作りたてののし餅や、上新粉に砂糖を加えて作ったすあまに似ていた。けれど味は、まったく違う。ほのかな山椒《さんしょう》の味が、口いっぱいに広がっていったのだ。なるほど、これは女将さんの言う通り、大人の味である。

「うちの分は買うけど、柏木さんはどうする？」

「はい。是非」

「了解。すみません、二袋ください」

「まいどね」

和菓子さまと店の女性のやりとりも、軽快だ。切山椒の袋には、おたふくの絵が描かれている。それだけでも、ご利益がありそうな、おめでたさがある。

和菓子さまは、買った切山椒を慶子さんの分までリュックに入れようとした。

「わたし、自分で持ちます」

「なんで？　帰りも一緒だから構わないよ。それより、お参りを済ませちゃおうか」

和菓子さまの親切に、慶子さんは甘えることにした。

境内の中も、まるでお正月かと思うほど人が多く、お参りも当然のように並んだ。慶子さんの視線の先に、コートを着込んだ人たちが背中を丸め拝む姿が見える。祈るのは、やはり、商売繁盛だろうか。慶子さんはここ数年、どこのどんな神様にも、兎《と》にも角《かく》にも母の健康を祈った。それしかなかった。

参拝の列に並び、さて何について祈ろうかと考えた慶子さんの頭に、今度の期末試験が浮かぶ。大学への内部進学の査定となる成績は、来月の期末テストの結果までが関係するのだ。進学への意欲も満々な今、失敗は許されない。順番が来た慶子さんは、お財布から五円玉を出すと、どうか赤点だけは取りませんようにと祈った。

お参りのあとは、いよいよ熊手だ。慶子さんはにわかに緊張してきた。「寿々喜」を出る前、慶子さんは父に「酉の市に行く」と、連絡をいれた。すると父から「小さくてもいいから熊手を買ってきて」と、頼まれてしまったのである。

和菓子さまのあとを付いて参道の脇道へ入ると、大きな熊手がトンネルのように道の両側から高く、そして覆いかぶさるようにわさわさと飾られていた。赤や金の飾りをつけた熊手は、とても華やかだ。

夜を待たずに下げられた数多くの提灯《ちょうちん》には、灯《あか》りがともっている。陽の光でもない、かといって蛍光灯の白く明るい光でもない柔らかなオレンジの光が、慶子さんを包んだ。まるで、おとぎ話の世界に迷い込んだようだ。初めて来たのにどこか懐かしく、それでいて、日常とはほんのわずかにずれている。この世でも、あの世でもない、違う場所。そんな世界に、慶子さんは浸った。

しかし、妄想は突然終わりを告げた。

慶子さんのすぐそばで「いよぉー!」と、大声が上がったのだ。熊手を持った客を囲むように店の人が並び、三本締めを打ちだした。三本締めは、客とは関係のない周りの買い物客までが一緒になり、手を合わせた。外国人観光客が、その様子をカメラに収めている。

「柏木さん、こっち」

和菓子さまの声が降ってきた。背筋がすっと伸びた和菓子さまは、おとぎ話から抜け出てきた公達《きんだち》のようだ。和服を着ていたら、さぞかしこの場に似合っただろう。

「ぼくを見て笑ってた？」

「見てません。じゃなくて、笑ってません」

「見てはいたのか」

「……すみません。つい」

「ついか」

和菓子さまは、ぼそりと言うと、慶子さんに手招きをして歩きだした。そして、とある熊手の店の前まで慶子さんを連れてきた。店には、師匠より少し上の年代の男性がいた。日に焼けた顔は、和菓子さまを見ると、にやりとした。

「おお、『寿々喜』の若旦那《わかだんな》。毎度！　とびきりいいの、できていますよ！」

おじさんは大きな熊手を和菓子さまに渡した。熊手には「寿々喜さん」の文字がある。

「あれれ、今年は、大将は？」

「腰痛で、へばってます」

なんと、師匠は腰痛だったのだ！

「会えるのを楽しみにしていたのにな。大将がそんなんだと、お店は忙しいでしょ」

「ちょうど、じいさんが帰って来るんで、大丈夫ですよ」

じいさん？　和菓子さまのお祖父《じい》さんという意味だろうか？　そういえば、今まで店には、和菓子さまと師匠と女将さんの三人しかいなかった。

熊手を持った和菓子さまと、その隣に立つ慶子さんは、さっきの買い物客のように店員にぐるりと囲まれた。その迫力に押しつぶされそうになり、慶子さんは思わず和菓子さまのマウンテンパーカーの裾を握りしめる。

「家内安全！　商売繁盛！　ますます繁盛！　よぉっ」

おじさんの勢いのあるかけ声のあと、三本締めが行われた。

「若旦那！　かわいい彼女ちゃんと仲良くなっ！　ほら、若旦那。彼女ちゃんに服の裾なんか摑《つか》ませてないで、手を繋《つな》いでやれよ」

慶子さん、慌てて和菓子さまの裾を摑んでいた手を離した。顔から頭から汗が出る。すると和菓子さまが手のひらを差し出し、涼しい顔で慶子さんを見てきた。

……これは、どういう意味だろう。犬の「お手」を思わせる手つきでもある。まさか、手を繋ごうと言っている？

まさか、まさか。

和菓子さまの顔を見ていられない。段々と顔が下を向いてしまう。鏡などなくても、自分の顔が赤くなっていくのがわかった。口だって、真一文字だ。

慶子さんは、ちらりと和菓子さまを盗み見た。すると、上に向けられたその手はすでになく、彼は顔を背けて笑っていた。

「からかってますよね」

「からかってないよ」

「意地悪ですよね」

「それは、そうかも」

慶子さんは、耳を疑った。和菓子さまなのに、意地悪なんて！

でも、考えてみれば、彼は同じ年の男の子なのだ。わかっていたけれど。そうだけれど。

そんなこんなで、神社の出口近くまで和菓子さまと歩いた慶子さんは、ようやくそのころになって父に頼まれていた熊手を買い忘れていたことに気が付いた。進もうとする和菓子さまを呼び止め、事情を話す。

「わたし、ちょっと買ってきます」

「一人で行ける？」

「もちろんです」

慶子さんは、和菓子さまと待ち合わせ場所を決め、境内に戻った。

出口に一番近い熊手屋に行く。慶子さんは、ずらりと並んだ熊手を見て気後れした。値段がついていないのだ。和菓子さまは、いったいどうやって買っていただろうか。

迷う慶子さんの目の前で、年配の女性が千円札を出して小さな熊手を買った。これだ！

慶子さんは、その女性がいなくなったあと、いそいそと小さな熊手が並ぶコーナーの前に立った。小さな熊手はかわいい。父も、小さなサイズでいいと言っていた。けれど、いざ買うとなると、和菓子さまが買った熊手との大きさの違いに、ためらってしまう。

「お姉さん、小さくても縁起ものだよ！」

店員の男性の明るい声に、慶子さんの迷いは消えた。そして、熊手の中央に招き猫が飾られた品を選んだ。

「ありがとうございました！　来年も、どうぞよろしくね！」

店員さんが、熊手が包装されたビニールに店の屋号のシールを貼った。すると、千円の熊手ながら、シールのおかげで格が上がったようにも思え、得した気分になった。

待ち合わせ場所に行くと、和菓子さまが手を振ってきた。待っていてくれた。ただ、それだけのことなのに、慶子さんは嬉《うれ》しかった。

「あとは、最中《もなか》だ」

今度はこっちと、和菓子さまが慶子さんを呼ぶ。神社へと向かう人の流れに逆らうように、二人で人ごみを縫って歩いた。

和菓子さまのあとについて小道に入る。大きな文字で「最中」と入ったのぼりがはためく店の前には、十人ほどの列ができていた。人気店なのだ。

「待つようですが大丈夫ですか？　お店に戻る時間が遅くなりませんか？」

「これくらいの人数は想定内だし、順番もすぐに来るよ」

和菓子さまと慶子さんは、列の最後尾に並んだ。

「もしかして、このお店は最中の専門店なんですか？」

「あたり。最中屋の頑固なおやじさんが、しつこく最中だけを作っているんだ」

頑固といえば、師匠だってそんな感じだ。

「あの、お父さまの腰痛は酷《ひど》いんですか？」

「毎年この時期になると痛むみたいでさ。立ち仕事だし、腰が冷えちゃうんだろうな。痛みがくるのがわかってるなら、対策をすればいいんだ。まったく、進歩がないんだよ」

「心配です」

「職人は体が資本だから、大切にしないといけないのにな」

和菓子さまは師匠を心配している。心配だから、つい、きつい言い方になってしまうのだ。そういえば、最中屋さんのおやじさんの話をするときも、少し口が悪かった。

和菓子さまは大切な人について話すとき、ちょっとだけ口が悪くなるのかもしれない。

「……柏木さん。にこにこしているけど、なにか面白いことでもあった？」

「いえいえ。まさか、面白いなんて。……まじめに並んでいます」

慶子さんは、にやける頬を両手で隠した。

列はどんどんと短くなり、五分と待たずに慶子さんたちの番が来た。

「柏木さんの分も頼んじゃうよ」

慶子さんが答える前に和菓子さまは「四つずつを二つ作ってください」と、注文した。

注文を受けたのは、最中屋さんのおやじさんだ。年齢は、七十代の慶子さんの祖父に近い。

「四個？　ふーん。『寿々喜』の若造のところはそれでよしとしても、お嬢さんはその数でいいのか？」

「うちは三人家族なんですけど」

「ほらみろ。だったら、三個だ」

「でも、できたら、わたしは日を置いてもう一つ食べたいです」

おやじさんが喜色をあらわす。

「おっ、そうか？　お嬢さん、うちのはね、しつこくないから。日を置かずとも何個も食べられちゃうよ。若造のばあさん、亡くなった鈴子《すずこ》さんね。うちの最中が大好きだった。そうなると、あのねちっこいじじいがやきもちやいて、俺に絡んでくるんだな。懐かしいな。鈴子さんが亡くなって、随分と経ったなぁ」

「八年です。近々うちのじいさんが戻ってくるんですよ。遊んであげてください」

「そうかい。あいつもな、恋女房を亡くして淋《さみ》しいんだろうけど、元気でなによりだ。しかし、また、あいつ目当ての近所のばあさんたちで店が溢《あふ》れるぞ」

「賑《にぎ》やかでいいですよ」

和菓子さまと最中屋さんのおやじさんとのやりとりを、慶子さんは楽しい気持ちで聞いていた。


最中屋を出る。結局、最中も切山椒も和菓子さまのリュックの中だ。和菓子さまは、大きな熊手も抱えている。熊手は見るからに重そうだ。

「熊手屋さんも、最中屋さんも、みなさんお知り合いなんですね」

「ぼくは店の跡取りってことで、子どものころから父や母に連れられてあちこち回っていたんだ。みなさんに、すごくかわいがってもらった。もはや、親戚《しんせき》みたいなものだな。そういえば、柏木さんは、あまりこっち方面には来たことがないの？」

「近くに神社があると聞いてはいましたが、来たのは初めてです。初詣《はつもうで》も、駅のそばのお寺に行っていました。思えば、わたしの行動範囲はもっぱら駅方面でした」

「そうなんだ。だったら、いい機会かもね。神社の先の交差点の向こうにも和菓子屋があるんだ。おじいさんとおばあさんが二人でやっていて、仕事がとても丁寧なんだ。団子におはぎ、赤飯もうまいよ」

和菓子さまが指す方向を見ながら、今度行ってみようと慶子さんは思った。ふっと、和菓子さまが黙る。なにか、考え事をしているかのような顔つきだ。

「もしかして、柏木さんはうちの店でしか、和菓子を買ったことがないの？」

「そう言われれば、そうですね。他のお店に行こうなんて、考えもしませんでした」

「どうして？　それは、おかしいよ。デパートに行けば、京都や東京、日本全国の和菓子屋の菓子が買えるよ。柏木さんは、和菓子に興味があるんだろう？　それなら、うちの店だけじゃなくて、他の店にも行き、菓子を買うべきだ」

畳みかけるような和菓子さまの物言いに、慶子さんは混乱しながらも考える。そうだ、和菓子さまの言う通りだ。和菓子が好きだというのなら「寿々喜」以外の店にも行き、菓子を買うべきなのだ。それは、とても楽しいだろうし、勉強にもなるだろう。

そんな簡単なことにも気が付かず「寿々喜」の菓子だけを食べて、和菓子が好きだと言っていた。慶子さんのそんな浅はかさを、和菓子さまは見抜き、腹を立てているのだ。

もしかして、これは遠回しな来店拒否だろうか。「寿々喜」には、もう来るなと言われてしまったのだろうか？

――嫌だ。そんなの、絶対に嫌だ。

「わたし、この間の大学の学部説明会でようやく進路を決めたんです。文芸学部文化史学科です」

唐突に話し出す慶子さんに、和菓子さまは、驚いたような表情を浮かべた。でも、構わない。驚かれてもあきれられても、和菓子さまに伝えたいことがあるのだ。

「日本の風習や風俗について学ぶ中で『寿々喜』さんで教えていただいた行事と菓子の意味や関係についても学べそうなんです。わたしは『寿々喜』さんがきっかけで和菓子に興味を持ちました。でも、視野の狭いわたしの図々《ずうずう》しい態度で、みなさんに不快な思いをさせてしまったことについては、なんてお詫《わ》びしたらいいのかわかりません。これからは、他のお店にも行き、いろんな菓子を知りたいと思います。でも、やっぱり『寿々喜』さんの菓子も食べたいのです。長居はせず、すぐに帰ります。行く回数も減らします。なので、お店に行くこと許してください。お願いします」

慶子さんは、一気に話した。許してくれなんておこがましいけれど、ここでなにも言えないままだと後悔してしまう。

ところが、慶子さんの予想に反して、和菓子さまは困ったような表情を浮かべていた。

「ごめん。ぼくの言い方が悪かった。うちの店に来るなって言いたいわけじゃない」

「そうなんですか？」

「ぼくは、柏木さんにもっと和菓子を知ってほしいと思った。うちはうちで信念を持ち菓子を作っているけれど、同じように、どの店にも、それぞれの矜持《きょうじ》がある。受け継がれた技や守ってきた伝統がある。それを柏木さんに知ってほしかった。和菓子の在る世界を好きになってほしいと思った。でも、それは、ぼくの勝手な思いであって、強要する話ではなかった」

自分の早とちりを恥ずかしく思いながら、慶子さんは和菓子さまの和菓子への思いに、じんときた。和菓子さまが、苦笑いしながら続ける。

「それに、ぼくのせいで柏木さんが来なくなったら、両親にボコボコにされる」

「ボコボコにされたこと、あるんですか？」

「ある。特に母は容赦ない。成績が悪いと、かなり面倒」

和菓子さまが女将《おかみ》さんに叱られる様子を思い浮かべたけれど、どうにも上手《うま》くいかない。

「わたしの両親は、学校の成績については寛大なんです。それに甘えて、ついついのんびりしていましたけど、さっき神社で、十二月の期末テストで失敗しませんようにって、お願いをしました。推薦の成績が悪くなってしまうと困りますから」

「柏木さんは、真面目に授業を受けているように見えるけど。一体、なにが不得意なの？」

「万遍なく、不得意です」

「そうかな？　以前、優秀な作文や感想文で、柏木さんの名まえを見た気がするよ」

確かに取り上げてもらうことはあるけれど、高校三年生になってからはない。

「稀《まれ》に、そういった珍事が起こるんです。それにしても、記憶力がとてもいいんですね」

「そんなことないよ。そういえば、取り置きした菓子は『亥の子餅』と『木練柿』と、あとなんだっけ」

「『初時雨《はつしぐれ》』です」

「いいよね。あれ」

「初時雨」は、初冬の雨をきんとんで表した丸っこい菓子だ。冷たい雨は辛《つら》いけれど、それが菓子になったのかと思うと、慰められる。名の美しい菓子である。


そのあと、和菓子さまと慶子さんは、なにを話すでもなく「寿々喜」まで帰って来た。和菓子さまは店の前で足を止めると、リュックから最中と切山椒を出し、慶子さんに渡してくれた。

慶子さんは和菓子さまを見上げた。そういえば、和菓子さまはどこの学部に進むのだろう。以前、進路は決まっていると言っていた。もし、同じ文化史学科ならとても嬉しい。

「大学で、進む学部は決められたんですか？」

和菓子さまが、はっとした表情を浮かべた。ただごとではないその様子に、慶子さんは胸騒ぎがした。彼は、張り詰めた表情で慶子さんを見ていたが、しだいにその瞳《ひとみ》の色には決意とも覚悟ともいえるような強さが宿っていった。

「ぼくはね、柏木さん。進学はしないんだ。大学には進まずに、うちではなくて、他の店で和菓子の修業をするんだ。そう決めたんだ」

——進学はしない。

和菓子さまの言葉が北風のように冷たく、慶子さんを襲った。

春からの大学生活に、和菓子さまはいないのだ。

十二月　手のひらの上の山茶花

ジングルベルのメロディが、街のあちこちで流れる十二月。
赤や緑や金色の輝くように華やかなクリスマスリースも、目に楽しい毎日。

期末試験の最終日をどうにか終えた慶子《けいこ》さんは、ふらつきながらも家に向かっていた。目指すはベッド。いつになく頑張った試験期間の睡眠時間は、あるような、ないようなものだった。やるだけやった。悔いはない。あとは、一刻も早くベッドにダイブし、お気に入りのもふもふとしたブランケットにくるまって、思う存分眠りたかった。

いつもより軽めの鞄《かばん》が肩からずり落ちたとき、慶子さんは、携帯電話が震えたことに気が付いた。母からのメールだ。図書館で予約した推理小説を取ってきてほしいとある。運がいいというか、タイミングがいいというか。慶子さんは、ちょうど図書館の近くを歩いていたのだ。

にまにまとしながら図書館を出る慶子さん。鞄の中には、母から頼まれた本だけでなく、自分が借りた本もある。好きな物語を読めるというだけで、どうしてこんなにわくわくするのだろう。眠気も忘れ足取りは軽やかだ。そして、軽やかついでに裏の通りを歩いて帰ろうと決めた。

あの春の日以来、すっかりお馴染《なじ》みとなった道を進む。長く続く生垣を見て、そして紅色《くれないいろ》の山茶花《さざんか》を見て、慶子さんは幼いころに歌った童謡を思い出した。ジングルベルもいいけれど、この風景には、あの童謡がとても似合う。

それにしても、咲く花も少ないこの季節において、山茶花の紅色はひときわ心に染みる。寒風に揺れるその花は健気《けなげ》ですらあり、自分も頑張ろうと思える。

春、どこまでも歩いて行けそうな陽気に誘われこの道を歩いたときは、花のつぼみが今まさに開くようなそんな期待感があった。季節は変わり、景色も変わった。

路地を曲がる。すぐ先に「寿々喜《すずき》」の大きなダクトがあった。あの日、あのダクトからケーキを焼くような甘い匂いがしなければ、慶子さんは和菓子とは出会わなかった。一期一会のあの出会いが、慶子さんの今へと続いている。

そのとき、ダクトから嗅《か》ぎなれない甘い香りが漂ってきた。この匂いはなんだろう？

慶子さんは、あの日のように「寿々喜」の店の前へ行った。

店の前に立つ慶子さんは、はてなと思う。店に変わった様子はないのだ。では、あの匂いはなんだったのだろう。そう思いダクトのある方へ視線を向けたときだった。

「Hahaha!　Hahaha!」

「寿々喜」から出てきた大きなサンタクロースが、慶子さんの目の前にやってきた。赤と白の服を着たサンタクロースは、赤い帽子も被《かぶ》っている。

髭《ひげ》は付け髭のようだったが、帽子から出ている銀髪はどうみても本物だった。鼻は高く、目の色も淡くて。つまりが外国人のおじいさんだ。

和菓子屋の前でサンタクロース姿の外国人に遭遇する確率は、どれくらいのものだろうか。たとえそれが天文学的な数字だろうと、慶子さんは遭遇したのだ。

「Merry Christmas」

サンタクロースは慶子さんに人懐っこい笑顔を向けると、赤い袋から小さなビニール袋を出し渡してきた。

「さ、サンキュー」

なんとか英語でお礼を返し、渡されたものを見た。それは、人形の形をしたクッキーで、クリスマスシーズンによく目にするものだった。これは「寿々喜」で作ったのだろうか。

和菓子屋でクリスマスクッキーを？

「お嬢さん、よかったらお茶でも飲んでいかないかい？」

いつかの春の日をなぞるように、甘い匂いの謎に魅せられた慶子さんは、サンタクロースにより「寿々喜」の店内へと招き入れられた。

「いらっしゃいま」

ま、のところで言葉を止めたのは、師匠だ。眉間《みけん》に皺《しわ》を寄せながら、サンタクロースと慶子さんを交互に見ている。

「この子、すごくかわいいでしょう。ぼくが見つけたお客さま。お店の前で拾ったよ」

サンタクロースは、最早《もはや》指定席のようになった店内の椅子を慶子さんに勧めた。

「ぼく、お茶を淹《い》れるけど、元君《はじめ》も飲むでしょ」

会話から察するに、元君とは師匠のことだ。師匠の名まえは、鈴木《すずき》元さんなのだ。

「お父さん。道行く人に菓子を配るのはともかくとして、その格好はやめてください」

「ぼく、もう御隠居さんなんだから、うるさく言わないで。これね、学《まなぶ》君にお願いして買ってもらったの。でも、愛《いと》しい息子の言うことは聞かないとね。ぼく、いいお父さんだから」

慶子さんに待っていてねと念を押すと、サンタクロース姿の御隠居さんは、店の奥へと消えていった。

愛しい息子。いいお父さん。

御隠居さんは、師匠のお父さん。つまり、和菓子さまのお祖父《じい》さん。

──「近々うちのじいさんが戻ってくるんですよ」

最中屋《もなかや》のおやじさんに和菓子さまはそう言っていた。

鈴木家親子三代。理屈では、その関係はわかった。けれど、ビジュアルの圧倒的な違いについていけず、慶子さんは混乱した。

明らかに、西洋人の御隠居さんと、どこから見ても日本の職人さんの師匠。これは、師匠のお母さんが相当に和風なお顔立ちだということか。

「すみません。うちの先代がご迷惑をおかけしました」

師匠が申し訳なさそうに、頭を下げる。

「初めてこのお店に来たときを思い出して、懐かしくなりました」

「あれは春でしたね。なるほど、どうやっても柏木《かしわぎ》さんはうちの店と縁があるのかな」

師匠が目じりの皺を深めた。その笑顔を、慶子さんはくすぐったく感じた。

店の奥から慌てたように女将さんが出てきた。女将さんは、急に入ったどら焼きの配達を師匠に頼んでいた。師匠は店を女将さんに任せると、店の奥へと下がった。

サンタクロースから師匠、そして女将さん。きょうの「寿々喜」は賑《にぎ》やかだ。そういえば、和菓子さまはどうしたのだろう。彼とは酉《とり》の市《いち》以来、まともに話せていなかった。

サンタクロースから和服に着替えた小粋《こいき》な御隠居さんが、お茶を運んできた。慶子さんは御隠居さんに勧められるままに、いただいたクッキーを食べた。

「おいしいです。蕎麦《そば》のいい香りがします」

ダクトからのあの匂いは蕎麦粉だったのだ。クッキーはサックリとした食感のあと、香ばしい匂いが鼻に抜けていった。素朴な味わいもいい。これは、癖になりそうだ。御隠居さんが、店内を見渡す。

「あれ？　元君は？」

「三丁目町内会から注文が入りまして、どら焼きを届けに行きました」

「働きものだね。せっかく、かわいい女の子を連れてきたのに」

「お義父《とう》さん、柏木さんはうちの大切なお客さまなんです。ナンパして、勝手に連れ込んだりしないでくださいね」

「お嬢さんは、柏木さんっていうの。若い女の子が常連さんなんて、ありがたいね」

「柏木さんは、学の同級生さんなんですよ」

「学君のガールフレンド！　素晴らしい！　そういえば、学君は、どこ行ったの？」

「配達中です。戻って来るまで、もう少し時間がかかると思いますよ」

「学君、残念。ねぇ、柏木さん。学君はぼくに似ているからモテるでしょ」

御隠居さんからの問いかけに、女将《おかみ》さんも興味津々とばかりに、身を乗り出してきた。

二人に注目され、慶子さんは緊張する。

「女性に人気があると聞いています」

呉田《くれた》先輩とのごたごたに加えて、山路《やまじ》さんと常盤《ときわ》さんからも、和菓子さまのモテモテ話を聞いた。それに今さらだが、慶子さんにしろ初めて和菓子さまを見たときは、その眉目秀麗さに自分とは別世界の人だと思ったのだった。

外見だけでなく、働き者で親切な和菓子さまがモテないはずがない。あまりに近くにいるためか、不思議なほどにそこがすっぽりと抜けていた。

「学、人気があるのね……。ところで、前から一度お聞きしたかったんですけれど、柏木さんから見て、学ってどうですか？」

女将さんからの質問に、慶子さんは考え込む。どうですか？　って、なんだろう。どうですか？　に対する答えは、なにが適切なのだろう。

「まじめで、尊敬できる方です」

考えに考えて、慶子さんは答える。けれど、そんな慶子さんの答えに、女将さんも御隠居さんも見るからにトーンダウンした。しおれる女将さんを御隠居さんが慰めだす。

「なるほどね。学君、前途多難ね。そんなとこまで、ぼくに似てなくてもいいのに」

しきりに、自分と和菓子さまが似ていると言う御隠居さんを、慶子さんはまじまじと見た。背の高さは、なるほど御隠居さんの血なのだろうけど、顔立ちは真逆だ。どこからどう見ても西洋的な顔立ちの御隠居さんと、和風な和菓子さま。

そんな慶子さんの心を見透かすように、御隠居さんは「ここ」と左の目元のほくろを指した。

「あ！　似ています」

似ている。いや、似ているとは言わないか。和菓子さまの目元にも、小さなほくろがあるのだ。

「ふふ。でしょ。学君には色気があるから」

色気！　御隠居さんの言葉に合点した。慶子さんが和菓子さまの顔について、独特の雰囲気と表現していたものの正体は、色気だったのだ。慶子さんは、とてもすっきりした。

「それに比べ、ぼくの息子の元君は、喜一郎義兄《きいちろうにい》さんに似ちゃったからな。キラキラがないのね。なんか渋いんだよね」

喜一郎義兄さんとは、どなただろうか。

「あれこれと名まえが出てきて混乱しますよね。喜一郎というのは、亡くなった義母の兄です。鈴木喜一郎。若くして亡くなったそうです」

「ぼくは、婿養子なの。奥さんは鈴子《すずこ》さん」

御隠居さんが優しく笑う。そういえば、最中屋さんのおやじさんは、御隠居さんの奥さんについて「恋女房」という言葉を使っていた。最中が好きだった鈴子さん。慶子さんの胸がチクリと痛んだ。

「それにしても、元君って、顔だけでなく考え方も喜一郎義兄さんに似ているよね。ぼくはさ、伝統もいいけど、今を取り入れるのも大事だと思うんだけどなぁ」

「お義父さん、さっきも、二人でもめていましたか？」

「もめてない。あれは、ディスカッションです」

御隠居さんがおどけるように両肩を上げた。

＊＊＊

期末試験最終日の翌日の授業から、初日分のテスト返しが行われた。先生たちも採点に気合が入っていたのだろう。

目標を持ち勉強をした成果か、はたまた酉の市でのお参りが効いたのか、今までのところ慶子さんのテストはなかなかの高得点だった。ほっとした気持ちで、午前の授業を終え昼休みを迎えた彼女のところに、福地《ふくち》君がやって来た。

校舎の各階の両側にある階段の近くには、ちょっとしたスペースがあり、円形のテーブルが三つ置かれている。ここは、勉強したり、昼食を食べたりする場所として人気だ。

福地君が慶子さんを連れてきたのは、そこだった。彼は、あらかじめ席を取っておいてくれたようで、テーブルの上にはパンが入った購買部の袋が置かれていた。

「鈴木が大学に進学しないなんて。俺、もうショックで食欲ないんだよ」

「食欲、ないんですか。それは、心配です」

福地君が袋からパンを取り出す。その数六個。彼は話しながら、瞬く間に一つ目のコロッケパンを食べ終え、二つ目の焼きそばパンの袋を開けた。

「俺さ、今朝、聞いたんだ。あいつ、和菓子の修業をするんだってな」

「わたしも、そう聞いています」

「ふざけるなって感じだよ。あいつは、なんでも自分一人で考えて、実行してしまう。それって、俺たち仲間を拒否しているみたいじゃないか」

慶子さんは、福地君と話しながら箸《はし》を出し、弁当箱の蓋《ふた》を開けた。そこには、母の手作りのおかずが詰まっている。玉子焼き、きんぴら、ほうれん草のおひたしに生姜《しょうが》焼き。

福地君のペースにのまれそうだった慶子さんだったけれど、我が家のいつものおかずを見ていたら、気持ちがすっと落ち着いてきた。

「拒否なんかしてないと思います。だって、そんな仲間のために、六年間も合宿でおやつを作りますか？　一人で朝早く起きて、寒天を溶かすんですよ？」

「そう言われてしまうと。……そうだよな。俺さ、鈴木が店を継ぎたいのも和菓子が好きなのも十分理解していたつもりだ。仲間として応援しようと思っていた。でも」

福地君はそれきり黙ってしまった。慶子さんには、彼の気持ちがよくわかった。まるで鏡に映したように、自分と同じだったたからだ。

応援したい。でも――。

「淋《さみ》しいです」

「そうなんだよ！　さすが、柏木さん。俺は、淋しいんだ！　こんなこと、山路には気色悪いって言われそうだし、若山《わかやま》には鼻で笑われそうだから言えなかった。でも、誰かと話したくてさ。この、どうしようもない感情を誰かとわかち合いたかったんだ」

「福地君の気持ちわかります。だから、ありがとうございます。誘ってくれて。わたしも誰かと話したかった。この感情が自分だけじゃないって思えて、ほっとしました」

「いや、よかった。こんな話、茶化さないで聞いてくれるのは、柏木さんだけだからさ」

照れたような笑顔を福地君から向けられ、慶子さんはなんだかむず痒《がゆ》い気持ちになった。

福地君と別れて廊下を歩いていると、今度は常盤さんに話しかけられた。受験勉強で忙しいはずだが、常盤さんの美しさは今日も絶好調だ。

「柏木さん、聞いたわよ、鈴木のこと。で、見たわよ、福地との派手な逢《あ》い引き」

「あいび……えっ」

決して、逢い引きなんかではない。そこは、きちんと説明したい。

「福地君は落ち込んでいて、それで、わたしと話そうってなったみたいです」

「鈴木がいない淋しさを埋めるがごとく近づく二つの孤独な心。芽生える愛情」

「常盤さん、誤解です。福地君に迷惑がかかります」

「柏木さんにその気がないのは、みーんなわかってます。でも、あんな仲良く、顔を近づけて、手を握らんばかりの距離でいると、誤解されるから気を付けてね」

「そんなでしたか？」

常盤さんの言葉に、ショックを受けていると、今度は担任の今井洋子《いまいようこ》先生までが慶子さんに声をかけてきた。慶子さん、大人気の日である。

今井先生について行った先は、職員室だった。職員室には、和菓子さまもいた。

和菓子さまは剣道部顧問の山田正文《やまだまさふみ》先生と話しをしていた。山田先生と今井先生の席は隣同士なのだ。

今井先生が山田先生に頭を下げる。

「いろいろとすみません」

今井先生はため息を一つつき、和菓子さまの背中をとんと叩《たた》いた。和菓子さまは、慶子さんのことを見ない。

今井先生は椅子に座ると鍵《かぎ》で引き出しを開け、一枚の答案を出した。それは、慶子さんの古典のテストだった。受け持ちは、今井先生だ。

バツばかりの答案を見た慶子さんは、気絶しそうになった。明らかに、赤点だ。

「記入ミスよ」

回答欄に不自然な空白が一つあった。

「ずれていなければ、書いてある分は全問正解だったのに。次の授業で返すけど。でもね、柏木さん――」

どうしよう、どうしよう。慶子さんは混乱した。

そして、自分が大学のどの学部に進みどんな勉強をしたいかを、両親に伝えていた姿を思い出した。あんなに偉そうに、熱く語っておきながら、自分がやるべきことさえ満足にできなくて。答案の見直しなんて、そんな初歩も初歩のミスだ。

「今井先生」

はっきりとした声が慶子さんの頭の上で響いた。

「あら、鈴木君、なにかしら」

「でも、大丈夫ってことでしょ。柏木さんの大学進学は」

慶子さんは和菓子さまを見上げた。

「ええ、そうよ。まぁ、残念ながらこれは赤点だけど。でも再試験をするし。それに今回の柏木さんの出来なら再試験もいい点が取れそうだしね。他の教科も特に問題はないみたいだから、もし古典がダメでも、それ以外で柏木さんの単位は足りそうよ」

「だったら、最初にそう言ってあげればいいじゃないですか」

「あら。わたし、言わなかったかしら？　それは悪かったわ。この答案をいきなり授業で返したら、柏木さんが落ち込んじゃうだろうって思って、だからこうして呼んだのよ」

ふにゃふにゃと慶子さんは脱力した。そうなんだ、大丈夫なんだ、それを先生は説明してくれたんだ。

「じゃ、ぼく、教室に戻ります」

和菓子さまは山田先生と今井先生に頭を下げ、慶子さんを見てきた。

「柏木さんも戻っていいわよ。追試、頑張るのよ」

今井先生の言葉に、慶子さんは大きく頷《うなず》いた。


小走りで和菓子さまの後ろをついていく。

「ありがとうございます」

「べつに、大したことはしていない」

和菓子さまは後ろ姿のままでそう言った。また、迷惑をかけてしまった。慶子さんの足が止まる。それに気が付いた和菓子さまも足を止め、振り向いた。

「……すみません。でも、わたしには、大したことだったんです」

「今井先生は悪気はないんだろうけど、面倒だ。柏木さんのテストだって親切のつもりだろうけど、大事なことが抜けているし。ぼくの進路では、山田先生まで駆り出してきた」

「あそこで進路の話をしていたんですか？」

「そうだよ、参ったよ。福地にしろ今井先生にしろ、そんな、騒ぐことかな。山田先生が仲裁してくれてなんとか収まったけど。和菓子屋の息子が、大学に行かずに菓子の修業するのってそんな変かな」

「変じゃありません。福地君も応援したいって言ってました」

「なにそれ。なんで、柏木さんが福地の気持ちを語るわけ？」

「福地君と話しました」

「福地と話した？　いつ？」

いつ？

「さっき、お昼です。福地君に誘われて階段のそばのテーブルで、一緒にお昼を食べたときに、そう話してくれました」

「……よく席が空いていたね」

「福地君が確保してくれました」

妙に心臓がバクバクとする。手のひらに「人」という文字を書き、飲み込みたい。

「山路とかもいたわけ？」

「いえ……。わたしと福地君だけです」

「ふぅん。仲がいいね」

仲がいい？　福地君と？

確かに、仲が悪い人とは一緒にお昼は食べないだろう。そして、そう言われてみれば、慶子さんにとって福地君は、仲のいい間柄といえるのかもしれない。

「福地君とは、仲がいいと思います」

すると、和菓子さまはもう一度、ふぅんとだけ言い、慶子さんを置いてさっさと歩きだした。わけもわからず、廊下に一人残された慶子さん。そんな彼女を追いたてるように、休み時間の終わりを告げる予鈴が鳴った。


部活のあと慶子さんは、心配顔の山路さんと常盤さんに挟まれていた。今日の慶子さん、滑るわ、転ぶわで、剣道以前にいいところなしだったのだ。

「今日、変じゃない？　なにか、悪いものでも食べたの？」

「違うって、山路。柏木さんは恋のトライアングルを満喫中よ。まさか、失恋しちゃった？」

「失恋なら、福地でしょう。見て、あの鈴木を見る顔。情けないやら、気色悪いやら。鈴木が大学進学しないからってなんなの。あいつがこの世から消えるわけでもあるまいし」

和菓子さまが大学に進まないことを淋しいと言った福地君。でも、あのとき、淋しいという言葉を使ったのは、慶子さんだ。

——「仲がいいね」

そうかもしれない。福地君とは、同じ気持ちなのだから。

——「和菓子屋の息子が、大学に行かずに菓子の修業するのってそんな変かな」

変なんかじゃない。変なのは、淋しい気持ちを持て余し、素直に応援できない自分のほうなのだ。

＊＊＊

週末、慶子さんが「寿々喜」の暖簾《のれん》をくぐると、御隠居さんがいた。

「やぁ、柏木さん。いらっしゃい」

ずりりと、あとずさった慶子さんに、帰さないとばかりに御隠居さんがこぼれるような笑みを向けてくる。負けた慶子さんは敗者に相応《ふさわ》しく、とぼとぼと前に進んだ。

「さぁ、今日はなににしましょうか」

「まるで、八百屋さんや魚屋さんみたいです」

思わず慶子さんの頬が緩む。

「ほらほら、見てって。活《い》きのいい菓子を取りそろえていますよ」

慶子さんがショーケースを覗《のぞ》くと、活きのいいいくつもの新しい菓子が出ていた。

「さて、本日のお薦めは、『藪柑子《やぶこうじ》』。『藪柑子』っていうよりも、十両って言ったほうがわかりやすいかな。万両、千両みたいに赤い実をつける木ね」

ショーケースの中にある「藪柑子」と説明のある菓子は、三角形に伸ばした緑色の練《ね》り切《き》りの上に、丸く形をつけたつぶ餡《あん》を載せ、三隅をその上にかぶせたものだった。そして、その三隅に小さな赤い実がぱらぱらと散らしてある。練り切りは完全には餡を隠していないため、その赤い実と黒い餡のコントラストがきれいだった。

「藪柑子」の形はシンプルだ。シンプルなのに、情緒もあり美しさもあった。そして、その形はモダンでもあった。「藪柑子」と、ビターなチョコレートを一緒に洋食器に載せたら、さぞかしきれいだろう。

「次は、柚子饅頭《ゆずまんじゅう》ね。毎年この時期になると作る上用饅頭《じょうようまんじゅう》。口に入れたときの柚子《ゆず》の香りがいいね」

ほんのり黄色く色づいた饅頭の上に、小さな緑の葉があった。饅頭の皮には、細かな黄色い柚子の皮がところどころ見え、さわやかだ。

「饅頭」と「さわやか」という言葉が並ぶのは変な話だが、この柚子饅頭を見るとその言葉しか浮かばなかった。食べることを考え、ふふふと顔が笑ってしまう。

「これも面白いよ。黒砂糖のきんとんで作った『初霜《はつしも》』。材料を試すのが大好きな元君が、いろんな黒砂糖を取り寄せては、あれこれ考えて作ってた。中は、白餡《しろあん》ね」

黒砂糖のきんとん。きんとんの上生菓子《じょうなまがし》は今までなんども食べたけれど、黒砂糖味のものは、あっただろうか？　口の中で、どんな味が広がるのか楽しみだ。

そして、最後に残ったのが「山茶花《さざんか》」。この菓子は、慶子さんの胸をぎゅっとさせた。

「そっか。柏木さんの一番は、これかぁ」

「このあいだ、山茶花を見たんです。色が少ない季節に咲くこの花を見て、わたしも頑張ろうって。元気をもらったんです」

「小さい店の良さは、みんなであれこれ言い合いながら菓子を作れるところなんだよね」

「そうなんですか。いいですね」

春から「寿々喜」に通っている慶子さんだが、こういった店の事情は初めて聞いた。

「ぼくはね、『藪柑子』が大好きなの。初めて義兄《あに》に認めてもらったのがこの菓子だから。なかなかモダンでしょ。そして、柏木さんの一番の『山茶花』ね。これは、学君だよ。もちろん、まだお店に出すものは作れないから、手直しを含め作ったのは元君だけど。あの子が考えた菓子を元君が採用したのは、初めてだと思うよ」

慶子さんは胸がいっぱいで、なにも言えなくなった。

つまり、これは和菓子さまの菓子だ。

慶子さんの気持ちに一番響いた「山茶花」は、和菓子さまが考えたものなのだ。

「椿《つばき》じゃなくて、山茶花ってところが渋いよね。椿と山茶花があったら、椿のほうが通りもいいし、ついそっちを作ってしまう。けど、あの子は自分の心が感じた美しさを、その感じ方を大事にしたのね」

「反対はされなかったんですか？」

「できない強さが菓子にあった。ちょっと悔しかったよ。でも、誇らしくもあった。多分、元君もそう。伝統とか、今とか。そんな話をしている大人の間を、学君の山茶花の紅が鮮やかに斬っていった」

慶子さんは、和菓子さまがいる世界、そして、これからも彼が挑み続ける世界の一片を、御隠居さんに見せてもらった気がした。

「お話を聞かせていただき、ありがとうございました。わたし、ますます、和菓子を好きになりました」

「若いっていいね。まっすぐで、濁りがない」

「わたしは、違います。まっすぐでもなければ、心も濁ってばかりです」

「ぼくには、そうは見えないよ。柏木さんが『山茶花』を選んだのもそれを証明している。羨《うらや》ましいな。柏木さんの目に映る景色と学君のそれは、とても良く似ているんだね」

御隠居さんは優しい目で、慶子さんに笑った。

帰宅後、慶子さんは部屋に籠《こも》った。

結局「寿々喜」では「山茶花」一つしか買わなかった。箱から出した「山茶花」を、慶子さんはそっと手のひらの上に載せた。

紅色の小さな花の菓子。

師走《しわす》の住宅街で、鮮やかに咲くその花を模した菓子には、和菓子さまの決意と、それを受け入れた師匠や御隠居さんの気持ちが詰まっているように感じた。

――応援したい。

慶子さんは強く思った。それなのに瞳《ひとみ》からは、涙がこぼれるのだった。

一月　春隣、恋隣

睦月《むつき》、一月、はじまりの月。

高校生活も、あと三月《みつき》足らず。


新しい年が始まった。剣道部の稽古《けいこ》は、今日が初日だ。

珍しく遅れてやってきた福地《ふくち》君が、慌てたように話し始める。

「たいへんだ、山田《やまだ》先生が車にはねられた！」

剣道場がしんと静まる。誰も話さない中で、北村《きたむら》君が沈黙を破った。

「先生、どうなった」

「あぁ、ごめん。ごめんじゃないか。先生は、生きてる。あぁ、こんな言い方、不謹慎なのか。学校を出たところの横断歩道で事故にあったけど、すぐに救急車で運ばれたって」

部活が終わったあと、山田先生についての続報を求めて剣道部のみんなで職員室に行った。けれど、救急車の手配をした学年主任の先生からは事故直後の様子は聞けたものの、それ以上の情報は得られなかった。山田先生は大丈夫だろうか。

先生を案じつつ、慶子《けいこ》さんは学校からの帰り道、自宅近くの駅前の商店街を歩く。冷たい風にはらりと解けたマフラーを巻きなおしながら、母のために一一九番通報をしたときを思い出す。あのとき慶子さんは十三歳、中学一年生だった。病院へ運ばれた母は病気が見つかりそのまま入院、手術となった。当時の慶子さんは、手術や輸血や麻酔にメリットだけでなくデメリットがあるなんて知識はなかった。

慶子さんは小さく首を振ると、母に頼まれた買い物を思い出し、商店街の中ほどにある文房具店に寄った。店に足を踏み入れると、香り付きの消しゴムや文具の人工的な甘さが濃く匂う。低い天井のエアコン排出口から出るあたたかな空気が顔に当たり、慶子さんの前髪を揺らした。これでは、汗をかいてしまう。彼女は巻きなおしたばかりのマフラーを外し、通学鞄《かばん》にしまった。

慶子さんは、通路の途中に積んであった青い買い物カゴを手にした。そして、目的の品をそこに入れたあと、なにを見るでもなくぶらぶらと店内を回った。

ふと、ある考えが浮かび、慶子さんは立ち止まる。そして、来た道を戻り、小さな折り紙の束をあるだけカゴに入れた。

「あれ？　柏木《かしわぎ》さん？」

ふいに後ろから声をかけられた。和菓子さまだった。和菓子さまが、視線を慶子さんから彼女が持つそのカゴへと移す。

「その大量の折り紙は、もしかして、山田先生に？」

「そうなんですけど、あっ――」

和菓子さまが、買い物カゴを彼女の手から取り上げた。

「この色紙《しきし》も、山田先生への寄せ書き用なんだ。福地からメールがきてさ、自分が買い忘れたから、ぼくに買えって」

和菓子さまは手に持つ二枚の色紙を、慶子さんから取り上げた買い物カゴに入れた。

「折り紙は山田先生用ですが、これは、わたしが個人的に買うつもりだったんです」

慶子さんは和菓子さまに取られたカゴに手を伸ばした。けれど、彼は身長の利を生かして、それを慶子さんの手の届かないほうへと動かす。

「千羽鶴ってさ、本当に千羽折るのかな？」

「わたしは、そうしました」

「……そうだったんだ。千羽か。となると、部員一人当たり何羽折ればいいんだ。あぁ、でも、部員だけじゃなくて、学校全体に呼びかければ、簡単に集まるか」

和菓子さまが、ぶつぶつと計算を始めた。

「それは違うと思います」

「どういうこと？」

和菓子さまは、ん？　という顔で慶子さんを見た。そんな和菓子さまの顔を見てしまうと、慶子さんは自分が言おうとした言葉が、お腹の底まで引っ込んでしまいそうになる。言わないほうがいいのだろうか。——でも。

「ノルマじゃないので」

偏屈者だと思われただろうか。言ったことは後悔していないけれど、それとは違う気持ちで、こんなことを言う自分は、融通がきかない頑固者のようで嫌だった。

「ノルマか。ほんとだね。ごめん、ぼくは、焦ってた。柏木さんが折り紙をたくさん買っているのを見て、鶴だ、折り鶴だって思ったら……。ぼくも山田先生には、お世話になったし。だから、一刻も早く、それこそ明日にでも先生に届けたくなってさ。でも、そうだよな、ダメだよな。そんな折り鶴じゃ、意味ないな」

「早く届けたい気持ち、わかります」

「柏木さんに嫌なこと言わせた。ごめん」

「そんな、とんでもないっ」

和菓子さまが謝る必要なんてない。むしろ慶子さんは、自分の思いが和菓子さまに伝わり嬉《うれ》しかったのだから。

「つまりさ、ノルマじゃなきゃ、いいんだよね。……というか。まさか柏木さん、一人で千羽もの鶴を折るつもりだったの？」

「具体的なプランは、考えていなかったんです。とにかく、千羽鶴を山田先生に渡したいと思い、それなら折り紙を買わないと……と思ったくらいで」

「うん、わかった。なら、ぼくは賛同者ね。で、色紙を買えって言ったくらいの福地だから当然あいつも賛同すると思うし」

和菓子さまは、なにかを考えるかのように黙った。慶子さんは、彼の言葉を待つ。

「たとえば、部内でも学校内でも、有志で気持ちのある人にお願いするっていうのはどうかな。ぼくがさっき言ったような、一人何枚とかいったノルマは、なし。どうだろう」

和菓子さまが慶子さんの顔を覗《のぞ》き込んできた。

近いです、とても。

顔を逸《そ》らしたいと思いつつ、そうするのはとても失礼だという気持ちもあり。慶子さんは至近距離にある和菓子さまの整った顔に耐えつつ、かろうじて自分の顔の位置を動かさずに、和菓子さまの意見に賛成とばかりに顎《あご》を引くことに成功した。

「よかった。じゃ、折り紙と色紙は、ぼくがまとめて払うってことで。……あれ、これ？」

「それ、わたしのです。母に頼まれたんです」

和菓子さまがカゴから手のひらサイズのメモ用紙を三冊取り出し、慶子さんに渡した。

「そういえば、柏木さん。お正月に風邪を引いたんだってね」

「そうなんです。だから『花《はな》びら餅《もち》』の受け取りは、母にお願いしたんです」

「花びら餅」は、新年の上生菓子《じょうなまがし》である。薄い紅色の菱餅《ひしもち》の上に甘く煮たゴボウとみそ餡《あん》を載せ、餅でぱたりと閉じた上品な菓子なのだ。花びら餅は葩餅《はなびらもち》とも書き、菱葩《ひしはなびら》という正月の行事食に由来している。菱葩の歴史を辿《たど》ると「歯固《はがため》」に至り、それはその名の通り、猪《いのしし》、鹿、大根、瓜《うり》、押鮎《おしあゆ》などの固い食材を食べることで長寿を願ったもので、菱葩はその「歯固」が、儀式化する過程で生まれた。

「花びら餅」が現在のようなかたちになったのは江戸《えど》時代とされ、中に入るゴボウは押鮎の見立てらしい。また、ゴボウは深く地に根を張ることから、家の土台をしっかりし一家の繁栄を築くとされ、その長さは長寿にも繋《つな》がり、縁起のいい食材とされ使われたようだ。経緯について調べると菓子にゴボウが使われる理由に納得してしまう。

「寿々喜《すずき》」では「花びら餅」の販売が予約制になっている。慶子さんは張り切って注文した。ところが、当日に慶子さんも父もそろって咳《せき》の酷《ひど》い風邪を引いてしまったため、急遽《きゅうきょ》、受け取りを母に頼んだのだった。

でも、おかしい。和菓子さまはどうして慶子さんが風邪を引いたと知っているのだろう。母が、わざわざ伝えたとは、どうしても考えられない。

「お母さんが来店されたときに聞いたんだ。『柏木さん、風邪でも引いたんですか』って。

そうしたら、お母さんが頷《うなず》かれたんだ」

なるほど、そうだったのか。この話はそこで終わった。


数日後の昼休み、三年B組の教室の入口に、二人の女子生徒が立った。

「柏木さんっている？　山田先生の千羽鶴の折り紙をもらいに来たの」

慶子さんは席を立ち、訪ねてきた二人に応対した。五十枚ほしいと言う二人のために、十枚ごとに分けていた折り紙の束を五つ渡す。

「折った鶴は、うちの教室の前にある、あの段ボール箱に入れてください」

「わかった。なるべく早く持ってくるわ」

女子生徒たちは、段ボール箱を確認すると、自分たちのクラスに戻っていった。

幸いにも山田先生の怪我《けが》は命に関わるものではなかった。その報《しら》せを福地君から聞いた剣道部一同は、そろって安堵《あんど》した。

しかし、全身を強く打ったためにできたあちこちの打撲と足の骨折により、そのまま入院という運びになった。先生の骨折箇所は、大腿部《だいたいぶ》だ。結果としては、手術をしなくてはならなかったようなのだが、それも上手《うま》くいき、術後も良好だと聞いている。

入院は一か月前後だそうなので、退院は二月だろうか。お見舞いは、他の先生にも相談し、剣道部としては先生が落ち着いてから行くことに決めた。そのときに、千羽鶴も持っていく予定だ。

有志で折る千羽鶴については、まず慶子さんと和菓子さまが担任の今井《いまい》先生に相談をした。その後、担任から校長に上がり許可が出たため、慶子さんたち剣道部が窓口となって山田先生への千羽鶴の呼びかけを行うことになったのだ。

しくみも作った。折られた鶴は、学年ごとに一つの段ボール箱で集める。段ボール箱の設置場所は、剣道部員の折り鶴担当者のいるクラスだ。箱は、登校した折り鶴担当者が、毎朝職員室から自分のクラスに持ちこみ、下校の際はふたたび職員室に戻した。職員室にはさらに大きな箱があり、毎日集まった折り鶴はそこに溜《た》められた。

山田先生と接点のなかった慶子さんのクラスメイトも、彼女が休み時間に鶴を折る姿を見て「参加させて」と、声をかけてきてくれた。休み時間になると、慶子さんの周りには人が集まり、そして、おしゃべりをしながら折り鶴を折る。そんな光景が日常になっていった。

慶子さんは鶴を折る前に、折り紙の内側に言葉を書いていた。それは「早く治りますように」だったり「痛みがなくなりますように」というものだ。当然、折ってしまえばその言葉は見えない。

そんな慶子さんの折る鶴を、クラスメイトたちは「祈《いの》り鶴《づる》」と名を付けた。そして、それもまたたくまに学校中に広まり、山田先生への折り鶴には、生徒たちからの隠れたメッセージが込められるようになっていったのだ。


放課後、稽古《けいこ》が終わったあと、剣道部の一年生の女子部員たちが慶子さんと山路《やまじ》さんの周りに集まってきた。安井《やすい》さんが前に出る。

「山路先輩、柏木先輩。お話があります」

なにかを察した山路さんは、表情を部長の顔に変えると「どうしたの？」と安井さんに問う。慶子さんも、いよいよかと思った。

「女子部の部長、副部長を決めました」

山路さんが、緊張した安井さんに相槌《あいづち》を打ち、彼女の話を促した。

「部長は、わたし、安井がします。そして副部長は」安井さんが、隣にいた一年生を見た。

「佐藤《さとう》がやります」佐藤梨絵《りえ》さんは、剣道初心者の一年生だ。

内心、副部長は、交流戦にも出場した八坂《やさか》さんがなるだろうと、山路さんも慶子さんも思っていた。けれど、安井さんはじめ一年生の晴れやかな表情を見ると、これはこれでいい選択だったのだろうと思った。

「山路先輩と、柏木先輩を目標に頑張ります」

山路さんは、短いながらも一言一言に力を込め、一年生にエールを送った。

「うん、頑張って」

制服に着替えた慶子さんと山路さんは、寒空の下、駅への道を歩いていた。一年生に対し凛《りん》とした態度で臨んだ山路さんは何処に。首に乱暴にマフラーを巻きつけた彼女は、脱力した様子でとぼとぼ歩いている。

「山路さん、どうしました？」

「一年生がしっかりしたのは嬉しいけれど、いよいよわたしと柏木さんも今月で引退かぁと思ったら力が抜けちゃった」

「引退が一月だと聞いたときは、随分先だと思いましたが、あっという間でした」

そして、高校生活も、一日一日と終わりに近づいてきていた。

「今さらだけど、常盤《ときわ》って受験大丈夫なのかな。心配だな」

「常盤さんは、いつも自信満々で、部活も気分転換になるからって、十二月も週に一度は来てくれました。だからそれに、ついつい甘えてしまいましたけど。……でも、心配されるのは不本意だと言われてしまいそうです」

「そうね。言いそうだね、常盤なら」

経験者の少ない女子部にとり、初心者の稽古をみてくれる常盤さんの存在はありがたかった。そして、気になる人は、もう一人いた。

「山田先生へのお見舞いは、今月末の引退前には行けるでしょうか？」

「そう願うわ。早くGOサインでないかな。わたしたち、山田先生を幽霊顧問なんて言っていたけど、本当は信頼しているの。他校とのやりとりとか丁寧で安心できたもん」

「先生は文化系なのに、運動部の顧問をなさっているんですよね」

「定年で辞めた前顧問のあと、なかなか後任の先生が決まらなかったの。その当時、山田先生が担任したクラスに剣道部の部員がいて、そんな縁で引き受けてくれたそうよ」

高校三年生から剣道部に入った慶子さんが知るだけでも、呉田《くれた》先輩への対応や、和菓子さまの進路問題に山田先生は関わっている。山田先生は、生徒へのサポートを惜しみなくされる先生なのかもしれない。それが「祈り鶴」が予想を超える多くの生徒の手により、折られている理由なのだろう。

「それにしてもさ！　柏木さんってすごいよね！」

「すごい？　わたしが？」

「折り鶴よ。あ、違うか。祈り鶴、だっけ？　学校あげてのキャンペーンみたいになったじゃない。あまり大声では言えないけれど、剣道部の好感度急上昇よ」

「それは、わたしだけじゃなくて、剣道部のみなさんが協力してくれたから……」

「みなさん、じゃないでしょう。鈴木《すずき》の旦那《だんな》ね。あいつ、やるときはやる男だね」

山路さんの言葉に、慶子さんはなんだか恥ずかしくなった。

「折り紙の裏に書く言葉？　いいアイデアね。それを、あの福地は、あろうことか『あんまん奢《おご》ってください』なんて書きよって。わたしが怒ったら『奢ってくれるってことは、元気になったからこそできることだし』なんて言ってきてさ。それを聞いた他の男子もこぞって『焼き肉』とか『フカヒレ』とか書きだしたの。もう、折り紙の裏が、レストランのオーダーみたいになったのよ」

怒りながらも、山路さんは楽しげだ。

「山路さんは、なんて書いたんですか？」

「えっ。やだ、柏木さん。わたしがそんなこと書くわけないでしょう」

慌てる山路さんが面白く、慶子さんはくすくすと笑ってしまった。

「あ、あぁ！　書きました。『ショートケーキ』って書いちゃいましたよ。柏木さん、わたしを食いしん坊だと思ったでしょ？」

「わたしも、ショートケーキ大好きです」

なおも笑い続ける慶子さんのわき腹を、山路さんがつんつんとつつく。

「ま、いいんだけど。だからさ、つまり、そういった発想っていうの？　折り鶴だけじゃなく、折り紙にメッセージって。わたし、柏木さんのそういうところ、ほんと尊敬する」

明るい山路さんの笑顔に、慶子さんは胸をうたれた。と同時に、彼女から信頼される自分が誇らしい気持ちにもなった。そして、自分も彼女を信じようと、気持ちを打ち明けようと、そう思えたのだ。慶子さんは、大きく一度深呼吸をした。

「わたし、以前にメッセージ付きの折り鶴を折ったんです」

「そうだったの？」

「折り鶴、全部に書いたわけじゃなくて。何枚か。ううん、何十枚？　わたしは『折り鶴』を母のために折ったんです」

慶子さんを見る山路さんの目がまん丸になった。でも、その目には、憐《あわ》れみや好奇心といった慶子さんが恐れていたものはなかった。

「中学一年生のとき、母が倒れたんです。母の体調がすぐれないっていうのは、前々からわかっていましたけれど、わたし、あまりそのことを深刻に考えてなくて。たまたまそうなのかな、すぐに元気になるのかなって思ってました。ある日学校の帰りに、本屋さんやら図書館やら散々寄って家に帰ったときがあって。それで、玄関を開けたら」

慶子さんは、いったん、ふぅと息を吐き、ふたたび話し始めた。

「玄関で、母が倒れていて。母は病院に行こうとしていたみたいで、保険証とか診察券が、廊下に散らばってました。父もまだ帰ってくる時間じゃなくて。でも、母の様子は明らかにおかしくて。父を待っている場合じゃないって、救急車を呼びました」

山路さんが慶子さんの左手をそっと握った。それに勇気づけられるように、慶子さんは話を続けた。

「それから、検査とかいろいろあり。そうしたら一つじゃなくて、なんかいろいろと病気が見つかって。入院とか手術とか病院とか、そういったことが中心の生活が始まりました。それが落ち着いたのが、高校二年生の終わりです」

「それで、お母さま。今はどんなご様子なの？」

静かな声で山路さんが聞いてきた。

「落ち着いています。ただ、病院にはいまも定期的に通っています」

山路さんに母の様子を話しながら、慶子さんはほっとしていた。

——「もう、すっかりよくなったの？」

母の友人や親戚《しんせき》からのその問いかけを、慶子さんは苦手に感じていた。悪意はないのだ。心配してくれているのだと頭ではわかってはいる。

けれど、その問いは慶子さんに「ＹＥＳ」の答えしか求めていないような、そんな苦しさもあったのだ。

母が生きて自分たちのところに帰ってきてくれただけでも、慶子さんは嬉《うれ》しかった。

その気持ちに、嘘はなかったはずだ。

なのに、どうしてだろう。

最近の慶子さんは、少し欲張りだ。母にもう少しを願ってしまう。

「山路さん、あのね」

慶子さんは、母が今も抱えているある状況と、自分の思いの変化について話した。

山路さんと話し込んだ慶子さんは「寿々喜」の閉店時間近くに暖簾《のれん》をくぐった。店には、女将《おかみ》さんがいた。すっかり馴染《なじ》みの挨拶《あいさつ》を交わし合う。

慶子さんは、店内の暖かさに顔をふぅと緩めると、上生菓子を見た。菓子はかろうじて、三つの種類が一つずつ残っていた。

一つ目は、流線形の白い練《ね》り切《き》りに、緑と黄色のぼかしの入った蕾《つぼみ》のような菓子。名まえはカタカナで「スノードロップ」とある。このモダンさは——。

「先代が作った『スノードロップ』です。この時期に咲く、かわいらしいお花なんですよ」

「スノードロップ」はその名の通り、今にもしたたり落ちそうな雪の雫《しずく》のように慶子さんには思えた。その落ちる少し前の姿が花となり、菓子となり、永遠となり……。もう、これは絶対に買わねばと、慶子さんは鼻息を荒くした。

「母さん、電話だよ」

和菓子さまが子機を持ち、女将さんの後ろからひょいと顔を出した。そして、慶子さんを見るとぺこりと頭を下げてきた。

「学《まなぶ》、お店をお願いね」

女将さんは慶子さんに頭を下げると、和菓子さまの背を押し、慶子さんの前に立たせた。

「いらっしゃいませ」

「お邪魔してます」

和菓子さまも帰ったばかりのようで、制服の上着を脱いだだけの姿だった。

しんと静まり返った店内。店の時計だけが、やけに大きく聞こえた。

慶子さんは黙ったまま「スノードロップ」の隣にある「丹頂《たんちょう》」を見た。「丹頂」は、鶴をかたどった菓子だ。赤いくちばしと小さな黒い目がかわいらしい。

『丹頂』は、雪平《せっぺい》で中は白餡《しろあん》。雪平は、白玉粉と砂糖で作った求肥《ぎゅうひ》に、卵白で泡だてたメレンゲを入れ、さらに白餡を入れて作ったものだよ」

「メレンゲですか。和菓子でも使うんですね」

「メレンゲを使う菓子、他にもあるよ。淡雪羹《あわゆきかん》っていって、寒天液に砂糖を入れてメレンゲを混ぜて、型に入れる。おやつ副番長の柏木さんなら、きっと上手に作れるよ」

おやつ副番長、懐かしい響きだ。

「合宿、楽しかったです」

「うん」

「自宅に戻ってから、寒天で水羊羹《みずようかん》を作りました」

「うん」

もっともっと、和菓子さまと一緒に菓子を作りたかった。和菓子さまの隣で、彼の話を聞きながら、もっと――。突然沸き上がったこの想いに、慶子さんはうろたえた。今のはナシだ。気持ちを切り替えて、最後の菓子を見る。

菓子の名は「春隣《はるとなり》」とある。丸くて黒いきんとんの上に、緑色と黄色のきんとんがちょこんとのり、さらにその上には金粉がちらちらとかけられていた。この菓子は、なにを表しているのだろう。

「春のお菓子ですか？」

「春ではなくて、春の隣にある季節。つまり冬なんだ。黒いきんとんは土を、黄色と緑のきんとんは土の中から福寿草が顔をのぞかせる様子を表しているんだよ」

春隣。なんて希望のあるいい名まえなのだろう。寒く辛《つら》い季節を乗り切りたいと願う人々の思いが詰まっている。

辛い季節は、なにも寒さだけではない。怪我《けが》や病気、親しい人の死。耐えながらもみんな、それぞれの春を願っている。


会計を済ませ、和菓子さまから菓子を受けとる。唐突に、慶子さんは和菓子さまに名まえを呼ばれた。彼の声も表情も硬かった。

和菓子さまがポケットの財布から、小さな紙を取りだした。

「これ、柏木さんのお母さんからいただいた。正月に『花びら餅』を受け取りに来たときに、その場で書いてぼくに渡してくれた」

和菓子さまが慶子さんに見せた小さな紙は、いつもの文房具店で買う見慣れたメモ用紙だった。そして、そこには母の字で「ありがとう」とある。

慶子さんは、メモと和菓子さまを交互に見て、思わず手を口に当てた。

慶子さんの母は、病気の後遺症が声帯におよび声が出なくなった。おしゃべりだった明るい母の声は失われた。

けれど、母は諦《あきら》めなかった。リハビリを続け、声を手に入れた。とはいえ、その声は限りなく微《かす》かだ。静かな室内で、母の声に慣れた家族なら聞き取れる程度のものなのだ。

雑音の多い外では、家族との会話もメモ帳頼りとなる。メモ帳が母の声なのだ。母がその声で、和菓子さまに自分の思いを伝えた。

「退院後、母が家族以外の人に自分の気持ちを綴《つづ》ったメモを渡したのは、わたしが知る限り初めてです」

「夏合宿で柏木さんがお母さんを心配していたから気になっていたんだ。家から出ないし、友だちとも会おうとしないって言っていたよね」

──「お母さんのこと、心配？」

あの夏の日、和菓子さまはそう尋ねてくれた。慶子さんは首を振って否定したが、そんな嘘はとっくにばれていたのだ。

内向きだった母の気持ちが、徐々に外に向かっている。

それを和菓子さまは教えてくれた。

それが今の慶子さんの願いだと知っているからだ。

慶子さんは和菓子さまをまっすぐに見た。

「ありがとうございます」

なにに対してのありがとうなのか。

なにもかもに対してのありがとうなのか。


しかし、和菓子さまの表情は、依然として硬いままだ。なにか言いたげな彼の瞳《ひとみ》に、慶子さんは不安になってきた。

「ぼくは、柏木さんに話さなきゃならないことがある」

和菓子さまがまっすぐに慶子さんを見つめ、話し始めた。

「中学校の入学式のときから、ぼくは柏木さんと柏木さんのご両親を知っていた。母と二人で学校へ向かう電車を待っているとき、プラットホームで見かけていた」

中学校の入学式？　プラットホーム？　そんな記憶はない。

「そうだったんですね。わたしは浮かれてて、ふわふわした思い出しかなくて」

「柏木さん、にこにこして嬉しそうだった。ご両親と三人で、幸せそうだった」

和菓子さまは、まるでその様子を思い出したかのように、かすかにほほ笑んだ。

「わたし、明蒼学院《めいそうがくいん》は記念受験だったんです。自宅から近いし、大学までの一貫教育校だから受けたんです。わたしの学力では無理だって塾でも言われました。それが、補欠でしたが合格できました。家族で大喜びだったんです。大金星だって言われました。だから、入学式はわたしも父も母も笑っていたと思います」

思い出すと慶子さんも自然と笑顔になる。あんなに楽しい気持ちで入学した学校だったのに、思い出らしい思い出を高校三年生になるまで作れなかったのは、残念だ。

「入学式が終わったあと、ぼくは正門で母を待っていた。たくさんの人が学校から駅へと向かい歩く中で、一人、校門を出たあと、戻って来た人がいた。柏木さんのお母さんだ。お母さんはぼくの前に立ち『朝、同じ駅だったよね。うちの娘はカシワギ　ケイコっていうの。よろしくね』って。駅に向かう柏木さんとお父さんの後ろ姿を指した」

「……えっ？　そんなことが？　でも、母ならやりそうです。簡単に想像できます」

「明るいお母さんだよね。でもさ、同じ学校だけど同じクラスでもないし。よろしくと言われても、一体どうすればいいのかわからなかった」

「そんなの、あたりまえです。母の言葉に深い意味はなかったんです。母は、誰にでも話しかけちゃうんです」

　六年近く前とはいえ、慶子さんは冷や汗が出た。母の行動力には、まいる。

「正直、お母さんのその言葉をちゃんと覚えていたのは、入学後のせいぜい一、二か月くらいだった。ぼくは剣道部に入って忙しかったし、同じ駅だったけれど、柏木さんとは通学時間が違ったのか一緒にはならなかった」

「そうですよね。同じ駅だけれど、お会いしませんでした」

「試験期間中は、電車でたまに見かけたよ。でも、柏木さんは、ぼくなんか眼中にないって感じだったけど」

「テストのことで、頭がいっぱいだったのだと思います」

　あのころも今も、変わらない自分が恥ずかしい。

　和菓子さまはいったん口を真一文字に結び、少し考えたあと、決意したように話し出した。

「中学一年生の冬、試験が終わった帰り、柏木さんと電車が一緒になった。柏木さんは、ぼくの向かいの席に座った。表情が、とても暗かった。入学式のときとは、かなり雰囲気が変わっていた。でも、試験期間だったし、勉強をしすぎて寝不足なのかなと思った。電車が動くと、柏木さんは鞄《かばん》から折り紙を出して折り始めた。鶴だった。電車に乗っている時間はそう長くないのにいくつも作っていた。折り紙が趣味なのか？　それくらいにしか思わなかった」

「……多分、母が倒れたころだろうと思います」

「うん。以前、柏木さんの話を聞いて、あぁ、そうだったのかと繫《つな》がったよ。ただ、あのころのぼくは、折り紙の鶴から千羽鶴を想像するなんてできなかった。駅に着き、電車から降りるとき」

和菓子さまが言葉を切る。なんどか口を開けたが、話し出さない。

「言いづらいことでしたら、無理をしないでください。もう十分、お話ししていただきました」

和菓子さまが首を横に振る。

「柏木さんはホームに鶴を一つ落とした。ぼくはそれを拾った。ぼくが拾った鶴は、淡い黄色だった。羽の折りがあまくて少し隙間があって……文字が見えた。折り紙の裏になにか書いてあった。バカな好奇心だった。ぼくは、ホームで柏木さんの背中が遠くなっていくのを見ながら、鶴を開いた。『お母さんの病気が治りますように』そう書いてあった」

「……あっ」

十三歳の慶子さんの切なる祈りを、同じく十三歳だった和菓子さまは知ってしまった。

「人の秘密を覗《のぞ》いてしまったような、最悪な気持ちになった。今さらその鶴を折りなおして返すなんて、それはなんだか、もっと酷《ひど》いことに思えてできなかった。それからだよ、

委員会活動で一緒になれば、接点ができればなにか……。でも、なんだろう？　もし、そうなったとして、ぼくはなにをしたかったんだろう。なにができたのだろう」


和菓子さまが語る話は、慶子さんが予想もしなかった話だ。彼は、ふたたび口を開いた。

「そのうちぼくも、母が本当の母でないと知った。信じていた日常が壊されたと思った。大人たちの都合で、よってたかって事実が隠されていたと思った。くさって、心が荒れた。でも、そんなとき、剣道部に行くと気持ちが晴れた。嫌なことが忘れられた。だから、柏木さんにもそんな場所があればいいのになと思った」

そんな昔から、和菓子さまに心配されていた？

慶子さんは、驚きを通り越し、言葉も出なかった。

和菓子さまが、すいと指で外を指す。

「店の中から外って、意外と見えるんだ。ぼくは、スーパーの重い袋を持ってそこの歩道を歩く柏木さんをよく見かけたよ。そのたびに、まだ、たいへんなんだろうなと思った。そして、なにもしない自分はなんなんだろうと。だから、去年のあの春の日、ぼくは本当に驚いたんだ。柏木さんが、うちの店の前に迷い込んだだけじゃなく、表情が楽しげで明るかったことに。だから、もう、とにかく誘ってしまえって思った。店にも剣道部にも、柏木さん全部。考えるばかりで頭でっかちの『なにもできなかった』から脱したかった。柏木さんは、ぼくに『ありがとう』なんて言ってくれたけど、違うんだ。感謝される要素なんて、なに一つない。なにもかもが、ぼくの自己満足なんだ」

自分が知らないところで、案じてくれる人がいた。

この気持ちをどう表せばいいのだろう。

驚きや戸惑いだけでなく、長い間心配をかけて申し訳ないといった思いもある。どんな姿を見られていたのだろうと考えると恥ずかしくて、逃げ出したくもなってしまう。一方でそんなことがあるのだなといった不思議に思う気持ちもあった。けれど、それらすべての感情の矢印は、ありがたいなといった言葉一つに集約されていく。

この店から、和菓子さまが立つその場所から、慶子さんを案じる眼差《まなざ》しは向けられていた。それはとてもありがたく、昔の自分が救われる気がした。

けれど慶子さんにとってあの当時の不安や悲しみで揺れる感情は、今も残りこそすれ過去である。けれど、和菓子さまは、違う。いまだに折り鶴を開いたことをとても重く感じ、後悔している。彼は、たまたま拾った折り鶴に書いてあった言葉に、まだ囚《とら》われている。

あのとき、慶子さんが折り鶴を落とさなければ、彼はこんなにも悩まずに済んだのだ。

でも――。

自分の心に浮かんだ黒い感情に、慶子さんは息が止まりそうになった。

「わたしが落とした折り鶴を、お持ちですか？」

「そのまま、折り紙のままある」

「わたしの願いは叶《かな》いました。だから、それはもういらないんです。わたしが捨てます」

和菓子さまは沈黙の後、少し待っててと、店の奥に行った。

ほどなくして、和菓子さまが戻って来た。手には、折り紙の入った鈴柄の小さな袋がある。

「ごめん」

「謝らないでください。謝ってもらう必要なんて、全然ないんです」

「でも、ぼくは――」

和菓子さまの言葉を遮るように、慶子さんは彼の手から小袋を取った。

「さようなら。また、学校で」

慶子さんは「寿々喜」をあとにした。


前のめりに歩く。あのとき、心に浮かんだ自分の黒い感情に、慶子さんは動揺していた。

――でも、和菓子さまがあの折り鶴に囚われなかったら、和菓子さまのそばにいて、和菓子の世界に魅せられ、剣道部の仲間が大好きな自分はいない。

慶子さんは、和菓子さまのそばにいたかった。たとえ、それが、和菓子さまの罪悪感の上に成り立っていたとしても、かまわないと思ってしまった。

あんなにお世話になった人に対して、こんなにも身勝手な黒い感情を抱く自分が、慶子さんは恐ろしい。

――そばにいたいのは、お世話になった人だから？

違う。そうじゃない。

そう思った瞬間、慶子さんの心の奥底に散らばっていた小さな光が、想いが、ようやく一つにまとまりその姿を現した。

謎解きとばかりに、あたたかなどら焼きをくれた。

花屋からの帰り道、たくさんの話をした。

交流戦で彼が「勝つ」と言ったとき、どうしようもなく泣きたいような気持ちになった。

そして、学校の廊下や通学路で、彼はいつでも「柏木さん」と声をかけてくれた。

逃げられないほどの、こんなにも強い想いに、どうして今まで気が付かなかったのだろう。

お世話になっている人だと思っていた。

信頼できる人だと思っていた。

でも、それだけではなかった。

それ以上の想いに、自分の心のありかに、慶子さんはようやくたどり着いたのだ。

立ち止まり、冬の空を見上げる。深くなりつつある闇の中で、一月の凍りそうな月が冴《さ》え冴《ざ》えと、清潔な光を慶子さんに放っていた。

睦月《むつき》、一月、はじまりの月。

冬の隣に、春があるように。

慶子さんの初めての恋も、教室のすぐ隣の席にあった。

二月　それは、メジロか鶯か

窓の外は雪景色。

二月、如月《きさらぎ》、冬の月。

そして、勝負の月。


二月のある土曜日の午後。

エプロン姿で山路《やまじ》家のキッチンに立つ慶子《けいこ》さんは、ハラハラしていた。

今月の最重要行事ともいうべき、バレンタインデーを遂行すべく、チョコレート作製を目的にキッチンに立つ二人だったのだけれど。どうにもこうにも、山路さんのチョコレートをテンパリングする勢いが激しすぎるのだ。

「あぁ、悔しい！　悔しい！　悔しい！」

「あっ、山路さん、危な――」

慶子さんの声と同時に、山路さんが持っていたボウルはバランスを崩し、ぐるんとひっくりかえった。ぶちまけられたチョコレートは、キッチンテーブルの上へとゆっくりと広がり、部屋は濃厚なカカオの匂いに包まれる。

しばし、訪れる静寂。

「かーっ!! ほんと、あったまくる!」

頭から湯気を出す勢いで、山路さんは流れ出したチョコレートをさらに手でうわっと広げた。


混乱のあとの休憩タイム。チョコレートまみれになった台ふきんを何枚かゴミ箱に捨てたのち、二人はラッピングの材料を置いた和室で、こたつにあたることにした。こたつの上には、あけびの蔓《つる》で作られたかごに山盛りのみかんが載っている。

山路さんが雪見障子を開けた。すると、窓ガラスの向こうに、昨晩から今朝にかけて、彼女の家の庭に降り積もった雪が融《と》け始める様子が見えた。

一月末で、慶子さんも山路さんも、剣道部を引退した。受験で忙しい常盤《ときわ》さん以外の系列大学進学組は、いたってのんきな毎日だ。驚きのトピックスといえば、若山《わかやま》君がダメもとで出していた農業系の大学の推薦をとったとか、北村《きたむら》君が近くの女子高校の二年生に告白されたとか。剣道部の仲間は、相変わらず話題に事欠かない。

代替わりした一年生たちは、時折山路さんのところへ来て相談しつつも、二年生の男子部員の協力を得ながら、先輩への道を歩き出していた。嬉《うれ》しい話もあった。三年生の稽古《けいこ》最終日に山田《やまだ》先生が顔を出してくれたのだ。その五日前、慶子さんたち三年生数人は入院する先生に千羽鶴を届けに行った。先生は千羽鶴をことのほか喜んでくれ、病院の許可を貰い稽古最終日には必ず行きたいと言ってくれたのだった。二本の松葉杖《まつばづえ》をつく先生の姿は痛々しかったけれど、それでも久しぶりの再会をみんなで喜んだ。

さて、バレンタイン。慶子さんのバレンタインは、毎年母と二人で駅前の洋菓子店で買ったチョコレートを父に贈っておしまいだった。

ところが今回「剣道部のみんなと家族の分のバレンタインのチョコレートを、一緒に作らない？」と山路さんから誘われたのだ。

なんでも彼女は、四人いるお兄さんたちのために、毎年手作りチョコレートを贈っているらしい。それならばと、喜び勇んでやって来た慶子さんだったけれど、どうにもこうにも山路さんの様子がおかしかった。

「具合が悪いなら、わたし、帰りましょうか」

「違うのよ、賭《か》けに負けて。それが、悔しくて」

「賭け？」

「わたし、英語の塾に通っているでしょう。昨日の塾の小テストで、最低点をとった人が最高点をとった人にチョコレートを渡すって賭けがあったんだけど、それに負けたのよ」

山路さんが、うがーと叫ぶと、みかんを剥《む》いて食べ始めた。

「塾には、将来の夢のために通っているんですよね」

「その通り。ツアーコンダクターね。わたし、英語が苦手なの。でも、世界を駆け回るツアコンに英語は必須。というわけで、中学生のころからそこの塾でお世話になっているの。同学年のメンバーもみんな長くて、顔馴染《かおなじ》みなの。だから、誰が一番で誰がビリかなんて、やる前からわかっているのよ」

「山路さんは、それを覆すべく勉強を頑張ったんですね」

「頑張ってない」

「ん？」

山路さんが二個目のみかんを手に取る。

「賭けをするって、テストの直前に聞いたの。あいつ、明らかにわたしよりも頭がいいくせに直前に賭けを言うってなに？　そこまでして一番をとりたいの？　腹が立つわ」

「……勝ったのは、男の子？」

「そう。ネチネチと嫌味な男よ。あぁ、腹が立つ！」

山路さんが乱暴にみかんを口に入れる。すると、山路さんの怒りとは相反し、甘く爽《さわ》やかな香りが部屋に広がった。

「もしかして、ですが。その男の子は、山路さんからのチョコがほしいのではないですか？」

「え？　なんで、わたしから？　チョコくらい自分で買えばいいじゃない」

「……」

バレンタインデーは、一年、三六五日のうち、たったの一日、男の子が好きな女の子からチョコレートをもらいたい日である。慶子さんでも、今回の賭けのその単純すぎる図式にぴんときた。けれど、山路さんはそうでもないようだ。

「かーっ!!　ほんとっ！　あったまくる！」

山路さんは、ラッピングのために用意したリボンを宙に放り投げた。


仕切り直して、ふたたびの菓子作り。キッチンに戻り、残った材料と作る個数の確認を始める。数は、部員と家族の分を合わせて四十人分で想定し、材料はそれよりもさらに多めで用意をしていた。

「ごめんね。さっき、ぶちまけたからチョコレートが足りないわ。でも、チョコレートにこだわらなくてもいいよね。クッキーとかケーキとかも足しちゃおう」

「山路さん、申し訳ないですけど、わたしはお菓子作り全般に経験がなく……」

しょぼくれる慶子さんに対し、大丈夫と言わんばかりに山路さんがパントリーからクッキーミックスとパウンドケーキミックスを持って来た。

「これさえあればどうにかなるって。要は、レシピ通りにやればいいのよ。……多分」

なるほど。「ミックス」は、ホットケーキだけではないのだ。


山路さんリードのもと、作業開始。パウンドケーキを焼く間に、溶かしたチョコレートをアルミの小さなカップに流し込む。そして、焼きあげたパウンドケーキの粗熱を取る間に、クッキーを焼いた。ラッピングの用意も始めた。

「おっと、常盤の分を忘れるところだった」

山路さんが、袋を一枚取り出し「常盤の分」と、付箋《ふせん》を貼る。

「家にいなかったらポストに入れといて、だって。常盤の家って、わたしが通う塾の近くなんだよね」

山路さんの表情には、常盤さんへの労《いた》わりの色が見えた。そのチョコレートを、彼女が楽しみにしていることを知っているからだ。

——自分たちの仲間が、人生の岐路に立っている。

その事実は、慶子さんと山路さんを、どこか落ち着かない気分にさせた。とはいえ、なにができるというものでもないことも、十分にわかっている。

自分たちにできるのは、応援しかないのだ。そして、もしこのチョコレートがそれになるのなら、とても嬉しいことだと思っている。

なんだかんだ言いつつも任務を果たした二人は、疲れはしたもののそれを上回る達成感で気分は高揚していた。


二度目の休憩のお供は「寿々喜《すずき》」の菓子だ。今朝、慶子さんが買ってきたのだ。

「あんなにたくさんのお菓子、重かったでしょう。どら焼きにお饅頭《まんじゅう》、おいしそう」

「山路さんのご両親が旅行中とお聞きしたので、日持ちする品を選んできました」

「日持ちか。夜、兄たちが帰宅したら、日持ちどころか、ぜんぶ消えてしまうかも」

まさか、と思いつつ、いつかの「食欲のない福地《ふくち》君」とのランチを思い出す。

「……少なすぎましたね。あの二倍、三倍は買ってきたほうがよかったですね」

「やめて。もはや、人が運べる量を超えてしまうわ。しかし、和菓子かぁ。柏木《かしわぎ》さんは、和菓子で大学の学部まで決めたもんね」

「ご縁がありました」

「……ご縁か。うん。それは、もう、ほんと、一生ものだと思うよ」

さてさてと、山路さんがこたつに載った二つの上生菓子《じょうなまがし》を指す。

「柏木先生、今日のお菓子の解説をお願いします」

「上手《うま》くできるかわかりませんが、今朝『寿々喜』さんでお聞きしたままの情報をお伝えします」

よろしくと、山路さんが拍手をしてくれる。

「一つ目のうす紅色と白の生地を重ねて折った四角い菓子は『未開紅《みかいこう》』です。紅梅を表しています」

「未開紅」は、開きかけの紅梅を表している。「藪柑子《やぶこうじ》」と似た、折り紙のようなデザインの菓子だ。うす紅の正方形の練《ね》り切《き》りの上に、同じように白い練り切りを載せ、その四隅を中心に向けて折る。中央には、黄色の芯《しん》がちょこんと載っていた。

「梅なのね。説明を受けるとそう見えてきた。二つ目の菓子は、緑色の鳥だから鶯《うぐいす》？」

「大当たりです。お菓子の名まえは『よろこび』といいます。この菓子の名まえにつけられた『よろこび』には、二つの意味が込められています――」

――「菓銘《かめい》がついて、初めて菓子になるんだ」

それは今朝、和菓子さまから聞いた言葉だった。

剣道部を引退してできた自由時間を、慶子さんは和菓子屋巡りにあてている。インターネットや本や雑誌を駆使し、デパートの地下食料品売り場から個人店まで、さまざまな店を訪ねだした。去年の春からつけている和菓子ノートも、ついに二冊目に突入した。

二月の菓子といえば、なんといっても鶯だった。特に、デパートに行くと、あちらこちらの店にそれぞれの鶯が競うように並び、さえずり声まで聞こえてきそうなのだ。

同じ鶯をモチーフにしても、その菓子の姿は店により異なった。たとえば、青えんどうのきな粉がたっぷりとまぶされた、うぐいす餅《もち》。上用饅頭《じょうようまんじゅう》には、鶯の焼き印が押されていた。そしてもちろん、鶯の姿の上生菓子もある。それらは菓子の種類は違うものの名は「春告鳥《はるつげどり》」や「うぐいす」が、多かった。

一方「寿々喜」では、鶯の菓子に「よろこび」の名が付けられている。他の店でこの名のついた鶯を、慶子さんはまだ見たことがない。

そんな慶子さんの不思議そうな表情に気が付いたのか、和菓子さまが教えてくれたのだ。

「菓子の名付けは、自由なんだよ。多くの人が考えるよりとても、ずっとね。ただ、自由なだけに責任は重い。菓子にふさわしい名を、作り手は考えに考える。うちの菓子『よろこび』には、二つの意味が込められている。鶯が歌う喜びと、人がその歌を聞くことで春の訪れを知る喜びだよ」

「名付けは自由。そうなんですね。思えば、『スノードロップ』はカタカナでした。和菓子には、昔からの伝統と作り手の自由があるんですね」

「ちなみに菓子の名は、菓銘っていうんだよ。菓銘がついて、初めて菓子になるんだ。銘が付くことで菓子は菓子としての命が与えられ完成する。逆に言えば、銘の無い菓子はない」

「寿々喜」の菓子しか見ていなければ、抱かない疑問だった。他の店の菓子を見たことが、巡り巡って「寿々喜」の菓子を深く知ることになった。

西《とり》の市《いち》の帰り、和菓子さまが慶子さんにかけた言葉の意味に、ようやく触れられた気がした。「寿々喜」の菓子しか知らずに満足していた自分は、とんだ井の中の蛙《かわず》だった。

そして、和菓子さまが、師匠からではなくわざわざ他の店で菓子を学ぼうとする意味も、微《かす》かではあるけれど理解できた気がしたのだ。

ラッピングが終わった剣道部用のチョコレート、クッキー、ケーキは、二つの紙の手提げ袋に入れた。これをバレンタイン当日に、山路さんが学校へ持ってきてくれるという。

「大丈夫ですか？　わたしが半分持ち帰りましょうか？」

「平気よ、これくらい。それより、今日はわたしの愚痴ばかり聞かせてごめんね。あれ、本当は塾の男子というよりは、自分に腹を立てていたの」

「山路さんが？　自分自身に？」

「わたし、ツアコンになりたいって目標があるのに怠けていた。あんな小テスト、事前に勉強しなくてもスイスイ解けなくちゃダメなのに。どうにかなるって甘えていた」

山路さんは、真面目な表情を浮かべてそう言った。

「でも、山路さんには目標がありますよね。それが、わたしには眩《まぶ》しい。だって、わたしはまだなにもない。将来、どうしたいかなんて、どうやったらわかるのか……」

山路さんに常盤さんに和菓子さま。彼らと比べると、自分は空っぽだ。

「柏木さんには和菓子があるでしょう。さっき、ノートにわたしたちが食べた和菓子の絵や説明を描いていたじゃない。あれ、いいよ。正直、あそこまで柏木さんが和菓子好きだとは思わなかった。この先もどんどん続けていれば、きっと……将来役立つよ」

「文章はともかく、絵が苦手で。イラスト教室にでも通ったほうがいいでしょうか」

「そっちの方向に思考が行くところがアレというか。あ、そうそう、和菓子といえば、先月、部活を引退する前に、入院している山田先生のお見舞いに行ったじゃない。わたしたちと、福地と鈴木《すずき》と若山の五人で」

慶子さんは、ぎくりとしつつ、冷静を装った。

「山田先生、個室だったのでゆっくりお話ができてよかったですよね」

「先生の話は置いておいて。柏木さんは、和菓子屋の息子と喧嘩《けんか》でもしたの？」

「まさか、そんなわけないですよ。なにを言い出すんですか」

「山田先生のお見舞いのとき、柏木さん変だったよ。極めつけが、病院からの帰りの電車。鈴木のこと、避けていたよね」

「そんなこと、ありません。今日だって、ちゃんとお店に行って、お菓子を買ってきました」

慶子さんは、冷や汗だらだら。思い当たる節はなくはないけれど、喧嘩なんてしていない。そんなの、とんでもない話である。

「だったら聞くけど、今朝お店で、ちゃんと鈴木の顔を見てしゃべった？」

山路さんの鋭い指摘に、顔がこわばる。

「みなさんから見て、わたしは、そんなにおかしな状況なんですね」

「そりゃ、前が前だけに」

「……聞くのがとても怖いですが、わたし、前はどんなだったんですか？」

「大きな目をキラキラさせて、鈴木の顔を見上げて、頬を染めて、嬉《うれ》しそうな顔をしていた。それが、今では、目は合わせない、鈴木を見ない、極めつけがド下手な作り笑顔。鈍感王の福地でさえ、居心地悪そうだったよ」

慶子さんは、気絶しそうになった。穴があったら入りたい。


山路家からの帰り道、慶子さんは頭も心も大混乱だった。手に持つ袋には、チョコレートが二つ。慶子さんの父と和菓子さまの分だ。

「鈴木の家に寄って、チョコを渡しなよ。それで、仲直りね」

「……喧嘩をしているわけじゃないんです」

「ともかく、きみたちの様子がおかしいと、みんなさ、もぞもぞ、かゆかゆしちゃうわけよ」

慶子さんを見送りながら山路さんはそう言うと、芝居がかった仕草で腕をかいた。

周りから見てもおかしな行動は、当然、和菓子さまも気付いているに違いない。だから、慶子さんがしなくてはならないのは、仲直りではなく謝罪なのだ。


一月、慶子さんは、和菓子さまへの恋心を自覚した。そして、自覚した途端、恥ずかしくなって彼の顔が見られなくなってしまったのだ。

教室ではもちろんのこと「寿々喜」でも、菓子の話を聞きながらも視線は明後日《あさって》の方向だった。このままではだめだ。どうにかしなきゃ。そう思いつつも、心の中で「ごめんなさい」を繰り返し、視線外しの日々を不本意ながらも更新中だ。

それだけでも、和菓子さまに申し訳ないと思っているのに、山路さんから聞いた、恋を自覚する前の慶子さんは、ある意味今よりも酷《ひど》かった。

目がキラキラ？

あぁ、もう、本当に？　恥ずかしくて、じたばたしてしまう。明日から学校に行けない。

こんな気持ちで「寿々喜」に寄って、チョコレートなんか渡せるはずがない。

ぐるぐると考えながら改札口を出るとそこには、「寿々喜」の袋を持った紺のダッフルコート姿の和菓子さまがいた。彼は慶子さんを見つけると、大きな足取りでやって来た。

「山路から連絡があった。ちょっと、付き合って。時間あるよね」

不機嫌オーラ満載のブラック和菓子さま、降臨。

有無を言わさず連れて来られた先は、日本茶専門店「いろ葉《は》」だった。ここは和菓子さまに薦められお茶を買った店で、喫茶処《きっさどころ》もあり「寿々喜」の菓子も提供されている。

カウンター席にもテーブル席にもお客さまはいない。それが、夕方といった時間帯のせいなのか、昨夜からの雪による足下の悪さによるものなのか、わからない。

和菓子さまは、入店早々店員さんに「寿々喜」の紙袋を渡すと、慣れたように交換でトレイに載った水を受け取り、奥のテーブル席へと進んだ。慶子さんも和菓子さまのあとに続く。

歩く慶子さんの視界いっぱいに和菓子さまの背中が入る。後ろ姿なので、ここぞとばかりに見てしまう。和菓子さまのダッフルコートのフードが、少し左に傾いていた。なんだか、かわいい。直したい。いや、そんなの、とんでもない。

和菓子さまがコートを脱いで席に着いたので、慶子さんも和菓子さまと向かい合って座った。でも、顔は見られない。緊張が高まる。体が熱い。汗も出てきた。

「柏木さん、コートを着たままで、暑くない？」

慶子さんは、もそもそとコートを脱いだ。

「……あと、マフラーも」

　無言で巻いていたマフラーを外す。すると、首回りの汗が冷えてスースーとした。体の熱さはなくなったものの緊張は続き、声が出ない。これだと、ますます避けているように思われるかもしれない。自分の感じの悪さは重々承知なのに直せない。慶子さんは、心臓をばくばくさせながら、目の前に置かれたガラスのコップと無言でお見合い中。

「いい加減はっきりさせたいから単刀直入に聞くよ。柏木さん、ぼくを避けているよね」

　案の定ともいえる和菓子さまの言葉に、慶子さんは返す言葉が見つからない。

「返事なしか。気のせいかと思ったけど、この間、山田先生のお見舞いのときに確信したよ。柏木さんは、福地とは普通にしゃべるのに、ぼくと話すときは俯《うつむ》いたままだった。帰りの電車も、用事があるって言い出して、突然途中の駅で降りたよね。山路や若山に質問攻めにされたんだけど、あれは、なんだったの？」

「……あれは、あの町に広い図書館があって、いつか行こうと思っていたんです」

　目を伏せたまま、半分本当で半分嘘の答えを言う。あのとき慶子さんは、このまま和菓子さまと同じ駅で降りて、一緒に帰ると想像しただけで恥ずかしくなり、逃げたのだ。逃げたのであって、避けてはいない。でも、それは自分勝手な言い分だ。

「やっぱり、この前の話だよね。拾った折り鶴を開けてしまったって。あれで軽蔑《けいべつ》されたんだね」

「それは、誤解です！」

勢いよく顔を上げた慶子さんは、和菓子さまとばっちり目が合ってしまった。和菓子さまも驚いたのか、いつも涼し気な目をまん丸くしていた。一瞬の間ののち、慶子さんは、さっと両手で顔を隠した。

「……誤解って、なにが誤解なの？」

「軽蔑なんてしていません。するはずないです。むしろ、折り鶴を落としたわたしの迂闊《うかつ》さにより、このような事態を引き起こし、申し訳ないと思っています」

「ぼくを避けてもいないってこと？」

「もちろんです」

慶子さんは胸を張って答える。わかってもらえただろうか。

「ふーん。だったらどうして、柏木さんは手で顔を隠しているの」

慶子さんは、言葉に詰まった。自己防衛策として手で顔を隠したけれど、やっぱりこれは、見逃してもらえないようだ。

「これについては、諸般の事情がございまして。でも、決して後ろ向きな意味合いではないのです」

「ふーん、そうなんだ。あれ？　なんだろう？　柏木さんの右手の甲に、ク……」

合宿での事件ふたたび？　ひゃぁと声を上げて、顔の前から手を離した慶子さん。彼女の両手首を、捕獲とばかりに和菓子さまががっしりと摑《つか》む。慶子さん、わけもわからず、和菓子さまとご対面。情けないくらい、自分の顔が沸騰するほど熱くなっていくのがわかった。

「……クモは？」

「クモ？　ぼくは、『ク』しか言ってないよ。あのさ、柏木さん。こういった嘘は男子の基本だから。ほんと気を付けて。合宿では本当だったけどね」

嘘？　でもなんで、和菓子さまはそんな嘘を？

「あの、手を離していただけると、ありがたいかなと……思うのですが」

「柏木さんが、手で顔を隠さず、下も向かずにいてくれるのなら、離すよ」

「……わたしの態度、失礼でしたよね」

目の前に座る相手が顔を隠したままなんて、いい気分でいられるはずがない。

「失礼とか、そういったことではないよ。ぼくは、柏木さんの顔を見てちゃんと話したいんだ。……反省しているんだ。この前は、きちんと話す場を作らずに、柏木さんが買い物に来たついでのように話してしまった。とても大切な話だったのに……。だから、今回は、ちゃんと会って、顔を合わせて話したかった。来月は、卒業だし。そうなると、会って話す機会もそうないだろうから」

附属の高校から大学に進学する慶子さんと、和菓子の修業をする彼とは、身を置く場もそれに臨む覚悟も異なる。恋だなんだと騒いでいる場合ではないのだ。そんな次元の話ではないのだ。

甘い想いに一人で揺れて戸惑って、周りまで巻き込み困らせている自分が、ひどく幼く思えてきた。慶子さんは緩み切っていた心をきゅっと引き締める。

「わかりました。もう、変な態度はとりません」

慶子さんが目をそらさずに和菓子さまを見つめると、彼はようやく手を離した。

「しつこい奴だと思うだろうけど。本当に避けてない？」

「……あの、本当に避けているわけじゃないんです。それに、あのお話をお聞きしたからといって、嫌な感情を抱いたとか、そういったことも一切ありません」

よかった、と和菓子さまがつぶやく。

「ごめん。ぼくは、ずるいな。あの折り鶴の話は、柏木さんに軽蔑されても仕方がないって、それでも話そうと自分でも納得したつもりだった。でも、違ったんだ。納得なんてしてなかった。いざ、柏木さんに避けられているかもしれないと思い始めたら、すごくきつかった」

和菓子さまの飾らない言葉が、慶子さんの胸に響く。

「うまくお伝えできるか自信はないのですが、わたしはあのお話を伺ってとても慰められたんです。昔のわたしに、教えてあげたいって思いました。あなたを心配してくれる人がいるよって、一人じゃなかったんだよって。わたしは、そう思ったんです」

声にしたことで、あのときの思いがより深く、慶子さんの心に染みていった。和菓子さまは、人に寄り添える人だ。彼の姿に、七夕の夜の女将《おかみ》さんが重なった。

——大切な人のために、なにができるだろう。

今、慶子さんが、和菓子さまのためにできることはなんだろう。


「お待たせしました。煎茶《せんちゃ》と『寿々喜』の和菓子です」

店員の男性が、透き通った緑色のお茶と「よろこび」をテーブルに並べた。

「すみません、今日は閉店時間が早いんですよね。なのに、お店を開けてもらって」

「卒業祝いだよ、四代目。菓子の修業をするんだってな。頑張れ」

「ありがとうございます」

店員さんが、ちらりと慶子さんを見る。

「なるはやで、職人の卵ぐらいにはなれよ」

「そんなのわかってますよ」

「店は閉めたけど、好きなだけいなよ。あと、こっちのぶんまで菓子をごちそうさま」

店員さんは慶子さんに軽く頭を下げると、店の奥へと下がっていった。和菓子さまと同じくらい背が高い人だ。和菓子さまを「四代目」って呼んでいた。

「あの人はダメだからね。もう、相手がいるから」

「……そんなこと、考えもしませんでした」

店員さんは、大人の男性といった感じで素敵ではあった。けど――。

「柏木さんはほだされ体質だから。相手の事情を聞くと、自分の感情ではなくてその人のために動いてしまう。ぼくがこんなことを言えた義理じゃないけど……ほんと心配だ」

「そんな体質ですか？　わたし」

「自覚、ないだろうとは思っていたよ。剣道部だって、女子部が山路一人だって聞いて断れなかったんだろう？　副部長だってそうだ。違う？」

「……そんなこと言わないでください」

「試合に出たのだって、しかたないとはいえ。あんな目に遭って腹立たしい……って、なんで柏木さん、笑っているのさ」

納得がいかないとばかりの和菓子さまの顔を見ながら、慶子さんは笑っていた。

「だって、さっきから怒ってばっかりで」

「そうだよ。ぼくは本来こんな感じだよ。年中、あちこちで怒っているんだ」

「嘘です。そんなの、絶対に嘘です」

「嘘じゃないよ」

ぶっきらぼうにそう言ったあと「やっぱり、嘘かも」と、和菓子さまも笑った。

ふと、テーブルの上の「よろこび」に目が行く。

「鶯《うぐいす》、かわいいですね。家の近くでも、お散歩をしていたら見られるんでしょうか?」

「どうかな。警戒心の強い鳥だって聞くよ。声は聞こえるけれど、姿は見えないらしい」

「恥ずかしがりやなんでしょうか」

「そういった表現、うちのじいさんが好きそう」

「それは、嬉《うれ》しいです」

慶子さんと和菓子さまは、そろって「よろこび」を食べ始めた。練り切りの、口の中で溶けていく食感とほのかな甘さがなんともいえない。

「今日『よろこび』を山路の家に持って行ったのは、もちろん知っているけど。柏木さんは、これを山路に薦めたかなと、思ったんだ」

「あたりです」

「そういえば、うちの菓子を一緒に食べるのは、初めてだね」

「よろこび」には、二つの喜びがあると和菓子さまは言った。

鶯が歌う喜びと、人がその歌を聞く喜び。

そして、実際に「よろこび」を口にした慶子さんは、三つ目の喜びがあると知った。

——好きな人と一緒に食べる喜び。

でも、この想いを、和菓子さまに告げてはいけない。

春から、和菓子さまは菓子の修業に入る。職人の世界は、自分の身一つで勝負をする世界だ。好きだとか、恋だとか、現《うつつ》を抜かしている暇はない。

けれど、和菓子さまは優しいので、慶子さんの想いを知ってしまったら、答えを出さなくてはいけないと悩むだろう。そんな面倒ごとに、巻き込めない。

——大切な人のために、なにができるだろう。

和菓子さまを応援するために、慶子さんができることは、彼の心を煩わすことなく送り出すことだ。

慶子さんは、大好きな和菓子さまを見つめた。

そして、恋する感情のすべてを、心の奥底にしまいこんだ。


「いろ葉」を出ると、すでにとっぷりと日は暮れていた。二月の町を、慶子さんと和菓子さまは並んで歩く。和菓子さまの手には、慶子さんが渡したチョコレートがある。

「結局、なんでぼくを避けたり、手で顔を隠したりしていたの？」

「内緒です」

慶子さんは、自分でも驚くほど、するりと答えられた。

「内緒か。……でも、いつか聞かせてほしいな」

「いつか。そうですね、いつか、いつか。……きっと、お伝えします」

そのときは、慶子さんも和菓子さまも、今よりずっと大人になっているのだ。古いアルバムをめくるような、高校時代を懐かしく思えるほど、先の未来だ。

その想い出は、空にある星のように輝いて見えるかもしれない。けれど、いざ手を伸ばしてみたところで、届かない、触れることもかなわない。

そんな懐かしくも遠い感情にまで自分の恋が行きついたとき、彼にこの気持ちを――あれは初めての恋でしたと、感謝を込めて打ち明けよう。

それが、自分が彼のためにできる唯一のことだと、慶子さんは信じた。

＊＊＊

そして、バレンタイン当日、高校の食堂に集まった剣道部の面々に、慶子さんと山路さんは二人で作ったお菓子を配った。

「まだ、鈴木が来てないね。まぁ、あいつには事前に渡したからいいけどさ」

「今日は、学校をお休みでした」

慶子さんの隣の席の和菓子さまは、学校を休んでいた。風邪だろうか？

若山君が、チョコレートを食べながら話し出す。

「鈴木は京都だろう。春からの修業先としてお願いしていた店から、ようやく昨日返事が来たから、挨拶《あいさつ》に行くって言ってたよ」

「なんで京都かな。そんな遠くに行かなくたって、東京にも老舗《しにせ》はたくさんあるだろう？」

福地君が不満げに言う。

「京都？」

山路さんが慶子さんの顔を見た。慶子さんは知らないとばかりに、首を振る。

「あれ？　情報いってない？　山路はともかく、柏木さんは聞いてるよね？」

福地君は当然と言わんばかりの口調だ。

「わたし、知りませんでした」

若山君が丸めた雑誌で、福地君の頭を叩《たた》く。ポンと鳴る軽快な音とは反して、その場はしんと静まった。

京都。あぁ、そうか。京都か、京都。和菓子さまは一人、京都に行くのだ。


学校の帰り道、まだ明るい町を慶子さんは歩いていた。寒さと考えごとのため、俯《うつむ》きがちだった慶子さんは、突如、舞い込んださわやかな花の香りに顔を上げた。

目の前の家の塀の上から、花をつけた枝が垂れていた。しだれ梅だ。こぼれるほどの白い花をつけたしだれ梅が、まるで自分の生命力を誇るかのように、冬の青い空の下で花を咲かせていたのだ。

梅の枝には二羽《わ》の緑色の鳥がとまっていた。鳥はその嘴《くちばし》を、繰り返し梅の花の中に入れている。

——鳥が、花の蜜《みつ》を？

びっくりして立ち止まった慶子さん。しかし、その鳥のなんと愛らしいことか。これは、鶯だろうか？

「メジロは、梅の蜜が大好きなんだよね」

慶子さんに話しかけてきたのは、洒落《しゃれ》た着物姿の御隠居さん。

「こんにちは」

「こんにちは、柏木さん。メジロだけでなく、ぼくもここの梅が毎年楽しみなんだよね」

「鳥って、花の蜜を吸うんですね」

慶子さんは、花から花へと移り、蜜を吸うメジロを眺めた。

「そうだね。ぼくも、以前は知らなかったよ」

御隠居さんは慶子さんに合わせるかのように、そう言った。

「メジロと梅、絵のようにきれいです」

「そうだね。ぼくも、しばらく見惚《みほ》れちゃったよ」

ふふふと、御隠居さんが表情を緩める。

「わたし、もしかしたらこの鳥は鶯なのかなって、思っちゃいました」

「鶯はね、なかなか見られないね。歌は聞かせてくれても、用心深いから姿は見せてくれないんだよね。その点メジロは、自由で大らかだね。柏木さんは、どっちなのかなぁ」

御隠居さんの瞳《ひとみ》は優しい。

「わたしは、鶯でもメジロでもないです。わたしは、何者《なにもの》でもないんです」

まだ自分は何者でもない。ようやく、学びたいことを見つけただけで、目標はない。

「学《まなぶ》君、京都に行くって決めたね」

御隠居さんの穏やかでありながらも見透かすようなその瞳の色に、慶子さんは落ちてしまいそうになった。

心の奥底にしまったはずの想いが、溢《あふ》れてしまいそうだ。なにもかも、話してしまいたくなる。

——でも。

慶子さんは、ぎゅっと口角を上げた。

「はい。剣道部のみんなで、応援しています」

「そう。ありがとうね」

御隠居さまは、ふっと目じりを下げた。その顔は、確かに笑っているはずなのに、どこか淋しそうにも悲しそうにも見えた。

そして、二月の終わり。

朝、慶子さんはそわそわとした気持ちで駅の改札口にいた。学校に向かう同級生たちを横目で見ながら、電車から降りてくるはずの、彼女たちを捜す。

電車が到着する。見慣れたショートカットの女の子と、久しぶりに会う長い黒髪の女の子が、ホームの階段を降りてきた。

「山路さん！　常盤さん！」

慶子さんの大声に、呼ばれた二人の顔が明るく輝く。

常盤さんの吉報は昨日入った。慶子さんはなんとしても、少しでも早く、二人に会いたかったのだ。

山路さんが、慶子さんに駆け寄る。彼女の後ろでは、長い試験を乗り切った常盤さんが晴れやかに笑っていた。

二月、如月《きさらぎ》、冬の月。

少女たちの季節は、大きく動き出した。

三月　ふたたびの、仙寿

季節はぐるりと一回り。弥生《やよい》、三月、雛祭《ひなまつ》り。

三色鮮やか「菱餅《ひしもち》」に、ほんのり甘い「雛あられ」。

「草餅《くさもち》」食べて、厄を除け。そして、すべてのはじまりの「仙寿《せんじゅ》」。


三月三日、桃の節句。

慶子《けいこ》さんは「寿々喜《すずき》」で、桃の節句の菓子を売っていた。

「限定菓子セット予約券をお持ちのお客さま、受け取りはこちらでございます！」

剣道部で鍛えた大声で、来店客を誘導する慶子さん。濃い朱色の江戸小紋を着たその姿は、どこからどう見ても和菓子屋のかわいい店員さんだ。

毎年「寿々喜」では、桃の節句の売り出しだけは、着物を着るそうである。

「予約をされていないお客さまは、こちらへどうぞ。菓子の在庫、まだあります」

紺色の和服姿の和菓子さまも、声では負けていない。「和菓子屋　寿々喜」の店内では、高校生の二人が奮闘中だ。

一方、店の外のレンガ敷きの駐車場では、女将《おかみ》さんが小さな紙コップに入った緑茶を道行く人に勧めている。緑茶からは、瑞々《みずみず》しい桃の香りが立ち上っていた。

「雛祭《ひなまつ》りのお菓子の準備はおすみですか？　『寿々喜』の限定菓子セットには、菱餅に見立てた三色三段の箱に縁起のいい菓子を詰めて販売しています。また、セットには、こちらの桃の緑茶と、お子様も安心してお飲みいただける米麹《こめこうじ》から作った甘酒も入って、お得です」

「お得」の声に、足を止める道行く人々。女将さんから渡されるお茶に感嘆の声が上がる。


ことの起こりは二日前の三月一日、慶子さんが閉店間際の「寿々喜」へ、待ちに待った桃の節句の限定菓子の予約に行ったときだった。店にいたのは、和菓子さまだ。

和菓子さまが、慶子さんの注文伝票を書きながら話しかけてきた。

「柏木《かしわぎ》さん、あさっての三月三日。なにか予定がある？」

「もちろん、あります。学校もお休みなので、今度こそ朝一番で、予約した桃の節句のお菓子を取りに伺います」

和菓子さまから、桃の節句について聞いてからずっと楽しみにしていた、大イベントだ。

「それだけ？　他にない？」

「他は、ないです」

「ご家族で、節句のお祝いで食事に行く予定があるんじゃないの？」

「ないです」

「だったら、アルバイトしない？　うちの店で」

　アルバイト？　「寿々喜」さんで？

　和菓子さまの話によると「寿々喜」と長年付き合いのある職人さんが高齢のため亡くなったそうだ。菓子の木型職人さんで、慶子さんの母の快気祝いの落雁《らくがん》の型もその職人さんの作だった。告別式が三月三日で、師匠も御隠居さんも参列を希望してはいるものの、三日は桃の節句の限定菓子の販売と重なるために、どうしたものかと悩んでいたらしい。

「普段の日なら問題ないんだけれど、節句の限定菓子の販売があるから。ぼくと母の二人だけだと、少し心もとなくてさ」

「『嘉祥菓子《かじょうがし》』のときのような、混み具合ですか？」

「いや、それ以上だと思う。なんといっても桃の節句のほうが一般的だからね。それに、以前にも話したけど、桃の節句の菓子がタウン誌で紹介されたのが大きいかな。それを覚えてくださっていたお客さまからの問い合わせが、結構多くてね。ありがたい話だけど、やばいかも」

「でも、わたしでいいんでしょうか。アルバイトの経験もないので、果たしてお役に立てるかどうか」

「大丈夫。柏木さんには、事前予約でお支払いも済ませたお客さまへの対応をお願いするから。伝票確認して、品物を渡してくれればいい」

なるほど、それならできそうな気がする。それに、いつもお世話になっている「寿々喜」さんの役に少しでも立ちたいと思った。

「そうと決まれば、母さんに伝えよう。ぼくが柏木さんのご両親にうちの事情を説明しに行くよ」

ん？　和菓子さまがうちに来る？　そんな必要はないと慶子さんが伝える間もなく、和菓子さまは店の奥に引っこみ、女将さんを呼んだ。

「あら、柏木さん、いらっしゃいませ。いつもありがとうございます。それで、学《まなぶ》、どうしたの？」

女将さんが和菓子さまを見上げる。

「今から柏木さんのご両親に挨拶《あいさつ》をしに行こうと思うんだけど、どう思う？」

「なんですって？」

女将さんの顔が、ぱっと華やぐ。

「きちんと説明したほうがいいと思ったんだ」

「それはそうね。わたしもずっとそう思っていました。でも突然だわ。学、落ち着いて。あぁ、落ち着くのはわたしね。母としては、そうね、まず柏木さんとお話ししなくちゃ」

慶子さんは、満面の笑みの女将さんに見つめられた。笑顔にはいつになく、圧があった。

「柏木さん、確認させてね。学と、なにかそのいわゆる……約束をしたのよね？」

「はい。よろしくお願いします。明後日《あさって》、桃の節句のお菓子販売のお手伝いをさせていただくことになりました」

女将さんの顔から笑みが消える。

「……学さん。わたしは、前からなんども言っていましたよね。あなたは時々呆れるほど言葉が足りません。そして、母としてそんな危険なあなたを柏木家に行かせるわけにはまいりません。アルバイトの件についての説明は、わたしが行きます。あなたは、ここ。この店から一歩も出るべからずです」

結局、慶子さんの自宅には、着物に着替えた女将さんが一緒に行くことになった。女将さんの丁寧な説明により、父も母も「寿々喜」でのアルバイトを快諾してくれた。そして、慶子さんの母と女将さんは、妙に気が合ったのか、その場で連絡先の交換を始めた。

さてさて、千客万来とは、このことか。お客さまは、地元の方々だけではなかった。電車や車に乗った人たちが「寿々喜」の桃の節句の菓子を買い求めに来ていたのだ。店に積んであった菓子の箱が、どんどんはけていく。

慶子さんは、来るお客さまがみんな笑顔だと気が付いた。そうか。これが、いつも和菓子さまが見ている景色。なんて幸福で、あたたかなんだろう。

慶子さんと和菓子さまの目が合った。どちらともなく、笑い合う。

楽しい、嬉《うれ》しい。

この時間が、ずっと、ずっと続けばいいのに。

どうしようもなく沸き上がってくるこの想いを、慶子さんは持て余す。和菓子さまを応援すると決めたくせに。彼の足を引っ張るような想いを隠すと決めたのに。矛盾してしまう自分がもどかしい。

もうすぐ和菓子さまは、菓子の修業のために旅立つ。だからこんな風に、一緒になにかをするのは最後なのだ。

慶子さんの胸がチクリと痛む。そして、自分の心がばれないようにと、ひときわ大きな声でお客さまに対応をした。

商品を売り切ったため、通常よりも早い夕方の四時に店を閉めることになった。女将さんが店の外にお詫《わ》びのはりがみを貼って戻って来た。

「お菓子セット、大あたりだったわね。お茶と甘酒を一緒に売るアイデアもよかった。来年は、用意する菓子の数をもっと増やさないといけないわ」

「セットのお茶は、駅の裏のお店ですよね。甘酒もこの近くのお店なんですか？」

「そう、お米屋さん。住宅街にあってね、おにぎりも販売しているお店なの。それで、この甘酒と桃のお茶と菓子をセットにするのは、学のアイデア」

誇らしげな女将さんの声を受け、慶子さんは尊敬の眼差しを和菓子さまに向けた。

「母さん、そんな話はもういいから。それより、柏木さんの写真を撮るように頼まれていたんだろう」

「そうだったわ。お母さまから、着物姿の柏木さんの写真がほしいってリクエストがあったんだわ」

「柏木さんが着ている着物は、母さんの着物なの？」

「そうよ。わたしがお嫁に来たときに、お義母《かあ》さんが作ってくれた小紋なの。柏木さんに似合って嬉しいわ」

慶子さんは着物を見下ろした。

「ありがとうございます。でも、汚さないか、ひやひやしました」

慶子さんの明らかにほっとした声に、女将さんと和菓子さまがほほ笑んだ。

写真撮影のため、慶子さんは「寿々喜」の店先に立った。女将さんがなんどかシャッターを押したけれど、慶子さんはうまく笑えないまま終わってしまった。

「学も入って。二人の写真、撮るわよ」

おろおろする慶子さんをよそに、和菓子さまが隣に並んだ。すると、女将さんが失敗したとばかりに、額を叩《たた》く。

「あぁ、なんてこと。充電が足りないわ。違うの持ってくるから待ってて」

女将さんが店に戻った。並んだままでいるのが恥ずかしく、慶子さんは和菓子さまから離れた。しまったはずの恋心が、飛び出してしまいそうだ。

「どうかした？」

あなたの隣にいるのが恥ずかしいなんて、恥ずかしくて言えない。

「背が、高いですよね」

「うん。柏木さんのつむじ、よく見えるよ」

なんと！　慶子さんは両手でつむじを隠した。

「意地悪ですよね」

「そんなことないけどな」

「意地悪ですよ」

「ごめんね」

和菓子さまのごめんねが優しくて、苦しい。湿っぽくなりそうな雰囲気を避けるように、慶子さんは明るい声で、未来の話題を探す。

「京都に行く準備は、できたんですか？」

「……うん。でも、準備っていっても、特にないんだ。柏木さんなら、どんなものを持っていく？」

「そうですね。まくら、でしょうか？」

「それはまた、意外な答えだな。柏木さんを動かすには、まくらが必要なんだ」

和菓子さまが面白がる。それが嬉しくて、慶子さんも話を続ける。

「わたしが『寿々喜』さんに通うようになって、ほぼ一年です」

「そうだね。柏木さん、不思議そうな顔して、うちの店の前にいたよね」

「あのときは失礼しました」

たった一年前なのに、慶子さんにはあの日がとても遠くに感じられた。

「柏木さん、言ったんだよ。覚えているかな。うちの店の上生菓子《じょうなまがし》を全種類食べるには、一年かかるって」

「覚えています。今から思うと、恥ずかしいです。一年じゃ、全然です。全然足りなかったです」

お待たせ、と言って女将さんが戻って来た。あらためて写真を撮る。和菓子さまと写る慶子さんは、ほんの少しだけ涙目だったかもしれない。

賑《にぎ》やかに桃の節句を終えた慶子さん。卒業式まで、あとわずか。

＊＊＊

バレンタインデーあたりから校内に漂い始めたピンク色の空気は、卒業という恋の障害にその色を一段と濃くした。

誰だって、恋の話は大好物なのだ。

慶子さんは、戸惑っていた。

「告白よ」と、常盤《ときわ》さんに引っ張られ連れてこられた校舎裏には、去年、慶子さんと同じクラスだった男の子がいた。

常盤さんが、一年生から三年生までの男子生徒から、毎日のように告白を受けている話は、山路《やまじ》さんや福地《ふくち》君から聞いていた。用意周到な常盤さんは、告白を受ける場にボディガードとして剣道部男子を連れて行くのだという。ちょっとした修羅場になると福地君は話してくれたが、今回、選ばれたのは慶子さんだった。

自分なんかで役に立つのか。目の前の男の子を見て、慶子さんは慄《おのの》く。修羅場って、なにが起きるのだろう？　くわしく聞いておけばよかった。

けれど、しだいに腹も立ってきた。女の子をこんな人気《ひとけ》のない場所に呼び出すのは、おかしい。慶子さんだって怖い。ならば、当人である常盤さんはもっと怖いに違いない。

それでも常盤さんは、男子からの告白に付き合ってあげている。なんて心が広いのだろう。慶子さんの心に、常盤さんの力になりたいと思う気持ちが生まれた。

常盤さんが慶子さんの腕を組んできた。体もぴたりとつける。よほど、怖いのだろう。かわいそうに……。自分がしっかりしなければ。慶子さんは唇をぎゅっと結んだ。

男の子が、慶子さんと常盤さんを代わる代わる見て、困ったような顔をした。

「あなたのリクエストにお応《こた》えして来ましたけど、悪いけど、こーいうことなのよ。ご理解OK？」

「女の子同士、仲がいいってことだけだろう」

「友情を馬鹿にしないで。少なくても、数年先までは、男が入る隙なんかないの。ましてや、なんなの？　関係も築かぬまま、いきなり告白？　プロセスを踏まずに、お姫様をゲットしようなんて甘い。キミは恋愛をなめている」

「柏木さんも同じ意見か？　関係なんて、付き合ってからでも築けるだろう？」

男の子が顔を赤くして慶子さんに視線を向けた。彼は常盤さんが好きなのだろう。好きだから告白する。それは、あたりまえの感情だ。

気持ちを伝えたい。その思いは、慶子さんだってわかるつもりだ。人を好きになるきっかけはさまざまで、恋にもいろんな形がある。それを否定するつもりはない。

ただ、慶子さんの好きは違う。

慶子さんの好きは、交わされた言葉や、重ねられた信頼、友情。そのさきに、ようやく見つけた大切な気持ちなのだ。

彼は、一般的な意見ではなく、そんな慶子さんの意見を求めている。

「わたしも、常盤さんと同じです」

どうか、常盤さんの思いが伝わってほしい。

「……わかった。反省する。大学も同じだから、そこで頑張るよ」

その男の子は、慶子さんをじっと見ると、ふいに視線を上げ、苦い顔をした。そして、黙ってその場から立ち去った。

慶子さんと常盤さんは、そろって大きく息を吐いた。自然と組んでいた腕も離れる。

「わたし、手汗をかいてしまいました」

「あれ？　柏木さんは告白って初めて？」

「初めてです。初めての告白現場に緊張しました。常盤さんって、モテるんですね」

「え？　わたし？」

常盤さんが、ぎょっとした声を出す。

「福地君や山路さんから聞いていましたけれど、まさか、わたしまで、常盤さんの告白現場に駆り出されるとは思ってませんでした」

「あれ？　うーん。おかしいな」

「大学、常盤さんと同じなんですね。気を付けてくださいね」

「……そうだよね。気を付けないと。山路だけでなく、福地や北村《きたむら》に伝えるわ」

大学は違っても剣道部の絆《きずな》は固い。慶子さんは、感動する。

かさりと枝を踏む音がした。慶子さんと常盤さんがそろって振り向くと、和菓子さまがいた。彼は、見るからに不機嫌だ。

「きみたち、なにやってんの？　こんな誰も助けに来そうもない場所に女の子二人で乗り込むなんて、なに考えているの？」

「それは、つまり、わたしが常盤さんにお話があって。ここに誘ったんです」

「話なら、もっと明るい場所でしなよ」

「おっしゃる通りです」

小手先のごまかしが通用せず、おまけに怒られ、慶子さんは、しゅんとした。

「鈴木《すずき》、いつからいたの？」

「常盤に告白した男の顔は、確認した」

「わたしが言うのも野暮だけど、鈴木さぁ、京都へ行くのはやめたほうが――」

「ダメです。京都には行ったほうがいいです」

常盤さんの言葉を慶子さんが遮る。

「学びたい場所があるなら、そこに行くべきです。常盤さんだってそうでしょう？」

「……そうよね。そうだった。ごめんね、柏木さん」

常盤さんが慶子さんの手を握った。

「わたし、柏木さんに言ってなかったと思うけど。あなたのこと、好きよ」

「わたしも常盤さんが好きです」

「――だって、鈴木。羨《うらや》ましいか」

「ハイハイ、ソーデスネ」

和菓子さまのおどけた返事に、慶子さんと常盤さんはそろって笑った。笑いながらも、慶子さんは心がスカスカするような淋《さみ》しさを感じていた。彼が京都に行ってしまったら、今のように偶然顔を合わせる機会はなくなる。

和菓子さまが、京都のどこで暮らし、どの店で学び、どのくらいの間修業をするのか、慶子さんは知らない。

――知りたい。

でも、それを教えて欲しいと願うのは、友だちとして許される範囲？

◇◇◇◇

校舎に戻った常盤さんは慶子さんと別れると、その足で山路さんのクラスへ顔を出した。

山路さんは、常盤さんの顔を見るなり顔をしかめた。

「常盤、その表情《かお》、なんかしでかしたわね？　白状しなさい」

「わたしとぉ、同じクラスの男子がぁ、柏木さんに告白したいっていうからぁ。その男の子とわたしと柏木さんで会って来た」

「なに？　あんたは、紹介しちゃったの？」

「山路にも依頼があったんだ」

「わたしは断ったわよ」

「それは、横暴というものです」

山路さんが気まずげに口をつぐむ。

「……だって、断れって言われたんだもん」

「鈴木に？」

山路さんは頷《うなず》き、彼とのやり取りを常盤さんに語りだす。

先週、山路さんは、中学校からなんどか同じクラスになった男子から「柏木さんを紹介してほしい」と、頼まれた。いつもの山路さんであればはなから受けないけれど「もうすぐ卒業」という独特の空気の中で無下にできなかった。

「本人に聞いてみるから、返事はそのあとで」

とりあえずそう答え、教室を出た山路さん。けれどいざ、柏木さんのクラスに向かおうとしたときその足は鈍った。柏木さんはきっと会うだろう。会うだけでなく、相手にほだされ、付き合ってしまうかもしれない。

十分にあり得る。なにせ、彼女は前科持ちだ。

柏木さんが剣道部に入ったのだって、引退まで一緒に活動してくれたのだって、ある意味、山路さんにほだされたからに違いない。彼女は、弱っている人や困っている人に寄り添ってしまう人なのだ。人の痛みに敏感で、自分の痛みには鈍い。それは、彼女のもとからの性格もあるのだろうけど、母親との関係にもあるのだろうと事情を聞いた今は思う。

悩む山路さんの目に、廊下の前方を行く背の高い男子の背中が映った。

「ちょっと、鈴木の旦那《だんな》、緊急事態発生よ」

足を止めた同級生を空き教室に誘う。そして、今あったことすべてを話した。

「——と、いうわけなのよ。どうしたらいいと思う？」

「無視」

「え？　む、無視？　どういう意味よ」

「ほっとけ、って意味」

「ほっとけ？　なにもするなってこと？」

「そう。直接本人ではなく、山路に『紹介して』なんて頼んできたんだろ。なんだそれ。問題外。うっちゃれ」

「うっちゃ……」

　思いもよらぬ、鈴木君のはっきりとした言葉に、山路さんは仰け反った。

「つまり、あんたもそうしてきたのね」

　山路さんの問いに、鈴木君は答えない。

　昨年五月に行われた新入生への部活紹介において、柏木さんの白い上衣の道着姿がいかにもかわいらしく、真っ赤な頬でマイクを持ち頑張る姿に、一部の男子がざわめいた。鈴木君は、部活だけでなくクラスも柏木さんと同じだったため、何人かの男子生徒から彼女を紹介してほしいと相談を受けたらしい、といった「噂」を山路さんも耳にしていた。

　てっきりガセネタだと思っていたけれど。

「でも、もしそんなこととして、直接本人に言うなんてことになったら、どうするのよ」

「直接言えるような奴なら、はなから山路には頼まないだろう。それに、もしそんなことになったなら、相手に断りに行くときに、ついて行ってもいいし」

「ついて行く？　あんた、なに言ってんの。それに、どうして柏木さんが断るって決めつけるの？　彼女、ほだされ体質なんだから、情に流されるかもしれないよ。剣道部に引き込んだのだって、そんな感じだったじゃない」

「断るよ」

迷いなく鈴木君が答える。

「え？　なに？　もしかして、すでに二人はそんな関係なの？」

鈴木君は答えない。

「たいした自信家ね。柏木さんは、あんたがなにも言わなくても、おとなしく待っているとか思っているの？　自覚してるなら、行動に移しなさいよ。誰かにとられちゃうよ」

「ほだされ体質につけこめない」

「そうだけど」

「それに、どんな言葉も嘘になる」

「……」

「なるようにしか、ならないでしょ」

今の鈴木君には、なにもない。自分の未来さえわからない。

だから、柏木さんに約束さえできない。

正論だけど、なんだか悲しい。

「鈴木って、女の子を見る目はあるんだね」

「そりゃ、どうも」

「わたしね、柏木さんがとても好きなの。わたしはずっと彼女の味方でありたいの。だから、たぶん、きっと、あんたの味方でもあるんだわ、悔しいけど」

「そうか」

「でもね、わたしが男だったら、確実にあんたのライバルだったんだからね。それを忘れないでね」

「覚えておく。山路、ありがとう」

そんな、やりとりがあったのだ。

「それで、常盤が紹介した同じクラスの男子に、柏木さんはほだされたの？」

「わたしたちは、柏木さんを甘く見ていたわ。あれは、ほだされる以前の問題よ。彼女、この先、百人からプロポーズをされたとしても、なに一つ気が付かないかもしれない」

「自分が、かわいいって自覚ないのかなぁ」

「ここ一年でっかい番犬が隣にいたから、他の男子の視線に気が付かなかったのかも」

それは、それで問題だ。番犬なしでスタートする春からの大学生活は、どうなるのか？

新しくできた大切な友だちの恋の行方を思い、常盤さんと山路さんは頭を抱えた。

◇◇◇◇

学校の帰り、慶子さんが「寿々喜」の暖簾《のれん》をくぐると、女将《おかみ》さんと御隠居さんが顔を突き合わして相談していた。

「お忙しいようなら、またあとで伺いますが」

「ごめんなさい、柏木さん。そうそう、先日は、お世話になりました。いえね、お義父《とう》さんが、また旅に出るって言いだしたので、時期を待ってくださいってお願いして、カレンダーを見ていたところだったんですよ」

そういえば、慶子さんが初めて御隠居さんと会ったのは、クリスマスのころだ。

「毎回、どれくらいの期間、旅に行かれるんですか？」

「ぼくね、だいたいいないね。お正月は家族と一緒だけど、あとは日本のあちこちをヒッチハイクするの」

「危ない目にあったこと、ないですか？」

「ここでの生活以上に、危ない目にはあったことない。今じゃないよ。昔、大昔。ガイコクジンが和菓子作るなとか、アメリカに帰れとか、もう、酷《ひど》かったから」

「アメリカが故郷なんですね」

「違う。故郷は、ここ。ぼく、鈴子《すずこ》さんと幼馴染《おさななじ》みだもん」

御隠居さんは、慶子さんに椅子を勧めてきた。慶子さんの横にあるテーブルを挟んだ隣に、御隠居さんが座る。女将さんが、お茶の用意をしましょうと、奥に行った。御隠居さんが話し出す。

「大昔のことだけど、嫌だったね。今はあのころとは比べものにならないくらい、平和。ガイコクジンだって、いじめられない。ヒッチハイクだって、すいすいできるほど。鈴子さんと夢見た未来がここにあるのに、彼女がいないのは悲しい」

「仲が良かったんですね。わたしも、鈴子さんにお会いしたかったです」

「鈴子さんも、きっと柏木さんに会いたかったと思うよ」

御隠居さんが目の横の皺《しわ》を深くした。

戻ってきた女将さんが、テーブルの上にお茶を二つ置く。そして、お義父さん、と話し出した。

「お店に学もいなくなって、さらにお義父さんまで旅に出るとなりますと、いよいよなんですけれど。わたしたちも覚悟というか、行動を起こさなくちゃいけなくなります」

「いよいよ、でいいんじゃないの？」

「あの人は、早くしろって言っていますし、お義父さんからもGOが出たのなら、いいんでしょうか。わたしとしては、囲い込むようでほんの少し心が痛いんですけれど……」

「強力な戦力はお店のために必要でしょう。この前も、ものすごく評判良かったんだから。それに、かわいい学君のためだよ。少しくらい、エゴ出してもいいじゃないの。どう思う？　柏木さん」

　どうにもこうにも慶子さんには、話の流れがつかめない。もう一度、話を聞こうと思ったけれど、店の経営に関する話に自分の意見は不要だろう。女将さんと御隠居さんが乗り気なら、それでいいのだ。

「いいと思います」

　にこりと笑う慶子さんに、御隠居さんは、飲んで飲んでとお茶を何杯も勧めてきた。

＊＊＊

　浮き足立った卒業式までの数日が過ぎた。学校に置いてあった荷物の持ち帰りにより、教室はどんどんとクラス独自の色を失っていく。

　そんな中、慶子さんのクラスの黒板には、次々と寄せ書きが集まった。自分が進む大学名、好きだった購買部のパンのベストテン、そして、宛先のないラブレター。さまざまな言葉やイラストが所狭しと、赤や白や黄色のチョークで彩られた。

　小さく笑いながら秘密の言葉を書き込むクラスメイトとともに、慶子さんもそこに言葉を寄せた。

そして、卒業の日が来た。講堂には三年生と保護者が集い、一、二年生は、各クラスのテレビから卒業式の様子を観ている。

慶子さんには、クラスメイトの顔がいつもと少し違って見えた。やけに陽気な人もいれば、緊張した顔つきの人もいた。高校を卒業したくないと涙している人もいたし、早く大学生になりたいと言っている人もいた。

自分はどう映っているのだろう。慶子さんは思う。

今日でこの制服を着るのは最後になる。制服のない生活というのは自由なのだろうが、その未知なる自由さが不安でもあった。

式が終わると教室に戻り荷物を取った。そして、晴天の空の下でA組から順次、校舎をバックにした集合写真の撮影が始まった。卒業式は平日だったため、父親よりも母親の姿が多く見られる。三年B組のクラスメイトと校庭に出てきた慶子さんは、保護者が集まるほうへ視線を向けた。

昨晩、唐突に母が慶子さんの卒業式に行くと言いだした。家に籠《こも》りがちだった母は、このところ一人で近所に買い物や散歩にも行くようになった。けれど、昨年退院をして以来、慶子さんの学校に来たことはない。病気の後遺症による嗄声《させい》のため、音声による会話がなかなか難しくなった母は、人と関わる場を避けるようになったからだ。

そんな母がいきなり卒業式に来るなんて、一体どうしたのだろう。不安になった慶子さんは、助けを求めるように父を見た。

「そうか、頼んだよ。ぼくの分までしっかり慶子を見てきてくれよ。写真もよろしく」

慶子さんの心配をよそに、父は暢気《のんき》顔でそう言った。

あてにならない父を頼らず、今朝も慶子さんはなんども母に無理して来なくていいと伝えた。けれど、母は、ただただ笑うばかりだったのだ。

保護者の中に母を捜す。もしかすると、体調が悪くなり来るのを止めたのかもしれない。それとも、途中で倒れたとか？　母の無事を確かめたい。早く家に帰りたい。

じりじりと焦る慶子さんに、手を振ってくる人がいた。着物姿の「寿々喜」の女将さんだ。そして、その隣には母がいた。母は着物を着ていた。懐かしい卵色の着物だ。

母はきれいだった。以前よりも細いけれど、病気をしたとは思えないくらい、生き生きとした表情だった。

慶子さんは二人に駆け寄ると、まずは女将さんに頭を下げた。そして、母に近づく。すると母は、いたずらが成功したような顔をして、着物に似合わない小さなピースサインを慶子さんに送ってきた。

慶子さんは涙が出た。

どうしてだろう。悲しいわけじゃないのに、嬉しいのに涙が止まらない。お母さんが笑っている。慶子さんの学校の校庭で笑っている。――お母さんが戻ってきた。人の輪の中にいるのが好きな母。おおらかで、よく笑って。そんな、慶子さんがよく知る母が、そこにいた。

「ほら、学。見ていないでこっちに来なさい」

女将さんの声が聞こえた。和菓子さまが、慶子さんの母親に頭を下げる。

「柏木さん、クラス写真を撮るって」

慶子さんは頷《うなず》きながら、ポケットから出したハンカチで涙をふいた。そして、母と女将さんに向かい、大丈夫とばかりに笑顔を見せた。はにかんだような慶子さんの笑顔に、二人の母親の優しい表情が向けられる。

「母さんたちも集合写真に写るんでしょう。だったら、一緒に来て」

「ねぇ、学。あなたの学校のカメラマンって、お金を払えば皺の修整をしてくれるかしら？」

和菓子さまが嫌そうな顔をした。慶子さんの母が吹き出す。あきれ顔の和菓子さま以外の女性三人は、くすくすと笑いながら歩いた。

四人で写真撮影に向かう中、女将さんが慶子さんに話しかける。

「あのね、今度うちのお店でね――」

思いがけない情報に、慶子さんの心は浮き立った。

◇◇◇◇

親子二組が繰り広げる小さなドラマを、若山《わかやま》君、北村君、福地君の三人が見ていた。

「あの四人の仲のよさそうなこと。鈴木、最後にすっげー威力の牽制球《けんせいきゅう》投げてんな」

「計画的」

「……鈴木ぃ！」

三人の会話はまだ続く。

「京都に行っても、家族ぐるみの付き合いで繋《つな》ぎとめるって作戦か」

「策士だな」

「柏木さんのお母さん、かわいい」

福地君はこの一言で、熟女好きといった名をしばらくいただくこととなる。

そんな男子三人のそばに寄る、美少女常盤さん。

「ねぇ、賭《か》けない？　あの二人の未来を」

やんや、やんやと二人の行く末を想像したけれど、結局、みんなの意見は同じだったため、賭けは成立しなかったとか。

◇◇◇◇

クラス写真を撮り終えると、待っていましたとばかりに後輩たちが校庭に流れ込んできた。

「山路先輩！　柏木先輩！　常盤先輩！」

一年生の声と共に、慶子さんたちの目の前には次々と花束が差し出された。チューリップにスイートピー、フリージア。愛らしい春の花々が、ゆらりゆらりゆらゆらと揺れている。

「ありがとう」

慶子さんが感謝の思いで笑顔を向けると、彼女たちは一様にしくしくと泣き出しつつも
「先輩から教えていただいたハーブの芳香剤のレシピ、後輩にも伝えていきます」と言ってくれた。安井《やすい》さんをはじめとする一年生たちが涙声で話し出す。

「今までは、引退されたといってもまだ先輩方が学校にいて下さったから、だから安心だったんです」

「わたしたちしかいないと思うと、不安でたまりません」

「新入生が入らなかったら、どうしたらいいんでしょう」

不安でしょうがないといった一年生女子の前に、福地君たち三年生だけでなく、一、二年の剣道部男子部員がやってきた。

「おいおい、一年女子、泣くなよ。心細かったら、男子を頼れ」

福地君の言葉に、そばに立つ男子部員が大きく頷いている。

「SOSは恥じゃない。君たちの某山路先輩はね、平気そうな顔をしながら一人で抱えていたけどね。なんでも自分たちでやれば偉いってわけじゃないから」

「なにそれ。まるでわたしが、ダメ先輩の見本みたいじゃないの」

「いい先輩をやり過ぎたんだ。俺を見なさい、この隙だらけの人格を」

「福地が隙だらけなのは、認めるわ」

福地君と山路さんの軽妙なやりとりを、部員みんなで見守る。

「ほれ、相棒」

福地君が山路さんに花束を渡した。それを合図に、北村君は常盤さんに、若山君は「副部長ご苦労さん」と慶子さんに、それぞれ花束を渡してきた。

「これ、剣道部男子からのホワイトデーだから」

福地君がカラリと笑う。

「たまには、いいこと考えるじゃない」

山路さんが二つの花束を大事そうにぎゅっと抱きしめた。

慶子さんは、福地君と山路さんに心から感謝をしていた。彼らの明るさに、朗らかさに自分はなんど助けられただろう。

「おーい、みんな、写真を撮るぞ！」

松葉杖《まつばづえ》が二本から一本になった山田《やまだ》先生が、その姿には重すぎるカメラを首からさげてやって来た。

「あぁ、先生！　俺がやりますって」

若山君が先生に向かい駆けだした。

剣道部での写真撮影を見届けると、母親たちは一足先に帰った。校庭に残りおしゃべりをしていた慶子さんも、山路さんと常盤さんとともに帰ることになっている。

はたと、慶子さんは教室に筆箱を忘れたのを思い出した。いつもの癖で、使ったあと机の中に入れてしまったのだ。二人が待っていてくれるというので、慶子さんは校舎へ向かった。

その視界のすみで、和菓子さまが福地君たちと一緒に帰る姿が見えた。

結局、慶子さんは和菓子さまとは話せなかった。教えてもらいたいことがあったけれど、もう無理だ。もしかしたら、もう一度くらい「寿々喜」で会えるかもしれない。でも、もう、クラスメイトじゃない。店でそんな話はできない。

慶子さんは、三年B組の教室に入った。一年間過ごした部屋だったのに、早くもよそよそしく感じられた。教室はがらんとしていた。机の横にかかっていた鞄《かばん》も、部屋の隅にあった汚れたスニーカーもない。

慶子さんは、筆箱を入れた鞄と剣道部からもらった花束を机の上に置き、黒板の前へと進んだ。黒板の一面には、文字や絵が描かれている。それは、よそよそしくなった教室において、唯一、自分たちが過ごした場所である形跡を残していた。

慶子さんは、右手の指で自分が書いた文字の上をすっとなぞる。

「柏木さん」

名まえを呼ばれる。教室の入口に、和菓子さまがいた。

慶子さんの胸が高鳴る。和菓子さまは、福地君たちと帰ったのでは？

「忘れものですか？」

「うん。すごい忘れ物」

慶子さんは、慌てて自分の書いた文字に背を向けた。この言葉を、和菓子さまには見られたくなかった。

「この教室、ぼくたちが最後かな」

「みなさん、もう帰られましたもんね」

和菓子さまと目が合う。ふっと降りてきた二人の間の沈黙に、慶子さんは息ができないくらいの緊張を感じた。

　すると、そのとき――

「ひゃっほー　さらばだぁ！」

「卒業！　しちゃうよー」

　大きな声とともに、男の子二人が廊下を駆けていき、そのまま階段を駆け下りていった。

　慶子さんと和菓子さまは、顔を見合わせた。

「あほか」

　和菓子さまがそう言って笑いだしたので、慶子さんも同じように笑った。さっきまでの緊張感は、すっかり消えた。あの男の子たちに感謝だ。

　もしかして、これはチャンスなのでは？　慶子さん、一度は諦《あきら》めた和菓子さまへのお願いをしようと決意した。

「すっ、鈴木君！」

　思いがけず大きな声が出てしまい、慶子さんも驚いたが、慶子さんに名まえを呼ばれた和菓子さまは、もっと驚いた顔をした。

「初めて名まえを呼ばれた」

　そんな和菓子さまのつぶやきが聞こえる筈《はず》もない慶子さん。

「あの、京都の住所を教えてください。手紙、出したいので」

「手紙」

そうつぶやくと、和菓子さまはくすりと笑った。

「手紙かぁ。いいな、それ」

そして、慶子さんが自分の席に戻り鞄から取り出し渡したメモ帳に、すらすらとそれを書き、返してきた。京都独特の住所表記だった。それを空で覚えている和菓子さまに、彼の覚悟をみた。

「ありがとうございます」

慶子さんは、和菓子さまを見上げてそう言った。

「本当に、ありがとうございます」

慶子さんには、もっと伝えたい言葉がたくさんあった。けれど、こうして向き合うと、そういった言葉がとても薄っぺらに思え、言えなかったのだ。

「あんまり、そう感謝されてもな」

和菓子さまが、ぼそりと言う。

「ぼくも柏木さんに、一つだけお願いがあるんだけど」

「お願い、ですか？　わたしにできることなら！」

自分にできることならなんでもやります！　という気持ちで慶子さんは言った。

しかも、たった一つだけなんて。一つとはいわずに、二つでも三つでも叶《かな》えたい気持ち満々だ。

「おかえり、って言ってもらえるかな」

和菓子さまの思いもよらない言葉に、慶子さんは戸惑った。

「おかえり、と言えばいいんですか？」

今だろうか？　今、言えばいいんだろうか？

「ぼくは、最低でも三年は、店には戻らないと思う。いや、もしかしたら、それ以上かもしれない。こっちに戻って父と店をやるには、勉強が必要だとわかっているから」

三年。それ以上。

「柏木さんは、これから大学に入って、そのあとはどこかに就職して。……もしかしたら、結婚もして『柏木さん』じゃないかもしれないけど」

慶子さんは和菓子さまの言葉を黙って聞きながら、未来の自分の姿を想像しようとした。

「それにもう、うちの店のそばには住んでいないかもしれないけれど」

その言葉に、慶子さんは胸が詰まった。

「それでも、もし、柏木さんがうちの店に寄ってくれて、そのときにぼくが店に戻っていたら」

慶子さんは、なんども頷《うなず》く。

「おかえり、って言ってほしいんだ」

そう言うと、和菓子さまは笑った。

慶子さんは声も出さずに、ただただ頷いた。そして頷きながら、いつかの自分の夢を思い出した。

船での旅だった。自分が帰るべき場所へと戻った慶子さんに、優しい声がした。

――「おかえり」

大切な誰かが贈ってくれた言葉。

自分の帰る場所。

いるべき場所。

そこに戻ったときに聞く「おかえり」という言葉の尊さ。

慶子さんは、和菓子さまをまっすぐに見た。

「わたしでよければ」

慶子さんは、顔をくしゃくしゃにしながらも笑った。

「ありがとう」

和菓子さまは静かにそう言ったあと、もう一度「ありがとう」と言った。

慶子さんと和菓子さまが一年を過ごした教室の黒板の隅には、まるで二人を見守るかのように、ある言葉が書かれていた。

一期一会。

そして、このときが、二人が高校時代を共に過ごした、最後の時間となったのだった。


三月の、とある晴れた日。

和菓子さまは鞄一つを持ち、住み慣れた家を、町を出発した。

そして、和菓子さまが京都へと旅立った数日後。

「寿々喜」のガラス窓には、長期アルバイト募集のちらしが貼られた。

しかし、そのちらしは、それを書くのにかかった時間よりも短い時間しか貼られなかった。待ち構えていたかのようなアルバイト希望者の手により、剝《は》がされたためだ。

終章　わたしと隣の和菓子さま

桜は北上、紅葉は南下。

そんな話をしていたのは、きらきら輝く十八歳の秋だった。

あれから季節はなんども過ぎて——。


三月のある昼下がり。

病院帰りの慶子《けいこ》さんは、バスのアナウンスを聞いたあと、停車ボタンを押した。せり出したお腹が苦しい。産み月まで、あと一か月足らずだ。慶子さんは、お腹をさすりながら、大きく深呼吸をした。そして、力を抜いて座席の背にもたれた。

高校を卒業してから八年が経ち、慶子さんは二十六歳になった。そして、左手の薬指に指環《ゆびわ》をはめてから、一年が過ぎている。

慶子さんは窓から外を眺めた。信号が赤になり、バスが止まった。

歩道の向こうから、花束を持った制服姿の少女たちが歩いてきた。バスに乗る慶子さんは、高い座席から彼女たちを見ていた。

中学生だろうか。胸にかわいらしいコサージュをつけている。彼女たちの声は聞こえないけれど、楽しそうに笑うような、そして、時折涙ぐむような、そんな様子は見てとれた。

慶子さんは、彼女たちの姿にかつての自分を重ねた。

高校の卒業式の帰り、今でも仲のいい山路茜《やまじあかね》さんや常盤冬子《ときわふゆこ》さんと、じゃれ合うように、くっつきながら駅までの道を歩いた。四月からの新しい出会いや学びに胸を躍らせる半面、これまでと同じ距離にはいない二人を思うと不安になったのを、今でも覚えている。

高校三年生の剣道部で彼女たちと親しくなる前、慶子さんの気持ちは学校生活にはなかった。病気の母を気遣う毎日だった。だから、あの最後の一年間だけが、高校生らしい青春をおくれた日々だと思っていた。

けれど、そうではないと、近ごろ思う。

今、慶子さんが前を向き自分の足で歩いて行けるのは、あの奇跡のような一年間だけでなく、慣れない料理を覚えたり、授業参観に来てくれた父の疲れた顔を見て切なくなったり、退院した母と近所を歩いたことだったり。

そんな苦しく心細いと思っていた時間《とき》さえ、すべて自分の糧になっていると思えてきたのだ。

一生懸命に生きていた。

その事実が、今の自分を支えている。

青春とよばれる瞬間《とき》が甘いばかりではないと、慶子さんは知っている。持っていき場のない悲しみや、憤りもあるだろう。

そして、子どもゆえに、非力で無力であると打ちひしがれるときだってある。

慶子さんもそうだった。

——頑張れ。

どうか、凌《しの》いでほしい。負けないでほしい。出口はきっとある。

あのころの不安な自分を思い出し、そして、これからのあの少女たちに向けて、慶子さんはエールを送った。

停留所に近づくにつれ速度を落とし始めたバスの窓から、見慣れた背の高い人の姿を見つけた。窓越しに目が合う。慶子さんは彼に小さく手を振ると、バスが停まったのを確認してからゆっくりと席を立った。手すりにつかまりながら慎重に、大きなお腹で一段一段ステップを降りる。バスは、そんな慶子さんを急かすことなく、彼女が安全に降り立ったのを確認したあと、静かにドアを閉め走り出した。

「おかえり」

慶子さんの荷物を持つと、彼女の帰りを待っていた背の高い人は、優しい声でそう言った。

「ただいま」

慶子さんは、自分と同じ指環をはめた若旦那《わかだんな》こと鈴木《すずき》学《まなぶ》君を見上げた。

――「おかえり、って言ってほしいんだ」

高校の卒業式の日、学君はそう言った。

彼は、高校卒業後、京都の和菓子屋で修業をすることが決まっていた。東京にはいつ戻れるかわからない。それでも、もし、いつかの未来に自分が「寿々喜《すずき》」に戻り、そのとき慶子さんが店に寄ってくれたら「おかえり」と言ってほしいと。

そして、数年後、慶子さんは学君とのその約束を果たした。

「歩ける?」

学君は慶子さんと手を繋《つな》ぐと、心配顔でそう聞いてきた。慶子さんは、大きなお腹を慈しむようにさすりながら「大丈夫よ」と、明るい声で答えた。

慶子さんは赤ちゃんを授かってから、知っている人知らない人にかかわらず、自分のふくらんだお腹に人々からのあたたかな眼差《まなざ》しが向けられることを感じていた。

そして、そのたびに心の中にじんわりとほっこりとした幸せが広がり、その嬉《うれ》しい気持ち全部が栄養になってお腹の赤ちゃんに届けられるような、そんな気がしていた。

慶子さんは学君を見上げて、ほほ笑んだ。

その笑みは、青空のもとでぱっと咲いた白梅のようだった。


「おーい、おかえり！」

店の横に最近常設された縁台では、御隠居さんと御隠居さんのお友だちの近所のおばさま方がお茶を飲んでいた。

そして、よく見れば、顔を皺《しわ》だらけにしながらお茶をすする御隠居さんの悪友、最中屋《もなかや》のおやじさんの姿もあった。

お茶の横には、学君が作った小ぶりの上用饅頭《じょうようまんじゅう》「春宝《しゅんぽう》」があった。

薄紅色したぼかしの上に桜の花の塩漬けが一つ載ったその白い饅頭は、春らしく晴れやかな気持ちになると発売早々好評だ。

慶子さんが初めて「寿々喜」で買い求めた「仙寿《せんじゅ》」に込めた願いは叶えられ、慶子さんの母親も、そして、もちろん父親も元気だ。

師匠も女将《おかみ》さんも御隠居さんも、ありがたいことにみんな元気で、慶子さんに宿る「春の宝」の誕生を楽しみにしている。

学君の小さかった弟君たちも、時折二人そろって店に遊びに来ていた。

「ただいま！」

縁台に座り手を振る御隠居さんたちに向かい、慶子さんは元気に答える。

弥生三月、幸せ月。

季節は、なんども巡っても。

慶子さんの隣には、和菓子さま。

この先も、ずっと。

あとがき

このたびは「わたしと隣の和菓子さま」を手に取っていただき、ありがとうございます。本作は「和菓子さま　剣士さま」のタイトルにてＷｅｂで発表したものを、雰囲気はそのまま、甘味増し増しで加筆修正した物語です。

お話は、高校三年生になる柏木慶子《かしわぎけいこ》さんが、ひょんなことから和菓子と出会ったことにより始まっていきます。彼女の心の移り変わりと成長、初めての恋、友情や家族との関係を描きました。

和菓子は、毎月の上生菓子《じょうなまがし》だけでなく、酉《とり》の市に雛祭《ひなまつ》りといったイベント関係のお菓子も出てきます。次はどんなお菓子かな？　といった楽しみもある一冊だと思います。ただ、本書に書ききれなかった和菓子も多く、それが少し心残りではあります。

作中の和菓子ですが、わたしが実際に食べたものもあれば、こんなお菓子があればいいのになと、脳内で創作したものもあります。

月が替わったから和菓子屋さんに行こうかな。そんな生活、素敵ですよね。

わたしは、自分が書いた物語が本になるなんて夢にも思いませんでした。もはや、夢を超え奇跡です。その奇跡に関わってくださったすべてのみなさまに感謝を申し上げます。

富士見L文庫編集部のKさまがこの物語を見つけてくださったことから始まった、書籍化への道です。Kさまの熱意と冷静で的確なアドバイス、そして辛抱強さに感謝します。

表紙を描いてくださったpon-marshさま。二人の話し声が聞こえてきそうなあたたかなイラストに魅せられ、本書を手に取ってくださった方が大勢いらっしゃると思います。

Nさま。剣道の試合のシーンへの丁寧なアドバイス、本当にありがとうございました。

H先生には、小説のいろはを教えていただきました。その教えが、今のわたしの礎です。

Web時代から長い間、この物語を大切にしてくださったみなさま。みなさまに恥じない作品にするのだといった気持ちが、執筆の原動力でした。

最後は家族に。書籍化を一緒に驚き、喜び。朝から晩まで小説を書き続けるわたしへの献身的なサポートと励まし。おいしい食事におやつ。心から感謝します。ありがとう。

辛《つら》いことがあるとき、物語はわたしを慰めてくれます。物語の世界に身を委ね、現実世界で頑張れるエネルギーを貰《もら》うのです。みなさまにとってこの物語が少しでもそんな役割を担えたのなら、わたしはとっても幸せです。

二〇二二年「和菓子の日」のある月に

仲町《なかまち》鹿乃子《かのこ》

【参考文献】

『縁起菓子・祝い菓子　おいしい祈りのかたち』亀井千歩子（文）宮野正喜（写真）／淡交社
『和菓子ものがたり』中山圭子／朝日新聞社
『事典　和菓子の世界』中山圭子／岩波書店
『和菓子のほん（たくさんのふしぎ傑作集）』中山圭子（文）阿部真由美（絵）／福音館書店
『和菓子　美・職・技』グラフィック社編／グラフィック社
『四季の和菓子　愛で食べる（小学館フォトカルチャー）』／小学館
『見て、知って、作ってみよう　和菓子の絵事典　五感で味わう「和の文化」』俵屋吉富・ギルドハウス京菓子京菓子資料館（監修）／PHP研究所
『和菓子の技術　基本と名店・人気店の技術（旭屋出版MOOK）』／旭屋出版
『和菓子のこよみ十二ヶ月』平野恵理子／アスペクト
『東京　和のおやつどき』春日一枝・名久井直子／小学館
『東京　上等な和菓子』オフィス・クリオ／メイツ出版
『はじめての茶の湯2　抹茶と和菓子（別冊　家庭画報）』／世界文化社
『菓子ひなみ』京都新聞社編／京都新聞出版センター
『京・末富　菓子ごよみ』山口富蔵（文）寺田豊作（写真）／淡交社
『初心者のための剣道講座　陥りやすい癖とその矯正法』小川春喜／スキージャーナル
『[新装版]剣道必勝講座　実戦に弱いのはなぜか（剣道日本プレミアム4）』伊保清次／スキージャーナル
『図説　和菓子の歴史』青木直己／筑摩書房

お便りはこちらまで

〒一〇二―八一七七
富士見L文庫編集部　気付
仲町鹿乃子（様）宛
pon-marsh（様）宛

富士見L文庫

わたしと隣《となり》の和菓子《わがし》さま

仲町鹿乃子《なかまちかのこ》

2022年6月15日　初版発行

発行者　青柳昌行
発　行　株式会社 KADOKAWA
〒102-8177　東京都千代田区富士見2-13-3
電話　0570-002-301（ナビダイヤル）

印刷所　株式会社暁印刷
製本所　本間製本株式会社
装丁者　西村弘美

定価はカバーに表示してあります。　◇◇◇

●お問い合わせ
https://www.kadokawa.co.jp/（「お問い合わせ」へお進みください）
※内容によっては、お答えできない場合があります。
※サポートは日本国内のみとさせていただきます。
※Japanese text only

ISBN 978-4-04-074566-4 C0193